这些年，

我们参与了很多危重症孕产妇的救治工作，

直接或间接地见证了孕产妇和她们家庭的故事。

重症产科

2

第七夜 著

湖南文艺出版社
HUNAN LITERATURE AND ART PUBLISHING HOUSE

博集天卷
CS-BOOKY

目 录
Contents

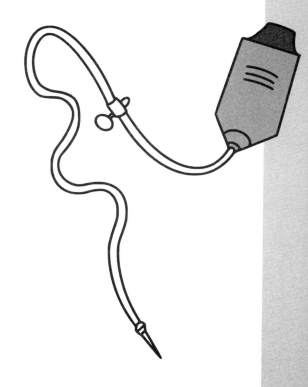

重 症 产 科 2

敌意
双姝
第八章 ————
遗愿

第二十六节
敌意

我在林皙月这里住了大半个月。母亲见我一直不愿回家，问了地址后便过来看我。母亲到了光线灰暗、设施简陋的出租房后，叹了口气，说："明明家里条件好得多，怎么偏要住在这里。"

母亲见我不肯回去，决定在这里帮我做顿午饭。林皙月这天也不值班，母亲招呼我们一起去逛菜市场，想吃什么她来做。母亲的厨艺并不好，会做的菜始终就那几样。她像在照顾一个年幼的孩子，一个劲地把她觉得好吃的菜夹到我的碗里，我如何护住碗都无效。我和母亲再度发生矛盾。我抱怨她从来不管我需不需要，总是这样一股脑强塞给我，我的方方面面她都想干涉。我又开始抱怨母亲逼迫我填报高考志愿的事情。母亲辩解道："还不都是为了你好！再说了，你现在学医，过得多好！"

我无力反驳。我虽然反感母亲总想控制我的生活，但我毕竟是爱她的。我心疼母亲，她过去吃过很多苦，现在生活条件好了，我总想给她些补偿。饭后我带母亲去逛商场，给她买春装。我还给她转了钱，叮嘱她平日里不要太委屈自己，喜欢什么就买。

我们一起逛街时，母亲一路都在忙着给父亲"加分"，说他最近把烟戒了，每天按时上班。父亲最近变得很节俭，把工资卡都交给她保管。他说女儿年龄不小了，该结婚了，做父亲的总要给女儿攒点嫁妆，让女儿出嫁的时候能风光一点。

我一直没有接话。这些年，我和父亲关系恶劣，母亲一直在我们父女之间调和关系。她会买些礼物给父亲，说是我送的。她在我面前不断拔高父亲的形象，把他塑造成浪子回头的模样。可父亲总会毫不留情地戳穿母亲善意的谎言。

刚送走母亲，我便接到父亲的电话。他说手里一点钱都没了，这两天连买烟的钱都是找别人借的，让我先转一千过去。我问："家里的开销基本都是我承包的，你自己也有点收入，平时少去两次麻将馆不就没这回事了吗？"

父亲很不满，在电话里咆哮着："你小时候要什么，我就给你买什么，家里有一点好吃的、好喝的，全都给你了。现在你长大了，翅膀硬了，却没有一点孝心。你连你堂姐的十分之一都不如！你堂姐是怎么对她父母的？我怎么就养了你这个白眼狼！"

还是熟悉的"配方"。以往听父亲这样说，我就会内疚，对他适当让步。父亲也发现这一招屡试不爽。可最近接连两次拒绝父亲的要求，我已经不需要再做激烈的思想斗争了。

父亲总说我要什么他就给什么，以前那么多年我都相信了。可现在细想，我真不记得自己小时候向父母要过什么不该要的东西。我从小到大一直在提醒自己，父母很不容易，我要懂事，不能给父母添负担。我的父母像徐母一样，在下意识地给女儿洗脑，制造女儿的内疚，让女儿成为更容易被操控的工具。

一想到这里，我的愤怒又增加了几分。我说："小叔把我最后一点积蓄都拿去了，现在我也没钱。"

我才挂断父亲的电话，手机铃声便又响起，是爷爷打来的。爷爷开门见山地说："乖孙女啊，我和你奶奶年纪大了，虽然平日里身体不错，但是人老了总是需要保养的。我们最近看上了一台保健仪，要

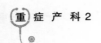

一万多。我瞅着我三个大孙女都工作了，一人出三千，我们老两口也出一千，就能把它买回来了。"

还没等我回复，爷爷便开始"教导"我："你父母这些年很辛苦，把你养大不容易。你现在的工作那么好，一定要感恩父母，学会孝敬老人。你堂姐已经做了个好榜样，你也要像堂姐一样，学会为父母分担养老义务。"

这父子俩的语气如出一辙，我怀疑父亲刚和爷爷通过话。爷爷的三个儿子都身体健康、生活滋润，凭什么爷爷就这么理直气壮地认定，养老的责任就该落在他孙女头上！就凭他的儿子都跟他一个德行？孙女都是文明人，所以更好拿捏？

我就是我，我不想学堂姐，更不会学徐盼娣。谁爱那个"孝子贤孙"的名声谁当就好了。想到这里，我冷笑着回复："问你儿子要钱去吧！孝顺这种事情，我爹开了好头，我才能学好。"我说完便挂断了电话，他再打来我便直接挂断。

这一天晚上，林皙月和我聊了很久。她说很羡慕我，有这么关心我的母亲，我都这么大了还有人追着我夹菜，就差给我喂饭了。我苦笑，不知道如何回答。我对母亲的感情其实挺复杂，和母亲在一起时，我经常感到一种强烈的被吞噬感。我要拼尽全力才能有一点自己的空间，不被母亲彻底侵占。我父亲一直不争气，我还很小的时候母亲就苦口婆心地告诉我，她这辈子所有的希望全在我身上了。

那种感觉对一个孩子来说太沉重。一个还没长大的孩子，被迫"扛"着两个成年人。过去的很多年里，我经常被压得喘不过气来，我不敢松懈，因为母亲的唉声叹气会让我惶惶不安。所以我一直想逃离她。工作后的我已经体验到了自由和畅快，自然想远离那些给我很多负面情绪的人。可在心底，我也是渴望和母亲亲近的。

林皙月笑着说："这就是母女间的'相爱相杀'吧。我没有妈妈，理解不了这些复杂的情感。"说到"没有妈妈"时，林皙月的表情凝重。她继续说："前些天我去幼儿园看了徐盼娣的女儿。我记得她第一次跟妈妈来医院时，扎着两个羊角辫，那模样又活泼又灵动。现在这孩子看上去傻呆呆的，老师叫她好半天，她都没啥反应。我当时就哭了，觉得没妈的孩子太可怜了。"

听她这么一说，我心里也一沉。当医生的这些年，我最大的感触就是：生命里变数太多，没人知道明天和意外到底哪一个会先来。其实搬出来的这些天，我一直想和家人和解。我不希望有一天，有些事情会成为我心里永远的遗憾。

可我也不知道该怎么破冰。这二十几年的痼疾哪里是一时半会儿能消化的。父母在执拗地等待我感恩和回报，而我需要他们道歉和改过。这样的僵局到底该怎么破？

就在这时，我的手机又响了，电话一接通，父亲粗暴的吼叫声刺激着我的耳膜。父亲上来便说了一句咒骂我先人的秽语。林皙月就在我身边，她一听到这句咒骂也震惊了，那恶毒的语言刷新了她的认知。原来，真的会有父亲用夹带生殖器的秽语咒骂自己的女儿，仿佛对方是他不共戴天的仇人一般。

我知道父亲如此恼怒的原因，爷爷肯定已经和他通过气了。可我说错了什么？凭什么他终日抽烟、赌钱，却理直气壮地等着女儿承担原属于他的义务？谁弱谁有理了？

想起爷爷，我就觉得更可笑了。他对我没有任何付出，亦没有任何感情。我一有"出息"，他就勒令我孝顺他。"孝"文化真让他们"掌握了精髓"。

放下手机，我抱着林皙月就哭。我一直想着要和解，可父亲为了这屁大点事就可以这般欺辱我。我心底的憎恨又累积到一个新高度。

住院总家里出了些事情，这一周李承乾临时顶替。做住院总的这段时间，李承乾吃喝拉撒全都要在医院。周六我值班，科里有个护士给孩子办满月酒，科里除了值班走不开的人员，基本都参加了。那家叫"秦生记"的酒楼接待了很多食客，可因为食材被细菌污染造成了大规模的食物中毒。因为酒楼离中心医院很近，急诊科接诊了大量的食物中毒的患者。我们科的医务人员也集体中招。而幸免于难的我和李承乾责任尤为重大，我们要承担起全科室的危重症孕产妇。

林皙月自然也是病员之一，她是晚饭时候去的，那时的菜品很丰盛。桌上有很多海鲜，她夹了几筷子，觉得这些海鲜不够新鲜，便没再动筷。

晚上她回到住处后，便出现了恶心、呕吐、腹泻、腹痛等症状。一开始，她还想着忍一忍就过去了，可没想到，她呕吐和腹泻的次数逐渐增多，到后来拉的已经完全是水样便。剧烈的腹痛和疲软的身体让她独自步行到急诊科颇为费力。

她先后接到我和李承乾的电话，才知道原来那么多人都出了问题。李承乾知道她还在家，打算立刻送她去急诊。可他刚挂电话，产房这边又出了问题，急需他去解决。我也新收了一个危重产妇，忙着处理，我们都腾不出身来。

趁着腹痛稍微减轻，林皙月跌跌撞撞来到急诊室。急诊室里挤满了人，所有医务人员忙到焦头烂额。好在一切井然有序，林皙月的就诊过程倒也算顺利。护士很快就给她用上了解痉镇痛的药物，腹痛的症状是好了。可她在输液中，感觉有些头晕、心慌，周身出了很多汗，意识也开始慢慢模糊，她意识到自己可能发生低血糖了。输液区没有连接护士站的按铃，她想喊住不停来往的护士，帮她测个血糖，然后给她推点高浓度的葡萄糖，这样她的症状就可以迅速缓解。

可是周围的护士太忙了，要她们处理的病人太多，她们没有注意到这个年轻的同行已经出现了异样。

她喊了两声，可是周围太吵了，没有医务人员听见她的呼喊。她的视线也开始逐渐模糊，在她彻底失去意识前，她看到一个年轻医生朝她这里走来。

"你怎么了？快醒醒！"那个年轻医生焦急地拍打着她的肩膀。她一直没有找到恰当的词语去描绘那一瞬间的感觉。他戴着口罩，只露出眉眼，眼神温暖关切。他安静美好的模样与周围杂乱的环境形成强烈反差。她已经有些失焦的目光落在他胸前的工作牌上。赵英焕，她记住了这个名字。随后，她感觉有人将她抱起，绕过熙熙攘攘的人群，把她安置在抢救床上。之后，她便彻底失去了意识。

她的确是低血糖了。在推注高渗葡萄糖后，她很快便清醒过来。

科室突发变故，人力严重不足，谭一鸣向120调度中心说明了情况，再有高危孕产妇，请其尽量送到另外两家危重症孕产妇救治中心。那天晚上他吃得很少，症状也轻，我和李承乾已经连续工作了近三十小时，他和另一名症状已缓解的医生先行顶上。

科室的事情终于忙完了，可家里的事情还没解决。周五晚上小叔便给我打电话，让我周日回趟家，他要出面开一次家庭会议。回家的路上，我有些恐慌。小叔和父亲的性格都有暴虐的底色，我见过小叔在家宴上翻小婶的旧账，先前还谈笑风生的他，瞬间便情绪失控殴打小婶。

可我到底还是有些期待的。这样耗着也不是办法，我和父亲的矛盾日益深重，这种愤怒、敌对的情绪始终困扰着我。恶劣情绪会让人的面部渐渐地狰狞、扭曲，任由恶劣情绪不断地堆积，就像蓄积火药，有一天，这桶火药被蓄满了，只要出现明火，它会毁掉别人，更会毁掉自己。现在有"第三方"加入，或许是一个契机，我想让父亲知道，这些年他的恶习给我带来了很多伤害，到了该清算的时候。

可我一到家便愣住了，小叔把爷爷、大叔一并带来了。我忽然明白小叔开"家庭会议"的意图了。他不是要出面调解，而是要逼我就范。小叔前些日子找我借了两万，我自然知道这钱有去无回了。可这样也好，我在小叔面前可以挺直脊梁，不用再像从前那样弯腰驼背了。

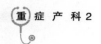

母亲有些着急，她知道我从小遇强则强，不懂退让，生怕我吃亏。她坐在我跟前半搂着我，害怕我做出什么出格的事。

爷爷没有直接攻击我，一开口就先责怪起了儿媳："慈母多败儿啊。这娃儿马上都30岁了，一点事都不懂，一点礼貌也没有，还敢跟长辈这么说话……"

大叔也是一副痛心疾首的模样，说："夏花啊，这做人要有感恩的心啊，人生在世，从来都是百善孝为先啊……"

我觉得这话从大叔嘴里说出来真是可笑。他的女儿承担了他对父母的养老义务。这样的人，居然也好意思理直气壮地教训我。

他们翻来覆去说的还是那些话，一点新意都没有。我已经准备应战了，可这两人明显没什么战斗力。

父亲也开始数落我的种种罪状："我们辛辛苦苦供你上学，你上学的时候就不断惹事，还差点辍学。你让父母操碎了心，熬白了头。你现在工作了，我和你妈苦了一辈子，回来投靠你。每天一大早就起来给你做饭，给你洗衣服，打扫卫生。可就这样，你还天天嫌弃我们，从来不肯给我们一个好脸色。辛辛苦苦养了你二十几年，现在还没多大出息呢，你就这样对我们。我在你这里住了半年，你才给了我两千块钱！问你要点烟钱，你都跟打发讨饭的一样……"

母亲忙着帮我辩解："钱给你了，你也要拿去赌！这半年多，你吃的、穿的、用的，还有各种保险，哪一样不是女儿出的钱？连过年孝敬老人的钱也是女儿帮着出的……"

既然都那么喜欢翻旧账，我这里又何尝没个账本呢？这些年的痛苦，我一直不知怎么向父母开口，现在刚好有个突破口，我要把这些年的委屈都说出来。

可一开口，我便已哽咽。我想起小时候和父母在一起时，偶尔也有过温馨画面。我说："这些年我一直记得你们的付出，我记得你们的好，可是……"

"你晓得就好！"父亲说。他的表情里有愤怒，有得意，却唯独没有宽慰。他像被人故意欠钱不还，而我在他不断施压下终于承认了这笔债务。他要立刻乘胜追击，生怕我赖了过去。

我再度困惑不已，我本想在此番对峙中得到父亲的道歉。可谈话才开始就已经偏离了方向。我还是打算把心里的痛楚一并说出：父亲嗜赌给家庭带来灾难，让我在成长的路上吃尽苦头……

父亲粗暴地说："你就是个怎么都养不熟的小畜生！一辈子昧着良心说话！你从小到大比周围的孩子穿得好，吃得好，吃穿不愁。你要什么我没给你买？现在不认账了！"

我再度惊愕，为什么父亲的陈述和我真实的记忆有这样大的出入？我刚上初一时，有一阵每天都会流鼻血。有一次在课堂上，我又流鼻血了，而且止不住。老师执意要送我去医院，可我说"一会儿就不会流了"。老师拉我出教室时，我不住地挣脱，边哭边说"我不去医院"。那时，我害怕得绝症，因为在韩剧里，罹患白血病的主人公一开始的症状就是无故流鼻血。当年我还不到13岁，可我知道医院的检查费和治疗费都不便宜，会增加父母的负担，父母挣钱太辛苦了。我怕去医院查出重大疾病，拖累父母。

我哪里从小吃穿不愁了？

我还没来得及开口，小叔便说："他们从小溺爱你，你有再多臭毛病，他们也忍着、惯着，你今天才敢对长辈这样肆无忌惮！你堂姐、堂妹从小在我身边，是我一手带大的，她们哪敢像你这样放肆！我就一直相信'黄荆棍下出好人'！"他看到母亲不住地给抽泣着的我拍背，又斥责母亲："就是你把她教坏了！"

小叔开了这样的头，屋里其他三个男人也开始轮番指责母亲，说她这么多年没有侍奉公婆，执意只生一个女娃，还教女无方……

他们没有注意到，此时的我眼神发僵，像受尽了霸凌的孩子。我直愣愣地看着茶几上的花瓶。花瓶里面的花早没了，花瓶也被父亲拿来当

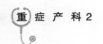

烟灰缸兼痰盂了。我举起花瓶，向那个言语最恶毒、神情最刻薄的人的头上砸。我一下又一下地砸着，直到那张令人厌恶的嘴脸血肉模糊，无法辨别。我还要继续抽那些已经目瞪口呆的人几耳光。

可我到底没有这样做。我的意识终究牢牢控制着我的手。我猛地站起身，抱起那个花瓶使劲地砸在地上，像狼一般咆哮："谁再敢说我妈一句，我就跟他拼了！"

此时的我大概像一只雪地里饿极了的孤狼，眼神让人生畏。那随时都可以玉石俱焚的冲动，让屋里的几个男人也愣住了。

爷爷和大叔都住了嘴，他们被我的举动唬住了。小叔这些年在人前风光惯了，哪里容得下侄女如此不服管教。他四下环顾，寻找合适的工具，帮我父母执行他"黄荆棍下出好人"的信条。

母亲此刻借势开门，指着自己的脑袋拼命地对这几个人眨眼。小叔显然意识到了什么。我上大学那会儿，寒假回过几次老家，他觉得我看起来终日郁郁寡欢，一副活着没啥意思的痛苦表情。他当年就当着我的面给我父母打电话，说我脑子肯定有问题，说不定有精神病。而我现在的样子还真让他言中了：我就是个浑起来不计后果的疯子。

当小叔发现我的目光一直在桌上的那把水果刀上，他便带着爷爷和大叔离开了我家。屋里只剩一家三口。我无比庆幸当时没有按照父母的意愿回县城工作。我在距离那个县城近百公里的大城市里定居，这帮人都可以这样随意上门"主持家法"。如果我当时没能留下来，此刻窝在县城，我要么跟堂姐一样，被这帮人教化成好操控的傀儡，要么就跟这帮人杀红了眼，大家永远不得安宁。

我一直尝试修复亲子关系，并努力自我救赎。可到今天我才发现，我此生最大的劫难就是有个这样的父亲。我终于认识到，一个生长于食人部落的人，从来都认定吃人是天经地义的事。父亲生养了我，从来都不是因为爱，而是妄想通过很少的投资获得高回报。早前，我就察觉，我对父亲来说是一个被用来改变他命运的工具。可我一直在竭力否定自己的感受，并为产生这种想法自责。

现在，面对父亲如此强烈的敌意，我终于可以不再自欺欺人了。我不再妄想改善这种关系，现在最要紧的就是离开这个人，离开这种根深蒂固的操控、绑架和勒索的关系模式。

我开始收拾东西。我要搬走自己剩下的所有衣服和书本，我不想再和这样的父亲多待一秒。别人家再穷，也不过家徒四壁，可父母这些年在那样偏远的农场连"四壁"也没攒下。父亲倒是找足了理由——全是因为我。

我理解母亲这些年四处漂泊、居无定所的恐慌，这房子就留给父母吧。这一年，天城市的房价井喷式飙升，这房子的价格就快翻倍了。真要计算，父亲在我身上的投资还真是赚翻了。

母亲急忙拦着我，说："我已经在找房子了，再给我两天时间，我们马上搬出去。这样住在一起，谁都过不好！"我劝母亲别折腾了，安心住着就行。我收拾完行李，准备开门，不想在这里多待一秒。

可父亲一下子堵住门。他嘴里叼着烟，眯着眼对我说："你让我和你妈搬出去可以，先给我十万块钱。把你上学的钱还给我们。"他显然误会了我的意思，以为我这样大张旗鼓地搬东西不过是以退为进。加上母亲说想搬出去住，自然激怒了父亲。他觉得这些年他的"辛苦投入"要打水漂了。

对这样被堵截的场景，我并不陌生。父亲不时在外欠下赌债，债主上门时，就这样堵在门口，让我无法外出。这么多年过去了，我以为自己早就摆脱了父亲给我带来的狼狈和羞耻。可没想到，时隔多年，我又陷入了当年的情境。而这次的"债主"是我的父亲。父亲的脸上全是怒火，他的眼里有我从未在别处感受到的巨大敌意。再细看，他的眼里还有掩饰不住的得意。

我的胸腔剧烈地起伏着，我忽然明白哪吒为何要割肉还父，剔骨还母。如果可以，我真想把整条命都还给这个人！

母亲知道我已经愤怒到了极点，像一点就爆炸的火药桶。她急忙拉开堵在门口的父亲，借口她要和我一起出去取钱，他才将信将疑地让我们母女出了门。

　　我在小区门口搭乘出租车时，执意拒绝母亲送我。我此刻迫切想切断和这个家的一切联系。

　　司机看着后排一言不发，只是不住流泪的奇怪乘客，几度想开口。可他显然不知如何开口，便也作罢。他索性打开音乐频道，当时恰好在播放筷子兄弟的《父亲》。

　　司机发现，这个奇怪的乘客像受到了更大的刺激，开始失声痛哭。

第二十七节
双姝 ▕▋ ‖ ⊕

　　家人由不得自己选，可朋友却是后天选择的。我这回彻底断了回家的念想，安心在医院附近和林皙月合租。断了与父亲和那边亲戚的连接，我便不再不时被恶劣的情绪影响。

　　前些天恰逢单位员工体检，我的体检报告是李承乾帮忙拿回来的。他一看到我的彩超便叹息不已，说我二十几岁就有这么严重的乳腺增生，还有乳腺纤维结节。我们都是干医疗的，他自然知道女性的这些问题和情绪有非常大的关系。我们平日里什么玩笑都开，可我极少提自己的家事，他也不好多问，只说开心点，为一些不值得的烂人烂事伤身体划不来。

　　医院对面的大厦新开了一家东方舞馆，我直接充值买了一年的课程。上学的时候我便迷上了这种舞蹈，可那时没有条件参与。我很快沉浸在东方舞的独特魅力里，跳这样的舞蹈无拘无束又自由潇洒，只需要关注自己的内心，还可以在舞蹈中发现并确定独属于自己的美。而一旦沉浸在这曼妙的舞蹈里，我先前的愤怒情绪也能得到有效排解。

　　林皙月对我的遭遇也开始有些同情，果真不幸的家庭各有各的不幸。我父母都健在，可我同样活得像个孤儿，我还不如孤儿呢，孤儿起码没有那么多的羁绊和牵扯。

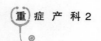

最近，林皙月总无意间想起那天在急诊科的场景。在她失去最后一点意识时，她知道自己被人用力抱在怀里。她已经无力再睁开眼睛，可是那一刻，她感觉自己终于有了片刻的停靠。从那一刻起，她无可救药地喜欢上了那个救治过自己的急诊科医生。虽然从理智上讲，她知道，那一天换成任何一个在场的医生都会把她治好，可她还是不可避免地沉溺下去。

这一天，科室接连收了两个妊娠合并恶性肿瘤的患者。虽说近些年肿瘤的发病率居高不下，肿瘤患者低龄化的现象也愈发普遍，可一个上午科室就接连收了两个罹患恶疾的年轻孕妈妈，大家还是叹息不已。科里的医生、护士都说要早点把重疾险买了，这些恶性肿瘤治疗起来费用相当惊人。医院职工虽然也有医保，但选用好点的药物和治疗方案，相应的费用都报销不了多少钱，一个中产家庭距离返贫可能只隔了一场大病。

我和李承乾一人收了一个妊娠合并恶性肿瘤的患者。这两个孕妇还刚巧被安排在同一个病房里。我们各自看了一下分管患者的住院证，看清了主要诊断后，面面相觑。

一个是小细胞肺癌伴骨转移，另一个是卵巢癌伴腹水。她们得的都是恶性程度很高且预后极差的肿瘤，而且都算晚期了。

两个孕妇还都是中妊期。得卵巢癌的患者名叫李英，29岁，孕18周。得小细胞肺癌的患者叫吴敏，28岁，孕24周。

医院里从来不缺各类年轻的绝症患者，工作久了我们也不再多愁善感。可两个孕妇都才二十几岁，这是她们第一次怀孕，原本该满心欢喜地等待新生命的到来，可眼下却抓到这样几乎没有翻身余地的烂牌。同样亟待处理的，还有她们肚里的孩子。

恶性肿瘤对母儿的威胁都很大，两个人都还处于中妊期，尤其是李英，她的胎儿只有18周，又有很多腹水，这样的情况很难拖到足月分娩。

按照收治患者的顺序，李承乾收治罹患卵巢癌的李英，我收治得了小细胞肺癌的吴敏。在还没有正式接触患者和家属时，我们都在心里盘算着接下来的沟通方向。

这样的医患沟通注定是沉重的。我们商量好，同步进病房了解情况，根据两边患者以及家属的情况，讨论后续的治疗方案。

科室历来有将罹患同类疾病的孕产妇安排在同一病房的习惯，这是为了便于宣教和管理。病床相邻的患者容易变成无话不说的好友，她们在难挨的住院期间，会彼此交流，甚至在某些治疗方案上，都会影响到对方的抉择。

这样自然也有隐患。之前科里有两个患有妊高症（妊娠期高血压疾病的通俗性说法，包括慢性高血压合并妊娠，慢性高血压合并子痫前期、子痫等）的孕妇住同一间病房，两人住院期间相见恨晚，无话不说。其中一个孕妇在怀孕36周时做了剖宫产，母子平安，一家人欢天喜地。另一个孕妇怀的是双胎，而且是试管婴儿。之前夫妻俩一直怀不上，做了好几次试管婴儿才成功，一家人自然小心翼翼，生怕有什么闪失。

根据那个双胎妈妈的综合情况，科室建议她在孕32周时把孩子剖出来。孕妇一家原本同意了，可隔壁床的孕妇告诉她，孩子才32周，早产儿并发症多，治疗起来费钱，要是再出现后遗症，家属更抱憾终身。她的孩子就是保到36周才剖出来的，在她肚子里多待了几周，现在连保温箱都不用住，孩子长得很好。

怀双胎的孕妇一家经隔壁床这么一番"现身说法"，便拒绝了医生的意见，要求继续保胎。意外猝不及防地发生了。

那天夜里，值班医生给她做了最后一次胎监，没发现异常，可在半夜里，她腹中的两个胎儿毫无征兆地死了。她醒来时察觉不到胎动了，发疯一般喊着医生、护士。当值班医生再次给她做胎监和彩超时，告诉

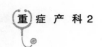

她两个宝宝都没了。她像只发了狂的母狮，疯狂地撕咬和踢打试图让她镇静下来的人，那个场面让所有人难忘。

我和李承乾同时来到病房，各自采集着患者的病史。

老年人患癌，家属多半还瞒得住，可年轻人不一样，他们有太多途径去了解自己的病情。我和吴敏的沟通很顺利，她坦言知道自己的病情，并表示想把这个孩子生下来。

病房的电视机正在播放一则新闻：国内每天有一万多人被诊断为新发癌症。这条新闻让屋内的气氛更加压抑。吴母假装想起了什么，说："我记得有个戏曲节目要开始了。"她边说边拿起遥控器开始换台。吴母一边换台一边说："现在得癌症的人多了，可医疗条件也更好了。只要癌症发现得早，治疗得早，有好多病人都跟正常人一样，该干吗干吗。"

一时间，我没想好怎么接话。有一部分癌症的确是可以临床治愈的。如果人的一生中一定要罹患一次癌症，那么就选甲状腺癌吧。很多甲状腺癌患者单纯经过手术、内分泌或放射性核素治疗，就可以完全达到临床治愈，这使现在的很多商业保险都将甲状腺癌从"重疾"的项目中剔除了。

可小细胞肺癌不一样，预后差，五年生存率非常低，而且吴敏还出现了骨转移，她的腰椎和右髋关节上都发现了转移灶。

这是个二人间病房，吴敏的一大家人都在病房陪她。可她隔壁的李英是一个人来的，和吴敏相比，她的处境显得特别凄凉，让医务人员看了都心酸。

在李承乾和她的对话中，我得知她离婚了，就在她确诊卵巢癌之后的一周。

"她老公就因为这个病跟她离婚了？"我和李承乾先后走出病房，一回到办公室，我就忍不住问。

"难不成是别的原因？"李承乾继续写他的病历，键盘敲得噼啪作响。他做什么事情动作都快，没几分钟便忙完了手上的活儿，他说："更过分的是，李英的妈妈现在也在天城市，伺候她儿媳坐月子。她女儿这样了，问都不问一声！"

"她这次住院目的就是直接引产了？"

"不引产难道还要生下来？她在广东打工时认识了前夫，后来跟前夫定居在一个小镇上。她一确诊卵巢癌，前夫就直接从医院走了，电话也不接了。她前夫过了几天给她打电话过来，说同意在民政局见面。她前夫留了点积蓄给她，孩子他是坚决不要的。她老家在天城市周边的县城，她的医保在这里，弟弟、妹妹也在这里定居了。她就想着回这边治疗，一家人好歹能帮衬一下。可你也看到她现在是啥情况了，孩子才18周，就算熬到足月了，生下来送孤儿院吗？"李承乾有点恼火，他历来见不得遭遇不幸的妇女。

"女方在怀孕期、哺乳期，男方不是不能提出离婚吗？"我记得民法典里有这样的规定，便问道。

"女方执意要离，也是可以离的。守着这样冷血的丈夫，还不如离了痛快！"李承乾和李英接触的时间很短，可他感觉到李英是个很要强的女人。

吴敏在半年前就开始咳嗽了，可她没怎么重视，以为自己只是受凉了。她很喜欢孩子，一直盼着当妈妈，后来发现自己怀孕了，怀孕后每天开心得不得了。她知道在孕期很多检查不能做，很多药也不能吃。看她一直咳嗽，家人想让她去照个胸片，可她担心有辐射，一直不愿做肺部的检查，只是定期到医院产检。她也知道，很多药物在孕期是不能吃的，对胎儿会有影响。见她咳得厉害，吴母心疼不已。吴母听说冰糖雪梨可以止咳，每天都给女儿炖，可还是没什么效果。后来吴敏出现了腰痛症状，到社区医院看了，医生跟她说，怀孕后子宫增大，躯体重心后移，而且不少孕妇也会出现骨质疏松，所以孕期腰痛很正常。医生给

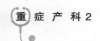

她开了些钙片，她吃了钙片之后腰痛没有缓解，右侧髋关节也开始有点痛了。她怀孕后就加了一些孕妈妈的微信群，在里面和她们交流怀孕心得。她在其他孕妇那里听说，怀孕后出现腰腿痛挺正常的，她便又打消了疑虑。

直到几天前，吴敏的右侧髋关节已经痛到没办法走路了，她被家人送到医院后，骨科医生要给她拍X光片，她坚决反对，怕影响胎儿。骨科医生再三给她解释，X光片的辐射剂量很小，而且她肚里的孩子都二十几周了，早就过了敏感期。她这才同意检查。

X光检查提示吴敏的腰椎和右侧髋关节都有肿瘤病灶，医生把她收到了骨科治疗，可住院后再一检查，发现吴敏得的是小细胞肺癌，腰椎和右髋的病灶就是从肺部转移的。由于她是孕妇，骨科便将她转到我们科来了。

我第一次接触吴敏，她就明确表示要保胎。可小细胞肺癌伴骨转移，不经治疗的话，患者的一般生存期只有3—6个月。如果患者对化疗敏感，那么生存时间会有所延长，但患者的存活时间也很难超过一年。

吴敏的胎儿太小，虽然在一线城市有24周胎龄的新生儿存活的报道，但毕竟罕见。而且这种超早产儿的治疗风险和费用都太高，不是普通家庭可以承受的。毕竟这么多年来，满28周的胎儿才被认为有一定生存机会。

而且从吴敏的胸部CT来看，她的肺上全是肿瘤病灶，肺门和大血管周围都有肿瘤侵蚀的表现，她随时可能出现严重的呼吸衰竭或者大咯血，这些都是要人命的。

我照例先召集家属做第一次沟通谈话。我把其中的利弊都摆在家属面前了，这样的情况我不便帮家属做决策。

吴敏的父母和公婆一看便是长期务农的人。她的丈夫是个建筑工人，来医院的时候还穿着工作装，身上有星星点点的泥浆。她的妹妹看起来文质彬彬，书卷气很重。

整个谈话过程中，这家人都非常客气、拘谨。这次谈话时间长，我中途给他们的纸杯里倒过一次水，他们也像受到了莫大恩惠般反复感谢。

在这样沉重的气氛下，吴敏的父母先表了态，他们想把胎儿打掉，给自己的女儿争取一点治疗时间。吴敏的公婆沉默了一阵，当他们看到儿子也是这个意见时，便也默认了。

家属的意见倒是统一了，如果吴敏本人也同意，那就这么办了。

可吴母红了眼眶，小声哽咽着，说："我女儿还是想留住这个孩子，怎么劝都没用。她听说这个病需要化疗，怎么都不同意，她怕化疗药伤了孩子。她之前就咳嗽，怕止咳药对孩子有影响，她连续吃了好几个月的冰糖雪梨。她后来闻到那个味都想吐……这个病虽然是晚期了，但是治疗总比不治强。我们还是希望她能多活一阵子，毕竟她还那么年轻……你们也别劝她要这个孩子了，我这个女儿，命很苦，从小就没过几天好日子……

"我和她爸都是庄稼人，没什么本事。农村人供两个孩子读书也费劲。小敏从小就懂事，什么事情都想着家里，也特别宠妹妹。其实妹妹也就比她小三岁多，她什么都让着妹妹。

"我们家里条件不宽裕。她高考成绩不好，没考上本科，我们劝她去读个专科，可她说现在本科生都那么难找工作，更别说专科生了，还不如早点出来工作、挣钱。

"其实我们也知道，她嘴上说读专科没什么用，其实就是想帮家里省钱，我们当时的确也没办法供两个孩子读书。她一个女娃儿，没学历、没技术，工作不好找啊。她听说广东的工厂工资高，就去那里打工了。她每次给我们打电话，都报喜不报忧，说厂里可好了，管吃管住。后来我去看过她，一个小房间住了十几个姑娘，跟住集中营差不多。我在那里待了几天，就没见她们厂里有过一个肉菜……

"她妹妹的成绩很好。老师想让妹妹读研深造，可妹妹觉得家里条件不好，不想继续读，想早点出来减轻姐姐的负担。可是小敏坚决支持妹妹继续读研，说女孩子多读点书多好，眼界肯定也不一样。妹妹毕业后，她就没在广东干了，回来在这边厂里找了份工作，也找了男朋友。两人到谈婚论嫁的阶段，经济压力很大，又要合力凑首付，小敏下了班还要卖凉粉，摆地摊，可她从来没向任何人抱怨过。

"前年他们刚买了房，去年年底发现怀孕，一家人都开开心心的，以为日子会越来越好，可哪里想到……我们一家人，从来不抽烟，一大家人，也没一个得过重病的，为啥就是小敏，那么年轻就得了肺癌……"

说到这里，吴母早已泣不成声。她的小女儿揽过母亲的头，跟着小声啜泣。

听了吴母的话，我也心里一阵酸楚。

我再度回到病房，想把她家属的意思告诉她。我告诉她这个病的确预后很差，但是早点治疗，总比不治强。

"治了还是要死的，我才不花那么多钱去受那么多罪。"吴敏语气平和，好像得病的不是她本人。

母亲显然不能接受她坐以待毙的消极治疗态度，一个劲地说这病肯定能治，把孩子打了就马上治病。吴敏和母亲开始争吵，最后，母女两人都哭了。

离开病房前，我看了看李英，她还是没有家属陪床。她没吃完的晚餐还摆在床头柜上，是用鲫鱼和黄辣丁熬制的鱼汤，和吴敏吃的一样，应该是吴敏的家属带来的。见她不再吃了，吴母便帮她把碗收了，李英有些不好意思，说她自己来。吴母只说了句"这闺女也不容易"……

我心想，血亲又如何，还敌不过这萍水相逢的关系。

次日交班，我将患者和家属的分歧转达给谭主任。谭主任查看了吴敏所有的检查结果，也叹了口气，说："现在这个情况，或许她本人的诉求还更理智些。努把力，好歹还有希望保下来一个。毕竟这孩子已经来了。"

李英的情况同样让其主管医生李承乾头痛不已。她胎盘的位置偏低，引产过程中极易出现大出血，可她偏偏还是Rh阴性血。最近血库闹血荒，各类血制品都很缺，更别说她这样的熊猫血。引产顺利还好，要是产后大出血了，还真不好收场。李承乾动员李英，让家属赶紧去献血，以备不时之需。可他一开口，李英便哭个不停。她父母年纪大了，而且身体一直不好。弟弟、妹妹都在这里，可到现在都没人来看过她，更别说要他们去献血了。

李承乾一回到办公室就开始骂娘，骂那一家子都不得好报，对一个得了绝症的孕妇能凉薄到这般地步！

李承乾刚发完牢骚，吴敏的娘家人、婆家人就陆续到了医生办公室。这一次出面做医患沟通的是吴敏的妹妹。她告诉我，家人还是想先给姐姐治病，姐姐现在肺功能很差，还怀着孩子，不知道还能撑多久……她说到这里，眼睛又红了。她的导师知道她姐姐的情况，帮她联系了一家国外的医院，那家医院治疗小细胞肺癌的技术全球领先。她和姐夫、丈夫也商量好，两家都把房子卖了，让姐姐去国外治。一家人想最后搏一下，就算不能治好，一家人也认了。钱没了可以再挣，人活着就有希望。

这一家人的态度这样坚决，我忽然有些感动。吴敏年纪轻轻就得了绝症，可她还有爱她的家人。可吴敏的态度也很坚决，只要还没死，她就会想办法保孩子。

这样的僵持并没有维持太久。我值夜班时，听到病房里发出激烈的争吵声，我听出是吴敏一家的声音，便前往她所在的病房。

和吴敏一家接触的这段时间，我能感觉到这是个温暖、和睦的家庭。他们有如此激烈的争吵，让我有些意外。他们一家争论的重点还是胎儿的去留问题。家人都希望吴敏放弃胎儿，早点治疗肿瘤。可吴敏坚决不听，她要留下这个孩子，而且不打算做后续的治疗。

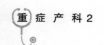

一家人都在劝吴敏，可吴敏毫不退让。吴母边哭边劝。

"阿姨，你们就听她的吧。"平日里查房时，我极少听到李英说话，她终日蜷缩在床上缄默不语，像被整个世界遗忘了。

李英的胎儿才18周，可因为腹水，她看起来像快要临盆了，这使她的行动显得有些笨拙。吴母急忙去搀扶她，让她坐在自己女儿的床上。

"阿姨，我不要这个孩子是因为没有选择。但凡我家人有你们一半好，我都会想办法留下这个孩子。孩子是我们的亲骨肉，跟我们血脉相连……"

她边说边哭，一开始还只是不断抽噎，后来完全说不下去了。吴母知道她委屈，也搂着她哭。

哭了好一会儿，李英才擦了擦眼泪，讲起她的故事。

她家在天城市下辖的贫困县的山区。她父母身体不好。她初中毕业就辍学了，去广东打工。最早也和吴敏一样，她不分昼夜地在工厂里干活，挣的钱都寄回家，供一家人糊口，供弟弟、妹妹读书。可工厂的日子太苦，挣得又不多，她个人形象不错，人又会说，机缘巧合进入了一家日化公司，专门推销化妆品。

她寄回家的钱慢慢多了，也有闲钱打扮自己了。她不到16岁出来打工，每年春节都想回家，可因为心疼路费，她快20岁了才回家探亲。几年不见，弟弟、妹妹跟她生疏了，父母看她的眼神也有点奇怪。

后来她才知道，老家太穷了，好多南下打工的女孩都做了"那种生意"。做"那种生意"的女孩的家里无一例外条件都慢慢改善了，女孩回来也都花枝招展、浓妆艳抹，一看就是做"那种事"的。

做化妆品推销的她，非常符合村里人对"那种女孩"的描述。正所谓三人成虎，"李家大姑娘做皮肉生意"的事情便被传得人尽皆知。

那会儿弟弟、妹妹也都进入青春期了，变得叛逆、敏感，那些捕风捉影的传闻让他们抬不起头来。虽然学费和生活费是姐姐出的，可他们还是怨恨干了"脏事"，让他们蒙羞的姐姐。

回广东后，被伤透了心的她很少再和家人联络，可她作为长女和长姐的责任却始终在。弟弟、妹妹成绩都不错，相继考上大学，父母年迈，老两口的身体都不好，得吃不少药，家里的花费自然就更大了。

那家日化公司早就倒闭了，这些年她在宾馆、KTV、美容院这样的地方工作。每一个工作地都让家人有了暧昧的联想，总觉得女儿做了"不体面"的工作。其实，她到28岁结婚那天都还是处女之身。这些年她吃够了没有学历的苦，自然希望弟弟、妹妹好好念书，不要像她一样。

弟弟、妹妹都工作了，她才终于可以考虑一下自己的事情了。这十几年的工作干下来，她没有了年龄上的优势。她找了一个同在那里打工的男人安定下来。他们买不起城里的房，便回了男人老家所在的小镇，准备做点养殖生意。

可厄运就这样来了。婚后一年她发现自己怀孕了，去当地的镇医院产检，医生说她有卵巢囊肿，囊肿是良性的，观察就好，她也没往心里去。可后来因为腹围异常增大，她便去大医院看，医生告诉她这是卵巢癌，恶性程度很高的那种……

她说自己和吴敏很像，都是很年轻时就出来打工，也都年纪轻轻在孕期得了癌症。可吴敏还是幸运些的，起码家人都爱她，她的孩子生出来肯定也有人养，有人疼……

几个女人哭成一团，吴母搂着两个患了恶疾的年轻姑娘，心疼地念着："天底下怎么会有这样的家人呢？他们不疼你，我们疼你。我就当自己多了一个女儿。"

当医生的这些年，我自认为面对患者时我已经能很好地控制自己的感情。可此刻，我也跟着哭红了眼睛。

第二十八节
遗愿

次日交班，我告诉李承乾昨天夜间知道的关于李英的事情。李英不到16岁便辍学打工供弟弟、妹妹读书，却被村里的谣言中伤，家人失和。弟弟、妹妹现在有出息了却都嫌弃姐姐。姐姐不管是引产，还是后期做卵巢癌的手术，都需要备血，这种熊猫血非常稀缺，要家属献血，可他们都躲起来了。

李承乾一听就火了，说："我之前只觉得她家人无情，现在才知道还无德。就算她姐姐真干了那行，钱也都花在这帮孙子身上了！他们这会儿还想着撇清关系，真想找我那个在电视台工作的哥们儿曝光这家人！"

李英的问题还得解决。吴敏来产科住院是为了保胎，李英来产科住院是为了引产。虽说血源紧张，可李承乾也得帮她想办法。

他跟李英说了治疗方案，先在产科做引产，引产后再转到妇科做卵巢癌肿瘤细胞减灭术。引产对她来说有相当大的风险，前置胎盘很容易出血，而且她是Rh阴性血，这种熊猫血不好调配血制品。

可李英没有丝毫顾虑，说："我信得过你们，你们总会有办法的。"

李承乾笑了笑，说："你还真是来考验我们的。"

　　在李承乾的软磨硬泡下，输血科给他准备了两个单位的红细胞悬液。

　　做好了相关准备，李承乾给她用了米非司酮，又在她的羊膜腔内注射了利凡诺。这些工作完成后，便等着产程发作了。注射药物的次日夜里，李英下身便开始出血了，这晚刚好是李承乾值班。

　　李英流出的血都是鲜血，只一会儿工夫，量就比正常月经量多了。李英已经签了授权委托书，病情有变化，特别是在她不清醒的时候，如果医院有哪些文件需要家属签字，就全权委托吴母了。她相信这家人。

　　李承乾请了介入科急会诊，紧急给她做了双侧子宫动脉栓塞术。介入治疗完毕后，李英下身的出血量大大减少，李承乾心里一直紧绷的那根弦也渐渐放松了。折腾到次日九点，李英顺利娩出了死胎，是个男婴。

　　她之前已经签署了死胎的处理意见，她选择由医院处理死胎。死胎被收走前，李承乾问她要不要看一下。她别过头去，说：“不用了，缘分太浅。”

　　可李承乾还是看到两行清泪从她的眼角滑落。她劝吴母让女儿留下外孙的那晚他不在，因此这是她入院以来，他第一次见她哭。她的家人都健在，可她比谁都更像一个孤女，这些天她干什么都一个人，坚强、固执得像一块顽石。

　　李英的状态也很不错，子宫恢复得很快，也没有出现产后出血。有了吴敏一家人的陪伴，李英比先前更有活力了，有时候去查房，我在门口就能听见她给吴敏的孩子唱儿歌。她说孩子能听见，她之前每天也给她儿子唱。

　　既然吴敏一家已经做出了决定，作为主管医生，我也尊重这家人的意愿。但这场孕育存在的风险很高，该完善的沟通和风险告知都必须进行。

吴敏行动不便，这场医患沟通是在病房进行的。我坦言，吴敏的肺上长满了肿瘤，肺门和血管都有受侵的迹象。而且小细胞肺癌进展非常快，不经治疗，自然生存期非常短。胎儿现在25周了，距离28周还有3周。如果保胎期间肿瘤进展过快，那么母儿都会有危险。当然了，也可以先积极治疗肿瘤原发病，但是相关的治疗很可能对胎儿造成不利影响。

见我仍向吴敏提到可以先治疗原发病，吴母用感激的眼神看着我。可吴敏置若罔闻，她平静地向家人解释："我刚确诊的时候也根本没办法接受，我这二十几年从没做过坏事，可这绝症就找上我了。我那时每天夜里都在哭，我知道你们在瞒着我，我还要在你们跟前装作什么都不知道。"

她说着说着，眼圈就红了，继续说："我也想把这个病治好，我的孩子都还没出生。我知道你们想让我去国外治，可我这些天查过了，全国有那么多好医院，都治不了这个病，国外的治疗结果又能好到哪里去？而且为了给我治这个绝症，你们要把两家人的房子都卖了。就算我能多活个一年半载，又怎样呢？"

说完了这些，吴敏诚恳地望着我，说："夏医生，我也不为难你们。我现在这种情况，也是在赌，这个孩子能保住当然最好。可如果我和孩子都没了，这也是我们母子俩的命。你们不要有任何心理负担。"

我听着心里一热。吴敏又主动问我："你们医院有没有那种'免责声明'的文件？我想先签一个。"

我告诉吴敏，医院没有这样的文件。但我承诺，在她保胎期间，我们会尽最大的努力，哪怕要面对一个最糟糕的结果。

吴敏的家属此时已经彻底断了引产的念想，便索性陪她一起等着这个孩子生长。

我们不知道之前跟吴敏说过的风险会在哪一刻出现，毕竟在强大的命运面前，很多时候，现代医疗手段非常无力。

李英要出院了，去广东办点事情，办完后再回妇科住院手术。李承乾劝她直接转到妇科，很多检查都是现成的，转到妇科可以直接用，出了院过段时间再回来，很多检查得重做了。而且以她现在的情况，她也不适合出远门。

她说离婚时前夫把镇上的房子分给她了。她之前把房子挂在网上，中介喊她过去办手续。小镇的房子值不了多少钱，她又急着卖，房子卖得很便宜，但好歹这也是一笔钱。治疗恶性肿瘤实在太花钱了。

李承乾刚好下夜班，想送她一程，反正他也顺路。

她拘谨地上了车。她念完初中便没上学了。她打心眼里佩服文化人，总觉得自己和文化人不是一个世界的。她平日里见到的李承乾都穿着工作服，加上她作为患者会仰视大医院的医生，此刻两人同坐在一辆车里，她却感觉和对方在两个平行的时空里。

她的弟弟、妹妹也都读了大学，而只有初中学历的她像扎进泥土的根茎，供养着地面上的花草。她和弟弟、妹妹表面上仍然有联系，可实际上早就不在一个世界里了。

李承乾也觉察到她的局促，便有一搭没一搭地和她聊天。他不住地讲发生在产科的趣事，他的口才本就一流，某些地方又添油加醋，平日里再不苟言笑的人，也能被他逗得开怀大笑。

平时开车从医院到机场需要一个小时，可现在是午高峰，堵得厉害，他们花了九十多分钟才到机场。可这么一路聊下来，两人都觉得时间过得挺快。

李英下车时，李承乾对她说："先安心办事吧，你回来要是还愿意住我们医院，我就找在妇科的兄弟帮忙安排。"

李承乾回到家已经是下午四点，这会儿李英乘坐的飞机已经起飞了。他希望这个生命力像野草一样强劲的女人此行顺利，早日归来。

　　吴敏的情况不太好，她的病情进展得很快。她的腰椎和右髋疼得越来越厉害了，可她不愿意用止痛药，她怕药物对孩子有影响。她的孩子最多能保到28周，她也知道早产儿会有很多问题，所以她现在要尽可能减少给孩子带来威胁的因素。她听说音乐可以缓解疼痛，痛得睡不着觉的时候，她就听莫扎特和舒伯特的音乐，她尤爱听莫扎特的《摇篮曲》。她肺上的病灶也越来越多，她的肺功能自然也越来越差，她整日胸闷气短，咳嗽不止。我们一直给她进行高流量吸氧，可她的血氧饱和度始终上不去。她的食欲很差，可她每天强迫自己吃高营养的食物。即便这样，她仍愈发消瘦，毕竟胎儿和肿瘤都在生长。

　　每次去查房，我都能感受到她的焦虑。她已经被我们转移到科里的抢救病房，就在护士站边上，情况一有变化，我们就会立刻发现。

　　危险还是在吴敏27孕周时出现了。早晨查房那会儿，在又一阵剧烈咳嗽后，她开始大咯血。她肺部的肿瘤组织已经侵蚀了肺部的血管，这种大咯血对她来说是致命的。换作普通的大咯血的患者，我们会首选垂体后叶素治疗，因为这种药物可以有效收缩肺小动脉，减少肺内血流。可这种药会导致子宫强烈收缩，吴敏还没有临产，使用这种药物可能会让她出现流产甚至是子宫破裂。吴敏自然是无论如何都要保住孩子的，我们只好给她联系了介入科手术。我告诉吴敏的家属，介入手术虽然是微创的，可手术会有一定程度的辐射，可能出现各类介入的并发症，而且不一定能成功止血。

　　吴敏的家属看到她大口咯血，早就吓得六神无主。吴母一边哭一边给女儿拍背。她的妹妹和妹夫还算淡定，表态要求立马手术。

　　吴敏立刻被送到介入科，秦松明和主任一起给吴敏做了支气管动脉栓塞术。他们在吴敏的大腿根部开了一条很小的口子，将导管从这个小口子置入，将导管送到吴敏的胸主动脉附近，在找到出血的支气管动脉后，他们便用一种很特殊的材料把被肿瘤侵蚀破裂的血管堵住了。手术效果很好，吴敏很快便没有大口咯血了。

术后的吴敏被转回了产科，她的生命体征平稳，除了有些低热和轻微的恶心、呕吐外，她没有再出现其他的介入并发症。

总算有惊无险。可医务人员还是担心，如果这样的情况短期内再度出现，很难保证能让这对母子从鬼门关闯过来。

吴敏出现了大咯血，又经历了介入手术，我每天都会给她做床旁超声，胎心监测也做得更勤了。这个孩子好像也知道母亲遭了大难，一直都安静乖巧，没让母亲操心。

有一天做超声时，吴敏忍不住问了我孩子的性别。像很多准妈妈一样，她们热烈地爱着即将出世的宝宝，一遍遍幻想第一眼看到孩子的模样。平日里给这些孕妈妈做彩超时，她们会变着花样问我孩子的性别，诸如"你觉得给宝宝准备裤子好还是裙子好""宝宝喜欢蓝色还是喜欢粉色""宝宝更像爸爸还是更像妈妈"。我只是笑笑，然后告诉她们天机不可泄露。

可我这次破例了，我告诉她"宝宝和你一样"。我明知这样做违反规定，可还是想让她提前知道。

虽然两种概率各占一半，可真正得知孩子性别的那一刻，吴敏还是格外惊喜。她激动地说："太好了，和我期待的一样。我以后可以给她梳小辫，看她弹钢琴，还能带她上海洋馆……"

她说这些话的时候眼里满是期待，可很快，她眼里的光又渐渐暗淡下来。

她试探着问我："夏医生，如果我的病情再稳定一点，能不能和丈夫外出几个小时，我们有一件很重要的事情要去办。"

我问她："你们要去海洋馆吗？"她刚才说的三个心愿，或许只有最后的那个心愿能够勉强实现。

她不好意思地笑笑，说："我们家的房子离海洋馆不远，平常总看到父母带着孩子去里面玩。我听说里面有白鲸、海豚、海豹的表演，感觉每个去那里的小朋友都高兴极了。我以前也想进去看看，可门票挺贵，二百九十八元一张，我一直没舍得。我知道3岁以下的小孩不收门票，就想着孩子出生了，我们夫妻俩带她一起去看。哪曾想到……"

我没有作声，她现在的情况连床都下不了，还要一直吸氧，根本去不了海洋馆。

在知道李英的经历后，李承乾说要找在电视台工作的朋友曝光她的白眼狼家人，可冷静下来之后，他还是作罢了。他的朋友知道我们科室有个宁可舍弃自己的生命也要保下孩子的肺癌妈妈，便决定做一期母亲节特别报道。

吴敏一家人在知道这件事时，虽然有些意外，但也接受了。特别是吴敏，对这次拍摄还相当期待。

在病房里拍摄的那一天，吴敏提前洗好了头，并脱下病员服，换上了一件大红色的孕妇连衣裙，还让妹妹帮她化了妆。

因为贫血，她的脸色一直有些蜡黄，嘴唇也因为缺氧有些发绀。可此刻的她有了粉底和唇彩的修饰，加上穿着喜庆的颜色，气色看上去比平日里好了很多。

电视台录制视频时，我作为主管医生参与其中。

对着镜头的吴敏有些紧张，也没有想好要说些什么。

见她一直没开口，摄影师便将镜头转向主持人，主持人来引导。这是母亲节特别节目，自然要煽情。主持人调动好情绪，字正腔圆地说："世界上最伟大、最无私的感情就是母爱，因为这份沉甸甸的母爱，母亲可以为了孩子放弃自己的生命……"

她还没有说完，吴敏便连忙打断她，急着解释："不是你说的这样……"

再次面对镜头的吴敏已经没有了先前的紧张和扭捏，她的眼神异常淡定，也格外温柔。

"我得了这个病，不管要不要孩子，我都会走，所以根本不存在什么'可以为了孩子放弃自己的生命'。我愿意录制这个节目，是想有一天我的孩子在长大后能看到这个视频，听她的妈妈亲口告诉她'妈妈不是为了她放弃生命，而是因为患了绝症离开的'。我不想任何人拿'母亲为了孩子放弃生命'的说法来绑架我的孩子，更不想孩子一出生就背着莫名其妙的沉重包袱。"

绑架？我微微一怔。

"冒险带她来这个世界，是一件非常自我的事情。是我想成为妈妈，是我想让这个小生命到这个世界上来看一看，体验一下。这和'伟大'没有任何关系。

"我妈时不时就对我说，我是个苦命的孩子。可这二十多年里，我觉得我还是过了很多好日子。他们都说我的孩子生下来没妈，还不如不生。可我觉得这个世界蛮精彩，也有很多好人。这个小生命已经被我带来了，我希望她可以到人间来体验一下。

"对我的孩子来说，没有妈妈也不会是一件太糟糕的事情，毕竟她的爸爸、小姨、外公、外婆、爷爷、奶奶都会爱她。我就是遗憾，以后不能给她梳小辫子，看她弹钢琴，带她去海洋馆了……"

说到这里时，吴敏哽咽了，而摄影师的双手有些发颤，镜头也跟着微微摇曳。

制片人看完剪辑过的节目后大为感动。她从我这里得知吴敏最大的愿望便是一家三口一起去一次海洋馆，便迫切想帮吴敏完成这个心愿。她也是妈妈，能理解另一个母亲最简单质朴的愿望。

吴敏的情况肯定是没办法外出的。可这些天，我和制片人一样，总记得她说到海洋馆时一脸憧憬的模样。我也想成全她。

我将这个想法告诉谭主任。在说出这个想法时，我也觉得自己有些荒唐，可他沉吟了半晌，居然也没反对。他历来把医疗安全放在首位，可眼下，他也松口了。

他告诉我，多年前他还在实习时管过一个得了胰腺癌的高龄患者，患者有很严重的糖尿病足，好几根足趾都坏死了。他每天跟患者说一定

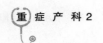

要管住嘴，控制好血糖。那个患者满口答应，可他一走，患者便从枕头下拿出一块糖，迅速塞到嘴里。

他知道后很生气，觉得这个患者不听劝。面对他的质问，早被疾病折磨得脱了相的老爷子笑得非常坦然，说："我这辈子什么苦都吃过了，饥饿、战乱、批斗，哪一样都没落下。我小时候就很馋甜食，可那会儿太穷了，根本吃不上。为了吃点甜食过过嘴瘾，我还掏过马蜂窝，差点连命都没了。后来条件好了，我就拼命吃甜食，直到得了糖尿病。现在我没有几天活头了，每天打吗啡都没啥用。可想到枕头下还有糖，我就觉得日子也没那么苦了。"

他便没再让老者严格控糖，这成了他们俩的秘密。没过多久，那个老人便过世了，可老人临终时的笑容是甜的。

他后来干了产科，还当了主任，工作性质使他如履薄冰，产科大夫的责任太大，一点错都不能犯。可现在，面对我试探性地提议，他居然答应了。他想起了当年的那个老人，他也想把"那块糖"带给这个年轻的绝症妈妈。

他到病房再次给吴敏做了彩超和胎监，觉得还行。

周一是海洋馆人最少的时候，在那位制片人的协调下，吴敏一家都到了海洋馆。本来周一没有鲸鱼和海豚的演出，可海洋馆的负责人知道吴敏的情况后，让吴敏一家进了表演展馆，临时给他们加了鲸鱼和海豚的表演。谭一鸣托关系找到一辆商用救护车护送吴敏，为了保障孕妇安全，谭一鸣给了我半天假，让我和科里的护士一起去。这样多一重保障，让他们玩得更开心些。吴敏需要一直吸氧，护士长协调出好几个氧气瓶，足够吴敏用一上午。

终于熬到第28周了。28周后出生的早产儿存活概率比较大。而以吴敏现在的情况，我们也不敢让她继续妊娠了，在多科室协同会诊后，我们决定给她做剖宫产取出孩子。

麻醉起效后，谭主任用最快的速度将一个皱巴巴的皮肤青紫的女婴从吴敏的子宫中取了出来。这个还在母亲肚子里便遭遇大难的女婴非常瘦弱，像只营养不良的幼猫。

这种刚出生的早产儿，脸上、身上都皱皱巴巴的，还混合着血迹、羊水、胎脂，看着像个老婆婆。吴敏全身麻醉，她的手术还没结束，我们还在逐层缝合关腹。她自然是不能睁眼看孩子的，在婴儿被送到监护室前，医生还是照例把孩子的脸在吴敏的脸上贴了贴。

孩子也没睁眼。可贴到妈妈的那一刻，皱巴巴的小脸忽然像一朵花般舒展开来。

这么艰辛的孕育，吴敏先前承受的所有痛苦，在新生命出现的一刻，似乎都值了。

术后的吴敏在监护室观察了一天便被转回产科病房。她们一家人都决定不去肿瘤科做后续的治疗了。虽然我们科的危重孕产妇挺多，但好歹这里是全院唯一有喜事的地方，而且每天都有好多喜事。

生产前几天，吴敏的精神状态非常好，食欲也很不错。后来再看，我们觉得那更像"回光返照"。孩子出生后，吴敏身体的各项指标都迅速恶化，普通的高流量吸氧已经不能缓解她的缺氧症状了。她需要使用无创呼吸机。孩子出生后，在用药上我们自然也没有顾忌，可以给她使用镇痛药了。她可以不再靠听音乐来缓解疼痛。最初的几天，她可以安睡整晚，可她清醒的时间越来越短，偶尔醒着的时候，她也经常认错人。她的反应越发迟钝，智力像退回到幼儿的水平，直到一天上午，吴母发现女儿什么也看不见了。吴敏已经脱离不了呼吸机了，不方便外出做检查，或者说，做了检查也没啥意义，她应该是出现肺癌脑转移了，所以她的智力和视力都受到了影响。我们都知道，她的生命已经开始进入倒计时。

一天晚上，吴母来找我，手里拿着一个很厚的红包。她对我说："这钱是李英送的，她让我们一定要把这钱收下。这是她当干妈的心意。李英现在在妇科住着，她得了这个病也很花钱，又没家人帮衬。她

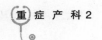

的心意我们心领了，可这钱太多了，我们不能要。她坚决不肯收回去，还跟我们急眼了。"

吴母说她不知道李英的住院号，刚才她去窗口一问，发现妇科住着好几个叫李英的患者。她怕把钱充错了，想让我帮忙充到李英的住院费里。她说谁都知道癌症治疗起来是很烧钱的……

我承诺帮她这个忙，并告诉她："不要太担心李英。李英这次的主管大夫是李承乾的铁哥们儿，那个医生对她很照顾。妇科和麻醉科也知道李英的情况，都很心疼她的处境。监护费、氧气费、手术费那些可以灵活掌控的部分，科室都帮她想办法，能免的就免了……"

吴敏一天比一天虚弱，刚巧那阵子VIP病房没人住，护士长把吴敏安排在了VIP病房里，却还是收取普通双人间的床位费。大家都想让这个年轻妈妈在生命最后的日子里，能尽可能过得舒坦些。

没过两天，吴敏便进入了弥留期。一家人商议后，决定带她回家。

一周后，护士照例给每个出院产妇打回访电话。护士给吴敏家打回访电话的时候，我也在旁边。护士也知道吴敏的情况，在拨电话前她也犹豫了一下。

接电话的是吴敏的丈夫，他告诉我们，吴敏已经走了，刚回家那天她就走了。

我们都知道吴敏的结局是什么，可在得到她去世的消息时，心里还是有说不出的难过。

好在NICU那边传来了好消息。吴敏的女儿恢复得不错，要不了多久就可以转出NICU了。

这些时日，我发现了林皙月的异样。每当忙完工作，她就会拿出手机看，看着看着就会发笑，有时还脸颊微红。她应该坠入爱河了。难道李承乾这厮终于"精诚所至，金石为开"了？不过，他前两天才向我诉苦，林皙月最近对他有所回避了。

　　休息的时候，我会去母亲打工的棋牌社。棋牌社的生意并不好，母亲的工作量自然也不大。我每次去看母亲，会带上水果和零食，虽然我们也会有矛盾，但母女俩单独在一起的时候总归是开心的。

　　我一个多月没回过家了。母亲想着我已经不再生气，不时在我耳边念叨，说父亲这些天也很后悔，那天他是气过了头才会干出堵门要账的荒唐事。我不耐烦地打断母亲，一听到父亲的事情我便会本能地排斥。我一想到自己对父亲来说就是个彻头彻尾的投资回报工具，就无比愤怒。

　　母亲也急了，说："一家人哪有隔夜仇？这打断骨头还连着筋呢。"在她心里，我大概永远是个没长大的孩子。小孩子，哭闹过就算了，哪还能一直记仇？可我却直言，冰冻三尺非一日之寒，我不可能再原谅父亲。

　　母亲长叹一口气后，说："你马上就28岁了，找对象别再挑三拣四了，差不多就行了。女人的黄金年龄就那么短，越往后越不好找。工作上也别那么拼，过得去就行。女人啊，找个好人嫁了，才是正经归宿。早点生孩子恢复得也快，再往后变成高龄孕产妇了，生孩子危险性也更大了。趁着我腿脚还利索，帮你带孩子也能使得上劲。我年轻的时候觉得，又要干活又要带孩子，太累了，那会儿我也不太喜欢小孩。可我这些年心态变了，特别是到城里看到那些乖巧软萌的孩子，我的心都要化了。你爸一直都非常喜欢小孩，他当了外公，有孩子带了，自然也就收心了，不会总想着打麻将的事了。"

　　已是6月，可母亲的这番话让我脊背发凉。这活生生的孩子，难道生下来就是给我父亲戒赌用的？这些年我在这个家已经磨难重重，难道还要让另一个生命也来体验一下长辈带来的伤痛？我和那孩子有仇吗？

　　我说："我没怎么考虑过结婚生子的事情。你们的婚姻让我看到的都是女人的悲哀和隐忍。"母亲急了，说："哪有女人不结婚、不生孩

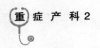

子的？别人会说你是变态啊！"

　　我也怒了，反驳道："我还就是变态！"母慈女孝的温馨场面又翻车了，一番争论后谁也没能说服谁。本来我还想和母亲吃顿晚饭，索性提前回去了。

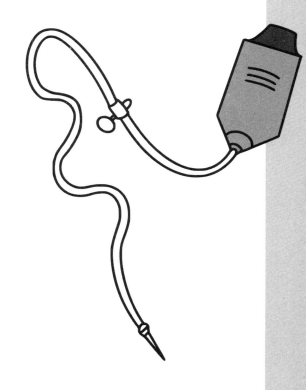

重 症 产 科 2

第九章 —— 舞者知己 母爱

第二十九节
舞者 ▐▐ ⊕

　　林晳月收了一个叫方媛的孕妇。方媛孕40周，入院待产，从产检情况来看，方媛是可以顺产的。方媛进了产房后，助产士发现胎头迟迟不降。那晚林晳月值班，她查看了产妇的情况，建议产妇改做剖宫产。手术倒是顺利的，可方媛被送回病房后下身不住地出血。林晳月察觉这不像常规的产后出血，因为方媛还同步存在难以解释的低血氧和低血压。林晳月第一时间便考虑，方媛出现了临床表现不典型的羊水栓塞。羊水栓塞发病率极低，绝大部分产科医生一生都不会遇上这种可怕的产科急症。但因为羊水栓塞是产科的四大杀手之一，谭一鸣定期会在科室开展羊水栓塞的救治演练。所以林晳月识别出这种急症后倒也镇定，一边积极抢救，一边通知上级医师前来协助。

　　方媛被送到了重症监护室治疗。本来那个夜班之后林晳月便迎来了她在医院的第一个年假。可她索性和方媛一起住进了监护室，几乎寸步不离地守着产妇。方媛的情况很糟，出现了多器官功能障碍，病危通知书被送到家属面前，家属最后都默认方媛可能真的命该如此了。可就在入住监护室的第八天，方媛开始转危为安，各项指标都在不断好转，之后她被转回了产科，现在马上就能出院了。

　　经历了方媛的事件后，林晳月说，她从出生那天起被迫背上的包袂终于可以放下了。此后，林皙月向谭一鸣申请想去妇科轮转一年，毕竟一些产科手术需要妇科肿瘤手术的相关功底。谭一鸣便联系了妇科主任，让她去妇科轮转。

在离开产科前，她约李承乾吃饭，并告诉他，感谢他这些时日的关心和厚爱，可她一直当他是最好的朋友。他值得更好的人。

她此次申请去妇科轮转，也有想避开李承乾的原因。她不爱他，一开始便表明了，她以为对方会作罢。可这些时日李承乾没有放弃，他无所不在的关心让她有了压力。

被发了好人卡的李承乾找我喝酒，倾诉求而不得的哀愁。我却差点笑场。前两年他读研时在监护室里轮转，迷上了杜昀昀，对方被一个眼科的博士追了去，他当年也是这样一边喝酒一边哀号："你知道我有多喜欢她吗？"

就在这时，护士长带来了市委举办联谊活动的好消息。这一联谊活动旨在为广大单身男女谋福利，而且此次活动规格高，参与者都是父母长辈眼里的各个行业的青年才俊。护士长让科里单身的赶紧报名。

李承乾看了一下活动日期，恰好他那天要值班，便怂恿同样单身的我报名。我历来有些排斥目的性过强的相亲活动。我还在规培时，每次回县城小叔便会给我安排相亲，男方都是县里的公务员。每次相亲小叔都会到场把关，并约上男方单位的领导一同见面。在相亲的基础上，小叔又加强了和男方单位领导的关系。

在尴尬的相亲局中，原本应该作为主角的我，却像个道具一般坐在那里，看着小叔和男方的领导推杯换盏。饭后小叔会问我对这个全程零交流的男方是否满意。不知如何回答的我直摇头，这让小叔非常不满，说："人家又能干又有前途，难得人家不嫌弃你的出身，肯见面。你还这般挑三拣四，不知天高地厚。"

见我是这种态度，小叔改为先打听男方的想法。在得知男方感觉不错，愿意进一步交往后，他便开心地向我传达喜讯，我有望摘掉"剩

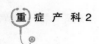

女"的帽子了。可我记得对方全程都对夏副院长毕恭毕敬，席间都在同夏副院长进行热络的交谈。由于两个相亲的当事人几乎全程没有目光交流，我完全想不起对方长什么样，自然是回绝了的。这次小叔直接甩了脸子，说："你简直不识抬举！"

所以我格外排斥相亲。单对单还不够，还要整出一群人来互相挑选。

见我不为所动，李承乾指了指护士长发在群里的消息，继续怂恿我参加："花姐快看，这次参与相亲活动的单位还有市公安局。我有个高中同学在公安局工作，上次我和他们单位几个同事吃过饭。你别说，干这行的还真比其他行业的男同胞更有形象优势，一个个健硕挺拔。你以前不就想干这行吗？参加一下也没啥，就当多认识几个朋友。万一以后遇到医患纠纷了，没准有人还能帮你。"

好像也是。听李承乾这么一分析，对这次活动，我不但不排斥了，反而有些莫名的期待。

产科是女人扎堆的地方。空闲时，李承乾会和关系不错的同事议论，怀孕生子的这段时间，从女性个人形象上来说，算得上人生的至暗时刻。

科室里大多数临产期的孕妇都很难做好形象管理：蓬乱、油腻的头发，浮肿到看不出轮廓的面部，臃肿笨拙的身体……

梁若鸿一出现在科室，便成功吸引了所有人的注意力。她穿着黑色连衣裙，裸露在外的胳膊白皙纤细，脖颈处的线条像是经过艺术家精雕细琢过的。她坐在轮椅上，可那种富有韵味的气息，很容易让人看出她是个舞者。

她是被家人用轮椅推到办公室的。如果这里不是产科，人们很难把她和即将临盆的孕妇联系到一起。她妆容精致，服饰考究。只有离近了，人们才能看到连衣裙下凸出的腹部。可即便这样，她通身的气派也只让人联想到"女人""优雅"这样的词语，而非"母亲"。她的表情颇为凝重。毕竟这里是危重症孕产妇救治中心，她出现在这里，自然不是什么好事。

梁若鸿到这里住院的原因是胎盘植入。这是她准备生产的第一胎，之前没有剖宫产手术史，可彩超和磁共振都提示，她的胎盘长进子宫肌层了。

她入院后，我很快便和她做了第一次医患沟通。我说："你虽然没有做过剖宫产手术，但有两次人流经历，人流时的宫腔操作会损伤子宫内膜基底层。所以这次妊娠胎盘直接'生根'了，扎进了子宫肌层。正常分娩时，孩子娩出后，胎盘也会跟着娩出，但现在胎盘扎进去了，而且植入面积很大，子宫收缩时就很容易出现大出血……"

从梁若鸿被家属前呼后拥推进医生办公室开始，我就没见她笑过，她从头到尾传递给我一种"心不甘情不愿"的情绪。我理解，不是每个女人都心甘情愿地做母亲。

梁若鸿的丈夫、父母和公婆全程小心翼翼，生怕哪个细节做得不到位，让她动怒。一家人都如履薄冰，照顾着孕妇。她本人处于一种非常紧绷的状态，家人的任何疏忽都可能成为她的发泄理由。

可就是这样一位"女王"，对医生倒也客气。"医生，你说的这些我们在网上都查过了，我们也都知道这次怀孕很危险，取了孩子，胎盘下不来，很容易大出血，甚至可能要切子宫保命。"

很多时候，网络真是个好东西。它可以普及很多知识，让医患沟通变得简单、顺畅。

"这就是我来你们医院的原因。你们是危重症孕产妇救治中心，这样的病例，你们每年都会遇到很多。我相信你们的技术实力，相信切子宫这样的事情不会发生在我身上，如果保不住子宫，我宁可去死！"

一家人见她如此刚烈，一开口又说了不吉利的话，自然是有些意见的。可眼下，谁都不敢反驳她。

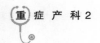

我承诺，我们会尽全力保全她和孩子。在她签字的时候，我问她："打算生二胎吗？"

她不住地摇头，表示就生一个，满足大家的愿望，也完成做女人的使命，把生孩子的任务完成了，绝对不会想生老二的事情。子宫是女人的象征，没有了子宫，舞台上的她会感觉自己没有了魂魄，再美的舞者也不过是一个牵线木偶。

梁若鸿和家属坚决要求保留子宫，我便就保留子宫的手术方案与她们进行谈话，并给出了两种关于胎盘处置的方案。

第一种，在暂时阻断血流的情况下，尽量清除植入子宫的胎盘组织，甚至需要切除子宫被胎盘植入的部分，必要时行子宫重建。这种方式直接、彻底，但剥离胎盘过程中，有造成难以控制的大出血的可能。

第二种，原位保留胎盘，保守处理。但仍有部分患者在保守治疗期间会因为感染、迟发性出血，仍需要进行子宫切除术。

梁若鸿毫不犹豫地选择了第一种方案。

这次的沟通谈话很顺利，这家人已经充分查询了各种信息，连腹主动脉球囊预置术都了解了。治疗方案顺利达成了。胎儿快36周了，虽然没有足月，但各方面都发育得比较成熟。继续妊娠，各类风险也高，促胎肺成熟后就准备手术了。

术前准备已经完善，手术前，照例是多学科会诊。输血科、介入科、麻醉科、新生儿科、重症医学科全程参与。近些年，由于凶险性前置胎盘的孕妇数量大幅提升，类似的手术我们科做了不少，我们也算轻车熟路。梁若鸿的磁共振提示，她的腹主动脉内径偏宽，介入科主任阅片后建议使用18毫米的球囊配8F的鞘管，以便术中充分阻断血流，保障手术视野清晰，最大限度减少出血。

手术前一天，介入科还是派秦松明进行最后一次访视。访视完毕后，秦松明兴奋地告诉我，主任让他独立操作这台手术！

我早前就听他说过，他们科从主任开始，带头搞技术封锁，很少给年轻大夫动手的机会。他在科室工作很久了，却基本上都在给上级医生当助手。

手术如期开始，梁若鸿先被送到介入室，秦松明顺利完成经皮股动脉穿刺，又在DSA（数字减影血管造影）下定位球囊，完善定位后便将导管固定在患者的皮肤上。他的动作还算麻利，透视的时间和次数都把控得理想，虽然全程都有上级医生在旁边把关，但他已经可以独立操作这些了，张伟主任对他的操作非常满意。

预置球囊安装成功后，梁若鸿被迅速转入产科手术室进行剖宫产。

此刻躺在手术台上被褪去大部分衣物的梁若鸿，在无影灯的照射下，再一次让我惊讶。她美好的躯体简直不似一具真实的人体。

她已经临盆，小腹浑圆，却皮肉紧致。我感慨造物主果然都珍爱美人。她白皙到几近透明的腰腹上，居然连妊娠纹都看不到。

这是台全麻手术，谭主任在下刀前反常地吸了口气，半开玩笑地说："当医生快三十年了，要划开这样的'艺术品'，真有点下不去手。"

之前的影像学检查提示，胎盘大面积侵入肌层，和膀胱似有粘连，但开腹后再次探查，我们确定胎盘还局限在子宫浆膜层内，没有侵犯到膀胱、子宫阔韧带等部分。情况总算比预想的稍好一些。这台手术提前邀请了泌尿外科和妇科肿瘤的医生参与会诊，现在，不需要他们上台了。

谭主任采取子宫双切口方式，避开胎盘，在子宫体部做第一条横切口，取胎儿的过程还算顺利，是个女婴。结扎脐带后，我和副主任迅速连续双层缝合第一个切口。

手术的重头戏还在后面，我自然来不及细看这对高颜值父母孕育出来的孩子。胎儿刚满36周，在子宫被打开后，我看见孩子的头发在羊水里漂浮着，像茂密的水草一般荡漾开来。

新生儿科的医生早已到位，女婴的阿氏评分很好，不用住新生儿

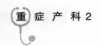

科，可以直接交给家属。可手术台上的人却无法在此刻放松下来，手术的重头戏现在才开始。

秦松明迅速将预置在腹主动脉的球囊充气，大血管被阻断后，子宫血供迅速减少，手术视野愈发清晰。

谭主任打开膀胱腹膜反折，在子宫下段胎盘植入处做了第二条横切口，准备剥离胎盘了。这才是这台手术最危险的步骤。已经没有肉眼可见的开放血窦，谭主任还是小心无比地将植入的胎盘剥离出，原先被胎盘植入的那部分子宫体，像被吹得皮很薄的气球。主任继续修剪很薄的肌壁组织，组织没有明显渗血。可主动脉球囊一松开，子宫动脉血流恢复后，胎盘剥离面处又开始不断渗血。谭主任便快速在打开的宫腔内安置了球囊，让台下的李承乾从下边往球囊里注水。注过水的球囊充盈后紧贴宫腔内侧，胎盘的剥离面在这样的强效压迫下总算没再渗血。我们继续缝合第二条未完全关闭的切口。

谭主任又观察了一会儿，再次确定术区无出血后，护士们最后一次清点了器械和纱布块，我们开始逐层关腹。

秦松明也拔除了鞘管，取出了球囊，并在梁若鸿的大腿根部加压包扎。介入科和产科合作密切，秦松明也经常参与这样的手术。可这是他第一次独立全程主刀介入部分，手术非常成功，这个舞者妈妈不仅顺利生下孩子，保全子宫，甚至术中都没有输血。这是作为医生最欣慰也最有成就感的时刻。

术后的梁若鸿被送回产科病房。可这台看似完美的手术却在术后的当晚起了变故。

夜里十一点左右，梁若鸿说右下肢疼痛，值班医生没太往心里去。介入外科的医生在她的右下肢安过鞘管，有点痛是正常的。医生这样说了，她便没想太多，她还在努力尝试着接纳母亲这个新身份。

一大家人守着她，抱着裹得像粽子一样的宝宝。小婴儿太可爱了，一家人怎么亲都亲不够，梁母将小外孙女放在她的胸口，要她们母女俩脸对脸。女婴趴在妈妈胸前，本能地开始找奶喝。可她犹豫了一下，还是让梁母给婴儿冲奶粉。

前两次怀孕时，她都以没做好准备放弃了。那两次怀孕也算不上意外，每次她都以早孕反应太重为由，选择做了人流。她以为自己做好了心理准备，可当真有个小生命在她腹中扎下根来，她还是不知道该怎么接纳。

比起当妈妈，她更热爱舞蹈。她从小觉得自己就是为艺术而生的。可所有人都告诉她，哪有女人不生孩子的？就算你不想生，你老公、父母、公婆呢？

直到30岁了，在外界的重重压力下，她再度怀孕。家人都说，母性是天生的，再不喜欢孩子的人，有了自己的孩子也就不一样了。可她看到和自己血脉相连的孩子，还是没能体验到母性迸发的感觉。当小婴儿趴在她身上想吮吸乳汁时，她的第一反应竟然是排斥的。

她在怀孕前便和家人说好不母乳喂养，她不想哺乳后胸部下垂。她是舞者，她爱这个身份超过妈妈的身份。

她住的是VIP病房，冰箱、沙发、微波炉、饮水机一应俱全。她也见到了和她一墙之隔的病房是什么样：狭小的病房里塞了几个产妇，原本就逼仄的空间里还要再安几张只能勉强蜷缩的陪伴床。产妇术后的呻吟声、婴儿此起彼伏的啼哭声、无法入眠的负责陪伴的家属不断地辗转反侧的声音……狭小的病房内空气本就污浊不堪，病房的走廊里还有那么多加床，产妇生产后诸多的不便和尴尬就这样赤条条地摆在那里……

她当了妈妈，一群人围着她一个劲地夸她的女儿漂亮。可她真的没发现这孩子好看在哪里。孩子通体粉红，眼睛还没有全部睁开，稀疏寡淡的眉毛，头发倒是浓密的。"这孩子明明吃过奶粉了，一晚上为什么还是这样不停地哭啊……"

她的妈妈和婆婆生怕婴儿的啼哭声惊扰到她，不断地压低声音轻拍襁褓中的孩子。

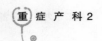

她很烦躁。因为这个孩子，她在怀孕的后期大多数时间只能在床上躺着。她已经很久没上过舞台了，她感觉自己像一条被迫冬眠的雌蛇。生完这个孩子，她就像蜕下了一层蛇皮。经此一劫后，她便得到新生，可以重回挚爱的舞台。

想到这里，她毫无瑕疵的两条腿像被赋予了独立的生命，哪怕此刻没有音乐和布景，也可以舞出最美的节律。

可她惊恐地发现，右边的那条腿触感冰凉，左边那条没有动过手术的腿也有些刺痛。

天快亮时，值班医生再度被她叫到床旁。她说自己的两条腿都痛，盖着被子，腿却反常的冰凉。

值班医生急忙掀开她的被子，眼前的情景让两人大吃一惊。梁若鸿的两条腿的膝盖以下都变了色。那原本雪白细腻，如同美玉的双足和小腿，都变成没有生机和活力的酱紫色了。

值班医生急忙推来了床旁超声，检查的结果比她预想的更糟：梁若鸿的左侧股静脉出现了血栓，右侧的股动脉出现一条很长的血管夹层。值班医生立刻将这一情况汇报给谭一鸣，并同步联系介入科急会诊。

还没到交班的时候，那一晚值班的是秦松明，一听到产科急会诊的电话，他便心头一紧。在听到需要会诊的患者就是他做了腹主动脉球囊预置术的梁若鸿后，一种强烈的不安让他如坠谷底。

秦松明看到梁若鸿的腿，又看了超声图像，他的心一凉。产妇的血液处于高凝状态，术后又一直处于制动状态，她本就是血栓的好发人群，出现股静脉血栓可以理解。可她右侧股动脉出现的血管夹层，毫无疑问是取鞘管时划伤了血管内壁造成的。这虽然是球囊预置术的并发症之一，可这种并发症一旦出现在患者身上，那就成了医疗事故。而且患者双膝关节以下的血供看起来都不好，她会截肢吗？

他一想到这里，难以名状的情绪出现了：有给患者带来严重损害的深深的自责；有对自身能力的质疑；有对即将到来的医疗纠纷的深深的恐惧。

梁若鸿不顾腹部还有伤口，紧紧抓着秦松明的手。她的面部因过度紧张而有些痉挛，她的声音也在发颤，不住地问："我的腿是不是还要手术？会不会留疤？会不会截肢？"

面对惊慌失措的患者和家属，秦松明强迫自己镇定下来，他语气温和地解释着病情，镇定且从容，让几近疯狂的梁若鸿慢慢平复了心情。

梁母小心地安慰着女儿："不会有什么事，医生会想办法解决。"可就是这句话，让好不容易平静下来的梁若鸿再度癫狂，她冲家人吼道："我不愿意生孩子，触犯了谁啊？谁规定女人必须生孩子，必须当妈？我生了这个孩子人生就完整了吗？如果我的腿出了问题，我立刻就去死！是你们让我去死的！"

值班医生告诉我，患者病情有变，我立刻赶回科室。我踏入病房时，刚好看到眼前的这一幕。原本保持着完美形象的女子，此刻如疯虎一般，涕泪横流地控诉着家人。她腹部的伤口也在她的挣扎下开始渗血，在场的护士和家属连忙按住她，避免伤口彻底开裂。

直到给她打了一针安定，局面才算勉强得到控制。她的家属全部都在，却都不知如何安慰她，一屋子人都在唉声叹气，她的丈夫和母亲在床旁握着她的手。她的母亲神经质地不停说着对不起。

介入科张主任也来了，梁若鸿的公婆正和张主任讨论着解决方案。两人询问儿媳为何会出现血管夹层。张主任不想一上来就告诉家属，这是手术并发症造成的。他按照标准定义解释：血管夹层是动脉血管内膜在血流冲击的情况下受到较大的冲击力，内膜撕裂，血液进入中层形成假腔。尤其是血管弹性差，血管压力又非常高的患者，在这种情况下血管内膜更容易被撕开，导致血管夹层。

两人立马追问，儿媳没有高血压病史，手术过后心电监护仪上的血压值也始终没见升高过，这又怎么解释？张主任一时语塞，没有作答。我注意到，梁若鸿的公婆有过短暂的目光交汇，却没再发问。他们不动

声色地听着张主任说治疗方案。

患者右下肢的血管夹层，有两种处理方法：第一种就是邀请血管外科采用传统的开刀方法，切除损坏的血管，并用人工血管直接替换。这种方法的优点是医生开刀后在直视状态下进行，操作利落，治疗彻底，缺点就是创伤大，伤口长。第二种还是在介入科处理，采用血管内支架封堵血管夹层内膜的破口，阻断血液继续进入假腔，让假腔慢慢闭合。这是微创操作，还是沿着原先股动脉穿刺点进行，不会有新的伤口。左侧股静脉容易出现血栓脱离，造成致命性的肺栓塞，可以由介入科取栓。

梁若鸿的公婆没有立刻表态，他们已经知道儿媳的血管夹层是怎么来的了，他们对介入科自然不那么信任了。

可这是儿媳的手术，他们不可能随意做主，便征求了儿媳的意见。梁若鸿想也没想便回答做微创，她无法接受自己的腿上因为手术布满蜈蚣状的瘢痕。

梁若鸿使用过药物后没有先前躁狂，但也没有睡去。此刻的她虽然虚弱，但也是清醒的，迫切地希望医生尽快解决问题。她不学医，可她也知道肢体持续缺血会有多么可怕的后果。她闺蜜的外公便是因为脉管炎，两条腿都被从大腿根部截掉了。那个原本矍铄的老人只剩下上半身，出入家门都由亲属抱着，远看像个大号的婴儿。

第三十节
知己

手术方案很快便落实了。我们立马将梁若鸿转入介入手术室。这次手术，张伟没有排秦松明参与，可秦松明还是穿上了铅衣，跟着一起进了手术室。

手术开始了，张伟和介入科另一个高年资的副主任在操作。张伟见秦松明进来，意味深长地看了他一眼。那眼神里有责备，有失望，还有些秦松明读不太懂的东西。

手术很顺利，覆膜支架被成功地安在了右下肢血管内膜破口，左下肢的血栓也被顺利取出。术后的梁若鸿被再度转回产科，血栓需要抗凝治疗，而胎盘植入的产妇术后又很容易出现大出血，这"一抗凝一止血"让治疗互相矛盾，要像踩跷跷板一样保持平衡。其间，我们必须密切观察患者的病情变化，找到一个相对理想的平衡点。

梁若鸿右下肢皮肤的颜色还是不太理想，好在她的足背动脉总算可以摸到了，她的右下肢的触感也没有那么冰凉了。手术做成功了，可她右下肢长时间缺血，我们也不确定她右下肢可以恢复到什么程度。

次日是我值夜班，我去查房时，梁若鸿紧紧地抓着我的手，魔怔地问我："我的腿现在怎么样了？会不会一直像现在这样丑陋？"我安慰她手术很成功，并帮她按压腹部排恶露。我每次给做了剖宫产的新妈妈

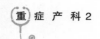

排恶露都想带个耳塞，这些产妇因为疼痛一直惨叫。大概是梁若鸿的注意力从来就没放在手术切口上，这样痛苦的操作她连眉头都没皱过。

介入手术才做完，梁若鸿的公婆便要求封存病历。介入科的这次手术，用到了覆膜支架和取栓材料，费用都很高昂，这些耗材医保的报销比例很低。梁若鸿术后又转到我们产科住着，手术一下来，她的住院费就已经飙升到六位数了，可是家属完全不提缴费的事情。

二胎政策开放后，早前计划生育大背景下畸高的剖宫产率，生殖辅助技术的广泛渗透使得宫腔操作日益增多，这些都导致各类胎盘植入性疾病居高不下。这也让产科和介入科合作非常密切。可是这些天，我都没在工作时段见到秦松明，却意外地从李承乾口中得知了他的近况。

秦松明在卫健委任领导的岳父上个月过世了，是胰腺癌，还去美国治疗过，都没什么用，从检查出来到过世总共就半年时间。他在介入科的日子也不好过，他们主任不像谭一鸣，什么东西都恨不得尽数传给下面的年轻人。他们科氛围不好，从主任开始都喜欢搞技术封锁，生怕教会徒弟饿死师傅。之前有他岳父在，他在年轻大夫里还算运气好的，别人多少都卖些面子给他岳父，让他参与了不少手术的核心技术部分。他不像科里的其他年轻大夫，被安排的都是些打杂事宜。现在，他岳父一走，估计他以后也和科里其他年轻大夫一样前路迷茫了。

医务人员不分昼夜加班是常态，医院特意开了夜间食堂，食材简单，但也暖胃。

食堂入口处就是橱窗。橱窗里的光线明亮，那些简单的食材在明晃晃的光线下，让饥肠辘辘的人觉得温馨。

夜里用餐的人少，餐厅的灯只象征性地开了几盏，光线很暗，和橱窗的明亮形成强烈的反差。

我一眼便看到了那个背影。瘦削，却也挺拔，一头浓黑的短发笼罩在昏暗的光线下，给人一种心事重重的感觉。

他点的是一份麻辣烫，不知道他来了多久，碗中的食物并未见少。

我犹豫了一会儿，还是在他对面落座了。

他有些意外，但还是对我笑了笑。结束了最初的尴尬后，我们仍像从前那样相处，那是独属于我们的默契。我们东拉西扯了一会儿，最后还是把话题落在了梁若鸿的病情上。

我告诉他血管外科每天都会来评估，她下肢的恢复情况不错，不再出意外的话应该没有大碍。我让他别太往心里去，并发症这种事情，总会有个别患者出现。患者和家属目前倒没有什么过激反应。我隐去了家属封存病历的事实。

他没作声，只是牵了牵嘴角，那笑容很勉强。张主任找他谈话了，说就是他操作不当，划伤了患者的血管，完全是他业务不精导致的。张主任很后悔让他那么早就独立操作。

"不是这样的！"我急着辩解。他还在笑，只是那笑容愈发无力。

张伟平日里和绝大部分主任一样不苟言笑，但他并不是一个很难相处的领导。越是这样一个人的"痛心疾首"，越能轻松击垮秦松明，让他觉得自己就是很差劲。

我隐隐觉得张伟的行为有些反常。秦松明全程都在他们的观摩中进行操作，安装预置球囊的时候，我作为主管医生也在控制室里看着，当时张伟对秦松明的表现明明是赞许的。介入手术出现并发症的原因有很多：手术者的操作自然是一方面；患者解剖结构上的异质性也是一方面；器材的选择以及器材的质量也和并发症的出现有关系。为何张伟在出事之后就认定是因为秦松明业务不精？

年轻医生在成长过程中总会不可避免地犯些错误，我这些年也是在一堆问题中摸爬滚打出来的。每次出了问题，谭主任从来都就事论事，绝不会科室一出问题就立马处理医生。

这起事故的患者虽然是产科的，但出事故的科室却属于介入科，谭一鸣自然不好直接出面干预。可他在科会上说，这些年介入科的发展，介入手术的普及，帮产科解决了很多问题。但介入手术也是把双刃剑，以后科室在处理胎盘植入性疾病时，如果病情允许，要最大限度地减少这类球囊预置术的干预，把产科手术再做得精细些，尽可能减少对介入方面的依赖。

我试探性地问了谭主任，是不是觉得那批器材有些问题。他没有回避，说最近参与了一起外院的死亡病例评审。医生给患者在术中做了主动球囊预置术，由于血流阻断效果不好，影响手术视野，介入科医生继续充盈球囊，可这个球囊居然破裂了，并且冲爆了腹主动脉，患者直接就死在了手术台上。

那个医院赔了很多钱，家属也认了是意外，没再追究。那家医院的介入科使用的主动脉球囊，是国内一家不算出名的医疗器械厂生产的。他前两天去供应办打听了一下，中心医院的介入科使用的也是这批材料……

有了这样一重背景，我知道张伟为何要用这种态度对秦松明了。这个锅甩得果然彻底。

不知不觉，已是夜里十点，该回去了。

秦松明知道我搬到林皙月那儿住了。到了楼下，他像过去那样问："我上去坐会儿？"

"好啊。"我也意外自己答得如此爽快。开门进去时，我才发现里面没人。本来我和林皙月同住，他也结了婚，我们之间已经没有了那么多顾忌。可现在林皙月不在，我还是有些尴尬的。可秦松明已经推开了门。

秦松明坐在长沙发上，我坐在拐角处的小沙发上，和他隔了一段距离。我们还像以往那样聊医院的八卦，抱怨工作上的烦心事和各种奇葩患者。他结婚后，我们便再没有像过去那样无话不谈了。

可是人与人的气场很奇妙，前一秒还相谈甚欢，后一秒就需要"粉饰太平"。即便刻意回避，可我们的话题还是落在了梁若鸿的病情上。他知道她是舞者，视艺术为生命，如果是他的行为给她带来不可挽回的后果，他一生都无法原谅自己。

他颓唐地仰倒在沙发上，坦言这几天一直没怎么睡，只要一闭上眼，他脑中便出现一条已经完全腐坏的腿。一个癫狂的女人拼命地撕扯他，让他把腿还给她。

我安慰他，事情没有那么糟，她的腿已经有好转的迹象了，应该不至于出现缺血性坏死。我犹豫了一下，还是将器材可能存在质量问题的事告诉了秦松明。张主任比谁都知道这批器材的来历，而且当时也是他建议选用18毫米的球囊配8F的鞘管。

谁说PUA（精神打压）只发生在恋人之间，父母对子女，上级对下属，这种天然的从属关系让PUA进行得更顺畅，更不易被人察觉。它让人彻底否定自我，摧毁自我的价值，它让受害者相信自己是无能的、有罪的，应该愧疚。

我们认识四年多了。我知道他的理想、抱负，凭什么张伟要这样攻击他、摧毁他？

我从侧面拉住了他放在膝上的手。那是一双介入医生的手，指节修长，关节含蓄，温柔却有力量。就是这双手，平日里协同上级医生，将一根根纤巧的导丝通入血管里，将导丝、球囊、明胶海绵、覆膜支架等材料送到病灶，用精密、微创的方式解决患者的病痛。

客厅没开灯，从对面窗子照进来的暖黄色光线让空气中逐渐有了暧昧的因子。

起初我有意不和秦松明坐在一张沙发上，就是为了避嫌。黑暗中，人也会"卸载"很多理性的东西，平时的礼数也会土崩瓦解。

我站起身，打开客厅的灯，我们都没适应这种突如其来的光线变化。先前的暧昧随着突然消失的黑暗瞬间无影无踪。

"先回去吧。"我往门口走去，准备开门送客。

玄关的灯没开，所以相对客厅成了一个暗区。客厅的灯光斜照过来，秦松明的影子被投射到地上，清瘦，颀长，虽然只是个冰冷的影

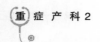

子，但也有让人想靠近的暖意。安静的房间里，我可以清楚地听到自己的脚步声轻随着他。

门被打开的一瞬间，秦松明回过头，轻轻将我拥住。因为身高差距，他低头时鼻尖触碰到了我的左耳，他用温柔的声音说："谢谢你……"

我何尝不贪恋此刻的温度，我知道我和他的关系从来都不只是朋友，一路走来，我们相互鼓励，互相慰藉，是对方生命里温暖的底色。

我也冲他笑笑，说："早点回家吧。"

我一把拉开防盗门，时间短到没有给他反应的机会。关闭防盗门时，秦松明微微转身，看着我的身影逐渐被防盗门隔绝，一切都到此止步。

房门被彻底关上了，可秦松明并没有立刻下楼。他在门口驻足了一会儿。

我们是四年前在心内科轮转时认识的，那时他在读研，我在规培，我们刚好分到一组。他看得出那时的我基础还很差，临床操作和理论知识都不扎实。在心内科工作，必须会识别各类心电图，我时不时向周围的人请教看不懂的图形，他自然也成了被请教的对象之一。虽然不时要帮我扫盲，但他也没不耐烦。接触得多了，他也欣赏我的坦荡和要强。

一年后，我们又同时轮转到胸外科和急诊科，那时的我进步很快，已经可以胜任日常的临床工作了。让他印象深刻的是，我本是规培生，而且是妇产科方向的，胸外科和急诊科都跟我的专业关系不大，"划水"的规培生多了去了。胸外科的手术经常耗时很长，科里也默认规培的女生不用上手术，可我还是积极参与了带教医生的所有手术。所有人都不喜欢去急诊科轮转，压力大，纠纷多，大家都唯恐避之不及，可我却像真正的急诊科医生一样，积极参与每一个危重患者的抢救。

随着工作中接触机会的增多，我们成了无话不说的好友。他喜欢我的独立、要强，我也懂他的纠结和抱负，我们都视对方为最好的异性知己。

后来他回了介入科，我也一直在产科工作。我们接触自然不像在同科室规培时那么多，但介入科和产科一直有合作，每次见面谁都不会觉得生分。他硕士毕业后顺利留在科室，所有人都觉得他和赵梦瑶马上就要步入婚姻的殿堂了。可他发现自己在感情上已经有了偏移，比起赵梦瑶的天真、娇柔，他更喜欢我的果敢、独立，我和赵梦瑶完全是不同的类型。而即将进入婚姻，生活的一地鸡毛和两人家庭背景的差距被不断放大，他的感情天平更偏向我。那天晚上他做了孤注一掷的告白，我没有回应，但是他感觉得出，我也是喜欢他的。恰好赵梦瑶的父亲也在那时被查出胰腺癌，赵梦瑶自幼便和父亲极为亲密，她知道父亲患癌后抱着他痛哭，他自然心疼不已。时间会使爱情变淡，可这八年的感情和陪伴又何尝不是进入骨髓的存在？在这一刻，他知道自己要挑起责任，要面对他一直回避的问题。两个鲜红的公章依次盖下，从此，他成了一个稳妥的丈夫。

梁若鸿双腿的情况一天天好转：缺血导致的酱紫色渐渐褪去，双腿逐步恢复了先前的白皙。她的双腿的活动和感觉日趋正常。

可我发现，她始终没有进入做母亲的角色。产后体内激素的变化也没能让她爱上自己的女儿。我每次去查房时，婴儿都在哭闹，无论梁母怎么哄都没有用。梁母怕婴儿饿了，将奶嘴塞到婴儿嘴里，婴儿哭得更加声嘶力竭，毫无吮吸的意思。梁母也有些恼火，说孩子肯定是想让妈妈看看她、抱抱她。可是忙着训练腿部的梁若鸿头也不抬地说："孩子我已经生了，我怀孕之前你们说孩子肯定有人带，不用我管。"

梁母气恼女儿这样不负责任。劝女儿生孩子的时候，她和亲家母确实说过不用她带孩子的话。她们自己也是女人，寻思哪有女人不爱自己的孩子？再不喜欢孩子的女人，有了自己的孩子，自然而然也就爱上了。可女儿怎么就这么奇葩？这么漂亮的小婴儿，连查房的医生、护士

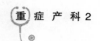

都爱不释手，可女儿居然没抱过孩子一次。先前女儿有了手术并发症，心情焦躁，无暇顾及孩子倒也能理解，可现在问题都解决了，女儿又恨不得一天二十四小时进行康复训练，提前回到舞台！这个孩子好像和女儿没有任何关系！

因为工作的缘故，我建过一些产妇群，方便产妇出院后宣教。群里不少都是高危产妇，生产时经历过不少波折，可如今倒也健康、太平。她们也都修改了自己在群里的昵称，几乎无一例外的都是"某某妈"，我能感受到她们晋为人母的喜悦。

可我作为产科医生，却始终对小婴儿没有太多的感觉。有一次，我看到科里一个未婚的护士在给新生儿做常规护理时，小婴儿的嘴角微微上扬，像是在笑，那个年轻护士激动地直叫唤，在小婴儿脸上亲了一口，夸这孩子太可爱了。我恰好目睹了这一幕，问她是不是很喜欢小孩。她说："当然了，哪有女人不喜欢孩子的？"她就像在陈述地球绕着太阳转那样理所当然。我当时便感觉自己是个另类，而梁若鸿的事件让我确信了不是每个女人都适合当妈。

周日我休息，上午查房之后便去了母亲打工的棋牌社。店里一直有玩牌的客人，我帮母亲端茶倒水。其中一个阿姨显然是这里的常客了，和母亲很熟络。我有些奇怪，明明只是第一次见，可这个阿姨一看到我，眼里瞬间有了光彩。阿姨不断地和母亲说真羡慕她有这样的女儿，能在三甲医院工作，还这么孝顺父母，给父母买房子不说，休息的那点时间也要来给母亲帮忙。母亲也只是笑，说她一辈子就这点福气了。

晚上母亲才对我说，刚才那个夸我的阿姨有个儿子，比我小三岁，虽然念书不多，但人很上进，在乡镇弄了个很大的养猪场……我这才意识到，母亲在帮我介绍对象。母亲这样随意的"拉郎配"让我有些恼火。见我不高兴了，母亲急着解释，那小伙子她见过，人长得高高大大，一看就是个实诚人，虽然学历低了点，初中毕业就在外面打工了，但人是踏实的。而且人家家里拆迁，补偿了两套房子，要是我们俩成了，结婚就有现成的房子住，连贷款都没有，我也不用像现在这样租房子了。

我说："你那么介意我在外租房，就让我爹搬走呗。这样我们母女俩就有自己的家了。"我和母亲虽然经常斗嘴，可我到底还是在意她的，如果没有父亲在，我和母亲也不至于像现在这样，同在一城却十天半个月才能见上一面。

母亲叹了口气，还是劝我回家住。她说自己一点都不喜欢大城市的生活，前些天父亲还在和她商量想回县城定居，说老家亲戚都在那边。可她却不想回县城。那家人太难相处，这么多年来，他们总是找各种理由责怪她，父亲又一直向着他们。在这里，她离我能近一些，可我总是不回家，她心里也难受。

"所以你一听到对方有房，就迫不及待地希望我立马和人家结婚。我有地方住了，你们就心安理得了？所以只要是个有房的男人，我就可以闭着眼跟他结婚了？"对母亲，我也是矛盾的，我想对她好一些，可总忍不住挖苦嘲弄。

母亲急了，说："我这还不是为了你好？这女人不比男人，年纪不等人啊。"

我最烦这些话。我说："还不是怕我嫁不出去，给你们丢人现眼。"

我们再度争论起来，这一天又是这样不欢而散了。

相亲联谊定在周六，可这天我要上班，等病人都处理完，白天的联谊活动都已经结束了。由于此次活动是市政府举办的，晚上的聚餐联谊便被安排在市政府食堂。现场的人不少，一眼望去，女同胞占据了大半。我瞬间疑惑了，不是传闻国内有将近三千万的男性可能找不到适合的结婚对象吗？可放眼望去，食堂里多的是打扮入时、光鲜亮丽的女青年，参与活动的男青年少得可怜，更别指望有李承乾嘴里那些身材挺拔的"小青松"了。

每个餐位上都放着名牌，上面写着参与者的姓名和工作单位。这一桌人还没来齐，但一看到大家的姓名我便乐了，这十个人里除了两名男士，其余八人都是女的。更巧的是，其中一名男士还是我们医院麻醉科的医生。我们平时经常合作，彼此非常熟络，估计这天手术太多，所有人都到齐了，他还没来。

所以这一桌实际上只有一个男士，我看了一下他的名牌，他叫杨成宇，在市政府工作。虽然此刻就在他的工作单位聚餐，可这个戴着眼镜，看上去文质彬彬的男子还是有几分局促的。天气已经很热了，他中规中矩地穿着长袖白衬衫，这样明显"僧多粥少"的搭配让他看上去像极了落入盘丝洞的唐僧。

我看着他，觉得很有意思。我让他伸手，然后掏出随身带着的一盒罐装口香糖，在他手上抖出两粒。我告诉他，上手术前或者要跟难缠的家属沟通，我就会吃两粒提神减压。杨成宇看了一下我的名牌，笑着问我是不是外科医生，女孩子干外科的很少。

这场大型相亲联谊活动结束后，主办方给每个参与者发了一张通讯录，上面有所有参与者的姓名和联系方式，方便后续沟通交流。

次日是周日，我要值班二十四小时。这天李承乾下夜班，一见面就问我昨天是否有收获。我拿出通讯录，说："这就是唯一的收获。"我说他昨天真应该去的，现场美女如云，而且男丁甚少。可他显然对这些没兴趣，只问我知不知道林皙月喜欢的人到底是谁。

第三十一节
母爱

科里又来了一波新的实习医生和轮转医生。谭主任说我和李承乾在临床一线干了些时日，不管是理论知识还是临床技能都还算过硬，是时候让我们参与带教工作了。而且带教的同时，我们也可以让下级医生帮着分担点工作量，平日里也没那么辛苦了。

李承乾兴奋了好久，他平日里就好为人师。先前有在科室轮转的医生，他虽然不是对方的带教医生，可对方一向他请教，他便立刻侃侃而谈，知无不言，言无不尽。有时候他怕对方不理解，甚至拿出医学模具或者直接手绘示意图，直到对方能够举一反三，他才作罢。现在被人叫"李老师"了，他更要拿出"传道、受业、解惑"的精神。

可那个实习生一开口就让他犯难了。那女孩怯生生地看着他，说今年要考研，没剩几个月了……李承乾自然懂她的意思，大五的实习生只在每个科室待一个月，短暂的"露水情缘"，他也别耽误别人的考研大业了。采集病史、写病历、换药、拆线这类活，他能不让她干就不让她干了，复习要紧。

跟着我的轮转生是个敦实的小伙子，虽然规培的方向是大外科，跟妇产科没啥关系，可他一到科室便是一副任劳任怨的模样：上手术时他一定是拉钩最卖力的那个；其他医生在给患者拆线、换药等杂事上也会喊他；连科里高年资医生嘱咐他帮忙取快递、取外卖他也照单全收。这两年规培医生的待遇有所提升，可就一周将近一百个小时的工作量来说，性价比实在太低。

我也是从规培生过来的。见这小伙子愿意学，我也倾力教，并帮他挡下其他大夫的使唤。他是来这里工作、学习的，又不是给科室里其他正式医生打杂的。虽然小伙子工作格外卖力，让我轻松了不少，可再过两个月，他就要考执业医师资格证了。我便还像平常一样亲力亲为，为他多腾出点时间复习。

随着二胎生育政策的放开，先前堆积的生育需求不断被释放，科室里的高龄孕产妇日益增多。最夸张的时候，我们遇到过母女同时到医院待产，还都是来生二胎的。时间长了，对这些超高龄孕产妇，我们也见怪不怪了。

这周一，我又收了个超高龄孕妇。孕妇52岁了，怀的还是双胎，胎儿34周了。孕妇因为重度肝内胆汁淤积入院，还好孕妇没有高血压、糖尿病、心脏病等基础病。

这个年龄拼二胎，的确不容易。其他的高龄孕妇入院待产时大抵只有老公陪伴，毕竟子女要上学、上班。可这个叫何美兰的孕妇，家属团挺庞大，除了老公，女儿、女婿、亲家公和亲家母都来了。

何美兰保养得不错，气质出挑。肝内胆汁淤积最常见的临床表现是皮肤瘙痒，她穿着短袖连衣裙，裸露的皮肤上尽是抓痕，还有两处已经破皮出血。在我采集病史的时候，她不停地挠后颈部的皮肤，大概后背也痒得厉害，她不住地蹭后背上的衣服。她女儿见状，急忙隔着衣服帮母亲挠背，并体贴地问母亲有没有挠对地方。

在产科工作的这些时日，我见过母亲即将待产，大宝还在拼命反抗的；也遇到过成年子女以死相逼，拒绝高龄母亲给自己添弟弟、妹妹的。相比之下，何美兰的女儿实在太体贴了。

采集完病史后，我简单地和这一家人做了初步的医患沟通。

"对于皮肤瘙痒，我们会用点炉甘石洗剂和抗组胺类药物缓解症状。但这种因肝内胆汁淤积造成的皮肤瘙痒，一般的止痒措施效果不会特别理想。不过孩子出生后一两天内，皮肤瘙痒的症状很快就会消失。妈妈就不会那么遭罪了。我现在重点讲一下这个病对孩子的影响。"

一说到重点，一家人瞬间全神贯注地盯着我。

"重度肝内胆汁淤积的孕妇很容易出现肝功能受损，对胎儿会有严重影响，可能造成胎儿缺血缺氧性脑病、心肌受损等。这种疾病对胎儿最可怕的影响，就是会发生没有任何临床先兆的死亡。"

所有人的脸色跟着一沉，丈夫环着妻子的肩膀，低声安慰。女儿的手搁在母亲背上不知所措，亲家公和女婿沉默不语，只是叹气。亲家母倒是快人快语："别人家怀个孩子都顺顺当当，你们一家人怎么老出这种事情？"

我和这家人接触的时间还短，不知这家人的底细。但我也觉得何美兰亲家母的这句话着实刺耳。

女儿看看婆婆，又看看妈妈，一脸的羞愧，像闯了大祸的孩子，整张脸都皱成一团，马上就要哭出来了。

何美兰将女儿的两只手揽在怀里，一脸温柔地安慰着女儿，可再望向亲家母的时候，语气不卑不亢地说："老出什么事了？医生只是说有可能。现在我不是已经到医院来了吗？"

见两方已经有"起火"的架势，我赶紧"灭火"："虽然这个病有导致胎儿突然死亡的风险，但目前胎儿情况还是不错的。就算现在出来是早产儿，有早产儿相关的一系列风险，但已经满34周了。在我们这一级的医院，34周的孩子的存活率还是非常高的。家属不要太担心。"

见双方的脸色都缓和下来，我继续做后面的沟通："现在我把两种治疗方式都简单交代一下。第一种就是期待治疗，毕竟是双胎，还都没足月，在这期间我们会做常规保肝，降胆汁酸，改善胎盘循环，抑制宫缩等对症支持治疗，尽量延长孕龄，其间密切观察母婴情况。但就像我

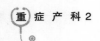

前面说的，这个病有可能造成胎儿突然死亡。"

见一家人的面色再次凝重，我紧接着交代第二种方案："现在就把孩子取出来。何阿姨怀的是双胞胎，而且妊娠合并重度肝内胆汁淤积，产时和产后都容易发生大出血。所以我们综合考虑，剖宫产对孩子更安全。不过母亲就要承担相应的手术和麻醉风险。"

我在产科工作后，发现一个很有意思的情况：涉及具体治疗方案时，孕产妇背后的家庭很容易出现多方势力角逐，很多时候，家属内部不同的意见会严重影响最佳方案的实施。

何美兰的家属内部也有这样的"三边势力"，可这三股势力此刻却很统一：他们都表示希望尽快做剖宫产手术，终止妊娠。

既然意见统一，我也做了安排，给孕妇保肝、降胆汁酸的同时开始促胎肺成熟，拟近期给孕妇做剖宫产手术。

何美兰入院后的这几天，每次去查房时，她的女儿、女婿都在旁边小心照料。我打趣道："有这么好的姐姐、姐夫，这两个小朋友真是有福了。"

话音刚落，我发现大家的表情都变得格外别扭。尤其是女婿，表情怪异得像活吞了一只鹦鹉。

正在我反思哪里说错了，"姐夫"开口了："其实我是孩子的爸爸……"

我感到震惊，这是……

何美兰的女儿急忙解释道："不是你想的那样。这是妈妈帮我怀的孩子。"

快下班时，何美兰的女儿在办公室门口等我，约我到附近的西餐厅吃饭。我本想拒绝，可见她似有满腹心事要吐露，我便应约了。

席间，这个叫罗茜茜的姑娘说了她的故事。

她和老公是大学同学，在学校里就恋爱了，他们都是本市的，毕业后也都留在本市工作。他们在学校里就见过双方的家长，她老公的爸爸是政府单位的，妈妈是开公司的，家里条件比她家好不少。两边父母倒是都同意了他们的婚事，他们成了"毕婚族"。

婚房是老公家早就准备好的，他们工作不久就办了婚礼，婚礼办得很隆重。罗茜茜在本市工作的同学基本都来参加了，她们都非常羡慕她，能够一毕业就和初恋步入婚姻殿堂，父母什么都帮他们安排好了。

当大学情侣因为毕业后难以调和的异地问题不得不分手时，她和老公还在开心地计划着毕业旅行。当同事吐槽每月的工资涨幅远远落后于房价涨幅，不知什么时候才能攒够婚房的首付时，她从来没为这个问题烦恼过。

她和老公的工作都不太忙，又完全没有经济上的压力，他们婚后还像恋爱那会儿，只要有假期就跑出去玩。

她婚后第一年便怀孕了。他们都不想这么早就要孩子，觉得自己都还没长大，还没玩够。但是两边家长都很喜欢孩子，劝他们把孩子生下来。她妈甚至还提前办理了内退，准备过来照顾她和没出生的小外孙。

她和老公那会儿都还没有为人父母的概念，还像往常一样爱玩爱闹。她孕期从没有一点恶心、呕吐的症状，平日里还是活蹦乱跳的。她人很瘦，怀孕5个多月，很多人都看不出她是孕妇。婆婆倒时不时数落她，说她马上要当妈了，还没点正形。

三年前的十一假期，因为怀孕，夫妻俩破天荒地没有出国玩，而是去了一个不太知名的海岛。他们出发前一天，婆婆到家里来玩，知道他们要去旅游，很不开心。婆婆说她怀孕都快6个月了，十一出行的人多，就不要折腾了，对宝宝不好。

她说一定会注意安全，孕期心情舒畅了对宝宝才好。她看得出婆婆不高兴，但夫妻俩那会儿玩心太重，哪里愿意理会这些。

那个岛虽然没什么名气，可毕竟是十一期间，比平时多了不少人。下船的时候，她感觉肚子被一个小孩撞了一下，当时并没有感觉到疼，也没太往心里去。

在岛上的第二天晚上，她感觉小腹有点紧绷绷的，她跟老公说了，

可夫妻俩觉得没有流血、流液，也就没当回事。毕竟撞到她的就是个不大点的孩子，力气能有多大？

在岛上的第三天，罗茜茜的妈妈来了电话，母女闲聊时她便跟母亲说了自己被撞的事情，母亲当时就急了，让她赶快找个就近的医院检查。可岛上哪有什么正经医院，等他们来到最近的县里，都到晚上了。医生给她做了彩超，说孩子死了，而且胎盘早剥，还在出血，让她赶紧住院。她当时就哭了，不就那么轻轻撞了一下吗？怎么宝宝就没了？她贪玩、爱闹，可她也是爱这个孩子的啊。

她哪里知道，这还只是噩梦的开始。

最近的一家三甲医院在两百里外，加上十一期间堵车非常严重，当时的情况也只得就近治疗。住院之后抽血化验，医生说她失血很严重，纤维蛋白原都测不到了，出现弥散性血管内凝血了。他们马上给她安排了急诊手术，把宝宝取出来了，是个男孩子。

孩子娩出后，她的子宫收缩很差，凝血功能也不好，一直在出血。县医院能用的药都用了，可血还在出，他们也知道她太年轻，第一个孩子已经没了，不到万不得已，医生绝不愿意把她的子宫切掉。可县医院的血源太紧张，也没开展介入手术，她的血经不住这么一直流，为了保命，当时她迫不得已只能切掉子宫……

她醒来之后，听老公说了这些，两人抱头痛哭。他说没孩子也没关系，他们就做一对快乐的丁克……

她父母和公婆知道后，都到那家医院了，等她的情况稳定一点就立马联系救护车将她转到最近的三甲医院。在救护车里，她妈妈一路都在讲她小时候的各种趣事，她爸爸平常挺闷的，不大爱说话，就拿着手机给她放动画片《喜羊羊与灰太狼》。

她公公、婆婆当时倒都没说话，一路上一个劲叹气。她婆婆直抹眼泪。

她恢复得还挺快，没几天就出院了。之后很长一段时间她都不愿出门，那会儿一直是她妈衣不解带地照顾她，直到她能正常生活。从那以后，她再也不敢去婆婆家。婆婆虽然嘴上没说什么，可罗茜茜感觉到婆婆有深深的失望和嫌恶情绪。婆婆很喜欢小孩，如果儿子还和罗茜茜在一起，她就再不能有孙子了。

罗茜茜刚怀上孩子的时候，她老公24岁。那时他对孩子还没有太多概念，可是过了两年，她感觉到，他开始想当爸爸了。有时候他们一起去商场，路过儿童区，他都会在那里驻足很久。看到特别可爱的孩子，他都要发痴了。

有一天晚上，他和朋友喝酒喝到很晚才回来，他回来后抱着她直哭，说他爸爸给他下通牒了，让他和罗茜茜离婚，把这套房子给她，作为补偿。可他不想离婚，毕竟他刚上大一就和她在一起了……

第二天他酒醒之后，绝口不提此事，可她已经知道公婆的意见了。她老公长得帅，性格也好，家境、工作什么的都很出挑。在学校的时候，好多女孩喜欢他……

再往后，夫妻俩的日子越过越压抑。她知道他平日里想尽办法照顾她的情绪，可她整个人已经越来越敏感，他晚上接一个电话，回一条微信，她都感觉自己整个人都是紧绷着的，一刻也放松不下来。

夫妻结婚三周年纪念日的晚上，两人都喝了很多酒，她跟他摊牌："离婚算了。"他听了没有吭声，挺大的婚房，除了两个人的呼吸声，里面再听不见一点别的声音。

说来说去，两个人走到这一步，不就是因为没有孩子吗？

后来他们协商好离婚。就在进民政局的那一刻，罗茜茜的妈妈在门口拦住他们，说不就是因为孩子没生长的地方了吗？多大点事？她已经去生殖辅助中心检查了，她的身体的各项指标都还不错。他们提供胚胎，她帮他们提供孕育场所不就行了吗？人这一辈子，能和爱的人走到一起不容易，没有必要因为孩子的事情走到这一步。她妈妈去咨询过了，国内有不少高龄失独家庭以及像女儿这样因故无法生育的女性。正因为有这样的家庭存在，我国法律也没有明确禁止亲属间的无偿无性的

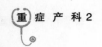

代孕行为。[①]

为了孩子能幸福，妈妈什么事情都愿意做。

这事虽然听起来荒唐，倒也是当时唯一能破局的办法。

何美兰的手术被定在周四。这天需要手术的几个产妇里，就数她年龄最大。

何美兰上了手术台，麻醉师再一次查对后便实施了硬膜外麻醉。消毒、铺巾都完毕了，就在手术马上开始时，何美兰的心率一下飙升到每分钟一百四十多次。

我对她笑了笑，说："别紧张，不会痛的。你太紧张的话，两个宝宝的心率也跟着快了。"

何美兰笑得有些腼腆，说："我当年生茜茜是顺产的。活了五十几年，还是第一次做手术，真上台了还挺紧张。刚才听你们让护士递刀片，感觉挺吓人，毕竟割的是自己的肉。"

取孩子的过程很顺利，是对龙凤胎。两个宝宝的体重都不到两千克。新生儿科的医生给孩子做了简单的处理后，将两个孩子给外婆过目，之后便把孩子送去了NICU。

听到两个孩子的啼哭声，还被固定在手术床上的何美兰比第一次当妈妈的时候还要激动。知道是对龙凤胎，而且两个孩子比她预想的情况都要好，何美兰喜极而泣。虽然此刻她的身份有些特殊，生下的是自己的小外孙，可新生命的诞生从来都是激动人心的。

虽然我没有生育过，可这些年在产科工作，我很清楚女性在生育过

---

① 代孕在国内一直被禁止，2015年12月27日，全国人大常委会表决通过了人口与计划生育法修正案，此次修改中共有5条，草案中"禁止以任何形式代孕"的规定被删除了。考虑到失独家庭和不孕家庭，特殊家庭是否允许代孕被提上法案，从过去法律严格禁止，到对部分特殊家庭不明令禁止，不明确禁止的只有亲友间无偿且无性的代孕。但这仍是一个灰色区间，是法律不打击但也不提倡的。

程中要经历多少难关，特别是这样一个超高龄的双胎"妈妈"。罗茜茜摇摇欲坠的小家庭，因为这两个孩子的到来也多了稳稳的幸福。

何美兰术后的第三天，肝功能各项指标恢复得很好。她的两个小外孙还在新生儿科住着，据说情况还不错，要不了几天就能出院了。罗茜茜这些天在产科、新生儿科两头跑，比前一阵憔悴了不少，可眼里有藏不住的幸福和满足。

术后的何美兰还很虚弱，恢复得远不如隔壁床的年轻产妇快，可看着女儿兴高采烈地描述两个宝宝时眉飞色舞的模样，她的眼神里充满了温柔和慈爱。

现在，她们都是母亲了。

周六我不上班。我又快两周没和母亲见面了，上午查完房后我便坐地铁到母亲打工的棋牌社。昨天晚上我管的一个产妇出现了一些问题。家属让值班医生给我打电话，喊我到现场。于是我在睡得最沉的那会儿被喊醒，爬起来往科室赶。等我处理完这个产妇，天都亮了。

在食堂吃早饭时，我恰好碰到了一个实习医生，她交了八份手写的病历给我。全国的医院都在用电子病历，可是这么多年来，科教科还是规定实习生出科前必须上交八份手写的入院病历，作为出科考核内容之一。病历装在一个透明文件袋里，我懒得再把病历放回科室，索性带着病历离开医院。

难得周末的地铁还有空位，昨晚没睡好，我一入座便睡着了。这一回，我梦到了母亲。

5岁那年的夏天，我告诉父母很想去城市看看。我从电视里看到，城市不仅有高楼大厦，还有公园和游乐场。想让我见见世面又忙于生计的父母将我送到住在城市的远房亲戚家里。那家也有两个孩子，当时只有5岁的我第一次知道，吃饭时不会再有人给我夹菜；想吃到盘子里的肉是要靠抢的，抢错了还会挨人白眼；糖果和玩具是我只能看不能要的；被其他孩子欺负了也没人做主；衣服脏了更是没人洗的。那会儿，两边都没电话，我日夜盼望父母能来接我。

我离开家时，母亲给我带来一个玩具熊猫。离家的日子里，那只熊猫是我唯一的念想。有一天睡午觉时，我依稀听见了母亲的声音。我立刻跳下床来到客厅，果真是母亲。我冲进母亲怀里放声大哭，那时我还太小，不能表述这段时间受的委屈。哭过之后，我又变成了最幸福的小孩。

8岁的暑假，我去地里找母亲玩。我一不小心将凉鞋踢进水沟里。离家还远，母亲索性把她的鞋子换给我，她却赤脚走在被高温灼过的石子路上。

初三那年，父亲再度输光了家里所有的钱。已经入冬了，我还穿着单薄的春秋季的校服。母亲冒着零下十几摄氏度的严寒去打散工，一天劳作十几个小时才能挣二十五元钱。母亲一连干了好多天，给我买了两件棉服，剩下的钱给我当生活费。

大学那几年是我人生的至暗时刻，我恨极了母亲"毁掉"我的人生。我可以轻松找到最恶毒的言语去攻击母亲。母亲也知道我的痛苦，默默忍受着我无休止的攻击和谩骂。

我一睁眼刚好到站，于是匆匆下车，那个装着病历的文件袋却被落在了地铁里。

我一见到母亲便开始抱怨，我弄丢了实习生的病历，科教科急着要，八份病历至少要写两天，周日又要上班，我只能晚上熬夜写了。

母亲说棋牌社生意不太好，她每天在这里闲着也无聊，最多的就是时间，她可以帮我写。我让还在科里的同事传了几份电子版过来。我告诉母亲病历的格式和写法，由于内容很多，需要抄很久。可母亲却高兴坏了。她闲了这么多天，终于能帮女儿做点事情了。

母亲到底是爱我的，尽管她的方式不一定正确。我相信如果有一天，我也面临罗茜茜那样的境遇，母亲也一定会做出和何美兰相同的事。这么久以来，我为何一定要恶意揣测母亲的意图，认定母亲的"为了我好"不过是因为她的面子和利益？

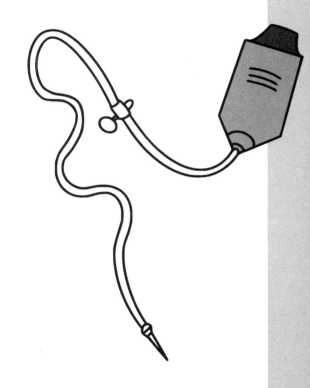

重　症　产　科　2

第十章 —— 失独　粉饰　晦疾　秘密

第三十二节
失独

接到这个陌生来电时，我有些意外。经过对方提醒，我才想起来，是那晚落入"盘丝洞"的杨成宇。他约我周日晚上在医院对面的商场吃饭。

原本晚上六点就可以下班，可临下班时我又收了一个待产的孕妇。我给杨成宇打了电话，说今晚可能去不了了。他说他爸爸以前也是医生，他理解这份工作的性质，让我先安心上班，刚好附近有家西西弗书店，他先在里面看看书。

我见到杨成宇已经是晚上八点了。

席间，我们说了些求学和工作中的事情。我想起他在电话里说过他父亲过去也是医生，便追问："令尊现在退休了，还是已经改行了？"

他的脸色瞬间灰暗了。他说自己10岁那年父亲因为肝癌过世了，他和龙凤胎姐姐都是母亲一个人抚养的。母亲靠着一家小型饲料厂不仅把他和姐姐一路供到大学毕业，还给两人都凑出了买房的首付。

我由衷赞叹："你妈妈真是个能干、坚强的女人。"他笑了笑，算是默认。

我们聊得很投机，不知不觉到了夜里十点，商场要打烊了。我住的地方很近，可他还是执意要送我。

　　从商场到我家需要路过急诊科，恰好两辆救护车前后到达医院。第一辆车停稳后，几个医务人员推着一个有严重车祸伤的患者进入抢救室，伤者出血很严重，虽然到处都被敷料包裹，可从大厅门口到抢救室这十几米的距离，鲜血还是像一条赤红色的小蛇，一路蜿蜒。从另一辆救护车上推下来的患者应该罹患了肝硬化，患者还没送到抢救室便吐了一地暗红色的血液，出血量估计有1000毫升。血液在光洁的地板上显得格外刺目，这里像刚发生了命案。患者原本就脸色苍白，又一下子吐了那么多血，几个同来的家属已经哭成一团。

　　我在医院工作四年了，对这样的场景自然见怪不怪。可杨成宇却惊得不轻。他情急之下拉住了我的手，他的手掌触感冰凉，微微战栗。我和急诊科的医生、护士私交不错，本想顺便打个招呼，但看他们科室非常忙碌，而杨成宇显然也受不了这血腥的场面，我便拉着他离开了。

　　出了急诊大厅后，我放开杨成宇的手。黑暗中，我能感觉到他的身体在颤抖。到了我住的楼下，我客气地说：“到这里就可以了。”

　　走到二楼楼梯的窗口时，我无意中往外看了一眼。小区的路灯坏了许久，始终没人维修。杨成宇瘦长的身影隐没在一片浓黑里。我说“到这里就可以了”，并不单指“送到这里就行”，而是我不想再和他有往后的接触。刚才在急诊科，我看到他的内心住着一个怯懦的、依赖性很强的小男孩。

　　经历了何美兰的事件后，我意识到母亲一直都是很爱我的，可在很长一段时间里，我却从来没让她省心过。我开始认真考虑母亲希望我尽快组建自己的小家庭的心愿。杨成宇的各方面条件都不错，如果我们继续发展下去，他肯定会是让母亲喜上眉梢的“准女婿”。而且因为我和秦松明这样始终有些暧昧的关系，我也需要给自己一条出路，断了对秦松明的那点念想。

　　我从事的是一份让患者和家属高度依赖的工作。从我出生起，父母便把所有的希望都寄托在我身上了。我如果再找一个精神上不够强大

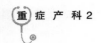

的伴侣，让他也来依赖我，那么，不堪重负的人生光是想一想都让我绝望。我背负不了那么多人。

这天夜里是我值班，快十二点了，我接到杨淑敏的来电。电话里，她支支吾吾地说下面不舒服，有很明显的坠胀感。我告诉她，今晚我值夜班，让她马上到科室来。

认识杨淑敏夫妻，是几个月以前的事情了。

医院规定，主治级别以上的医生才有资格出门诊。可那天谭主任临时被叫到一家下级医院指导一个危重产妇的救治，那个产妇有严重的心力衰竭，不适合马上转院，只能就地治疗。碰巧那天科里高年资的医生都没办法出门诊，他让我临时代他出一下高危门诊。

来高危门诊的孕妇以高龄女性居多，可当我看到杨淑敏递过来的各项报告单时，还是愣了一下。

杨淑敏已经52岁了，3个月以前做了试管婴儿。我继续翻看她既往的检查报告，她还有糖尿病和胆结石。

我没有追问为何杨淑敏有这些基础病，还要在这个年纪去做试管婴儿。二胎政策放开后，年过五旬的孕妇我也不是没见过。我自然没那么多闲工夫去了解其中的缘由。当我抬头准备再问孕妇一些基本情况时，这对夫妻脸上的复杂神色让我愣住了。

和很多来看高危门诊的孕妇一样，紧张和焦虑的神情都挂在这对夫妻的脸上。可这对夫妻好像隐隐约约地传达出某种异样的情绪，两个人身上都有那么点视死如归的感觉。

外面还有好多候诊的孕妇，我没时间啰唆，跟她交代了后续需要注意的事项便继续接诊下一个孕妇。

看完上午的门诊，早已过了饭点，我走出诊室后，看到杨淑敏夫妻俩仍候在门外。

杨淑敏有些期待地看着我，问："夏医生，我下次产检还可以挂你的号吗？"

我告诉她，我主要在病房工作，今天只是临时帮主任代一下班。在得到这样的答复后，她有些失望，眼里甚至有泪光闪动。这让我一时摸不着头脑，我不过是这家医院的普通大夫，又不是什么专家、名医，连正经出门诊的资格都没有，挂不上我的号有必要那么失望吗？

看她有些难过，我急忙告诉她主任出诊的时间，安慰她，找主任看门诊比找我更放心。

她有些失望，便"哦"了一声。丈夫搀着她准备离开。她走了两步，忽然回头，说："夏医生，你是第一个没问我'为何这么大岁数还要生孩子'的医生，就把我当正常孕妇……"

一直沉默的丈夫也开口了，说："我们是失独家庭……"

只是听了这一句话，我便心中一惊。杨淑敏接着说："我们是失独又失独的家庭……"

走廊里有长椅，我让这对夫妻坐下说话。我也陪他们一起坐下。这样的往事太沉重，是任何一个普通人都难以接受的。

他们夫妻俩都是小镇上的居民，两口子在镇上做点小买卖，有个独生子，一家人生活不算富裕，但也其乐融融。

可儿子长到8岁的时候，暑假瞒着他们和同学去河边捉螃蟹，不小心掉到河里了。夫妻俩知道后发了疯地找，几天后才找到儿子的尸体。看到儿子尸体的那一刻，夫妻俩都要崩溃了。孩子的父亲当场摔倒在一块大石头上不省人事，后来被送到医院抢救，缝了好多针，好在没留下后遗症。

夫妻俩互相搀扶着走过那段不堪回首的日子。好在那会儿他们还年轻，儿子去世两年后，他们又生了一个女儿。由于之前失去过一个孩子，他们对女儿自然含在嘴里怕化了，捧在手里怕摔了。夫妻俩的注意力时刻放在女儿身上，生怕女儿有闪失。只要女儿没在他们的视线内，他们就提心吊胆。

有一次他们去接女儿放学，可一直等不到人，后来才知道她跟同学去河边了。两人立马往河边跑，鞋子都跑掉了也顾不上捡。他们赶到河边，看到女儿和同学在游泳。他们立马把她"捞"上来。夫妻俩第一次对女儿动了手，用河边的柳树条往女儿身上打，两人边哭边打，他们不敢想象再经历一次那样的惨剧后该怎么活下去。

女儿就这样平安地长到了18岁。女儿长得漂亮，成绩也好。她是学艺术的，很花钱，夫妻俩虽然收入不高，但一直积极支持。孩子只要喜欢，学什么都行。

艺考在12月，考点在市里。他们想送女儿去，可女儿说她都成年了，不能老被他们监督着，而且这次考试有老师，有同学，他们就别操心了。可谁知，这次考试成了女儿和他们的诀别。

女儿和同学住在考点附近的一家快捷酒店。那家酒店在一栋居民楼里，她的女儿出了考场，边往酒店走，边给母亲打电话，说她今天发挥得不错。酒店所在的居民楼刚好有个男人跳楼自杀，他坠楼的那一刻，两个女孩正走到那里。两个女孩当场都没了……

接到噩耗的夫妻俩无论如何都接受不了这样残酷的事实。他们来到女儿出事的地方，仰躺在地上哭，任人怎样拉都站不起来，那一刻他们觉得自己的人生再没有任何指望了。他们连憎恨的人都没有，那个坠楼者死了，他还是个孤儿……

他们夫妻俩上初中的时候就在一起了，中学时两人都读过曹植的《行女哀辞》。《行女哀辞》里有句"天盖高而无阶，怀此恨其谁诉"，那时的他们理解不了曹植的丧女之痛。

现在，他们也恨天太高，却没有梯子，否则他们会沿着天梯往上爬，找到老天爷，问他为何要这般对待他们。他们做人本分，从没做过恶事，为什么这样的惨剧要屡次发生在他们的儿女身上？为什么这样残酷的命运要再三选中他们？

二十年前，他们从河里找到儿子。那是夏天，孩子的皮肉都被河水

泡坏了，他们一抱他，孩子的皮肉就跟着垮下去。儿子的惨状像刀一样
剜着这对夫妻。

刚失去儿子那一阵，亲戚都来看他们。后来，亲戚就不敢来了，因
为夫妻俩几乎终日号哭，亲戚也承受不了那么凄厉的哭声。

熬了大半年，夫妻俩才差不多恢复到正常的日子里。他们决意再要
一个，儿子过世两年后，他们的女儿降生了，夫妻俩也终于活了过来。
可没想到，在儿子溺亡二十年后，已经五旬的夫妻俩再度失独。

他们是在殡仪馆看见女儿的。女儿当场就没了，连送到医院的机会
都没有。他们的女儿很漂亮，也很爱美，可他们在殡仪馆看见女儿时，
女儿的整个脑袋都被砸变形了……

处理完女儿的后事，两人彻底虚脱了，他们都被送到医院。几天几
夜，他们什么都没吃。夫妻俩想一起去死，他们已经无力面对这残酷的
命运和无望的人生。

这一次，政府出面给了他们一些经济上的补偿，也安排机构给他们
做心理疏导。他们家有亲戚在做保险，之前经不住亲戚"多一份保险，
多一份保障"的说辞，想到意外早夭的儿子，他们给女儿买过不少保
险。他们觉得，多买一份保险能多给女儿一份平安。可现在，他们才意
识到：买再多保险也保不了女儿平安，只能换来很多的保险赔偿金。可
孩子都没了，他们拿那么多钱干什么？

出院后，两人又结伴去了女儿出事的地方。已经十天了，地上还放
着很多新鲜的花束，都是热心的市民留下的，甚至还有专程从外地赶来
悼念遇难女孩的热心人。

夫妻俩在家开了煤气，想结束这巨大的痛楚，可两人最后都没死
成，他们被好心人救下来了。

老天既然不让他们死，那他们就要继续活着，热热闹闹地活着。他
们决定在50岁的高龄，再要一个孩子。

我和杨淑敏互留了手机号。我承诺她，什么时候有问题都可以来找

我咨询，我还没有出门诊的资格，直接到住院部找我就行。

杨淑敏也告诉我，他们夫妻俩在中心医院附近租了房子，想等孩子安全出生之后再回老家，毕竟小地方的医疗条件远远赶不上这里。她也知道自己是高龄孕妇，还有基础病，万一孕期有什么变化，小医院处理不了，转院又来不及。

杨淑敏在我们医院建了档，之后一直在规律地产检。我也委婉地建议她减胎，这样对大人和孩子都更安全。可她说不会考虑减胎，她到了这个年纪已经没多少卵子可用，前后折腾了好几回才种上一个，结果在第10周发现胎停了。这次好不容易种活了两个胚胎，她肯定是两个胎儿都要的。

我们科定期开展一些公益课，将有各类高危风险的孕妈妈聚集在一起，做一些围产期的保健教育。每次开课时，杨淑敏总是坐在第一排，尽管她的年龄足以做一些年轻孕妇的母亲了。课间她自如地和其他年轻孕妇交流经验，丝毫不觉得自己有特殊之处。

她是所有参会学员里最认真的，甚至会带笔记本，记录下她觉得重要的内容。

所以，这天晚上我值班时，一接到杨淑敏的电话，我便让她立马到科室来。

检查的情况让我为之一惊，距离足月临产还有好几个月，可她的宫颈已经像失去弹力的束口袋，宫颈口大开着，羊膜囊已经从宫颈口膨到了产道里。羊膜囊是透明的，胎儿的肢体都能清晰地看见。

夫妻俩也慌得不行，一个劲地问孩子怎么样。我自然没法隐瞒。宫颈口已开，羊膜囊脱出，在教科书里，这被定义为"难免流产"。好在两个孩子的胎心都还不错，也没有胎盘早剥的迹象。我急忙请示了谭主任，他让我赶紧把相关检查都做了，如果孕妇没有明确的宫缩和临床感染，就连夜给杨淑芬做紧急宫颈环扎术。

我将杨淑芬的床尾调高，使她的重心下移，尽可能减少羊膜囊的进一步膨出，然后赶紧和这对夫妻进行术前谈话。

正常分娩，是孩子足月成熟后，宫颈口自然扩张，"口袋"打开，小孩娩出，正所谓瓜熟蒂落。现在，"口袋"松了，孩子要掉出来了。可孩子才23周，存活的概率非常渺茫，这在过去只能被称作流产儿。现在要补救，就只能把掉了一部分出来的孩子往"口袋"里塞，再把"口袋"扎紧。

听到还有补救方法，夫妻俩总算稍微松了口气。但我还是要把手术可能存在的风险和并发症告诉他们。

宫颈口除了有约束妊娠内容物膨出的功能，还因为宫颈黏液栓的存在具有屏障功能。女性的产道里有很多细菌定植，宫颈口开放后，羊膜囊已经掉到一个被污染的环境里，再还纳回宫腔内很容易使宫腔内发生感染，造成绒毛膜羊膜炎（指胎膜的炎症，通常与破膜时间过长或者产程延长有关。绒毛膜羊膜炎大大增加了胎儿和新生儿的死亡率，当孕妇合并绒毛膜羊膜炎时，更容易发生新生儿败血症、呼吸窘迫、心室内出血、癫痫发作，以及脑瘫等。绒毛膜羊膜炎的临床特征是当胎膜破裂时，孕妇发热，其体温可能高达38摄氏度或者更高）。而绒毛膜羊膜炎可以导致胎儿神经系统发育异常甚至死亡，也可能导致母体感染，甚至引起败血症。如果感染控制不住，严重时也可能威胁母亲生命。而且本身有糖尿病的患者，其感染更加不好控制。

现在，羊膜囊已经暴露，存在很大的感染风险。但目前从查血的情况来看，感染指标不高，可以急诊手术。但羊膜囊膨出的体积不小，目测宫颈口至少扩张了5厘米左右。这样的情况手术难度很大，羊膜囊不易还纳，还可能在手术中造成医源性的胎膜早破，加重感染。手术也有可能造成膀胱损伤，甚至子宫破裂……

这对夫妻却没有任何疑问，只无条件信任医生。

杨淑敏被推进了手术室。她子宫内的羊水太多，谭主任决定先抽出一部分羊水，减少羊膜囊的膨出，并同步做羊水的培养，再度确认是否

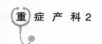

已经合并宫腔内感染。我做一助，帮他充分暴露视野。这个手术难做的原因就是视野局限，操作空间太小。

在采集好产道和宫颈口分泌物的标本后，谭主任让我反复消毒。这些地方本来就有很多细菌定植，一定要做好消毒处理，尽可能减少医源性感染。

在抽了一部分羊水后，膨在宫颈口外的羊膜囊的体积有所缩小。巡回护士再度调整床尾，使孕妇重心下移，膨出物的体积继续缩小。谭主任接过护士递来的湿润的纱布块，无比轻柔地贴在羊膜囊上，这一步很关键，稍有不慎就可能弄破这薄如蝉翼的胎膜。他无比小心地将其还纳回子宫。

杨淑敏怀的是双胎，羊水多，宫颈口承受的压力很大。这一次环扎并不能保证就把宫颈口扎牢了，直至足月分娩。如果缝扎的位置偏低，后期胎儿继续生长，宫内压力升高，很容易导致宫颈口再度扩张。谭主任选用了操作难度更大的术式，切开宫颈阴道前后壁，依次打开膀胱腹膜反折以及后穹窿，用穆斯林环扎带在高位环扎宫颈。收紧了肇事的"漏口"后，他又缝合好膀胱腹膜反折。

整个手术虽然造成了一些创伤，但他全程掌控得非常好，孕妇的出血量极少。

他之前就听我说了杨淑芬的事情，他迫切想为这对两度失独的夫妻做点什么。现在，杨淑敏在怀孕23周时就出现了难免流产，他一听说便赶紧回到科室，好在局面还能挽回。

他嘱咐我给术后的杨淑芬用几天广谱抗生素，预防感染。孕妇虽然没有明显的病理性宫缩，也可以用点抑制宫缩的药物，减少生理性宫缩，条件允许的话就用阿托西班。

阿托西班价格昂贵，之前一直没被纳入医保报销范围。近些年，各地医保政策开始有所松动，有些地方也将阿托西班纳入生育保险报销范围，但限制很多。在天城市，使用阿托西班目前还需要自费。

　　她爱人一听说有种好药，忙不迭冲到夜间药房，不管这药多贵，只要能对老婆、孩子好，他觉得都值。

　　术后的杨淑敏需要绝对卧床，她的丈夫几乎寸步不离。他知道孕妇长期卧床很容易出现深静脉血栓，每天除了照顾妻子吃饭、如厕，他其余时间都在帮妻子按摩肢体。

　　术后一周，杨淑敏都没有出现发热症状，术后复查炎性指标也都没有升高，羊水和分泌物的培养也没有发现致病菌。手术前我告诉她的那些风险和并发症都没有出现，警报暂时解除了。

　　杨淑敏虽然50多岁了，但心肺功能都很不错。在合理的饮食搭配和胰岛素的调控下，她的血糖也控制得很好。术后第十天，她可以出院了，夫妻俩还是租住在医院附近。

　　术后的杨淑敏定期产检，胎儿每长大一些，这对夫妻脸上的笑容也就更多一些。

　　杨淑敏的腹围越来越大了，两个孩子都发育得很好。她的羊水还有些偏多，如果谭主任当时选择了另外一种操作简单、创伤更小的宫颈低位环扎，这个被撑得更松更大的"口袋"会不会被再度撑开呢？想到这里，我感慨老谭果然艺高人胆大。那天手术时，杨淑敏宫颈口实测开了6厘米（孕妇足月生产时，宫口开全也只有10厘米宽），这样大的开口他居然能缝扎得如此完美。

　　杨成宇后来给我发了微信，他说自己路过急诊科时有些反常，让我别太往心里去。见我只回了个不痛不痒的"呵呵"，他便打来了电话，说他今晚有很多话想和我说。

　　他9岁的时候父亲便生病了，往后的一年里反复从医院进出。刚开始，他的父亲还是肝硬化，后面就变成了肝癌。他10岁生日那天，一放学便被家人接到了医院，他一进门便看到骨瘦如柴的父亲在大口呕血，那血像猩红色的烟花一样在他眼前炸开，他当时便吓傻了。父亲在那次呕血之后便过世了，这也成为父亲在他脑海中的最后印象。过去十多年

了，他还是非常怕血，在他的潜意识里，血是和死亡联系在一起的。路过急诊科时，相似的场景再度出现，他便失控了……

我过早给他下了定义，现在我犹豫了，想给他一个机会，也给自己一个机会。

于是我继续和杨成宇交往。我们一有空便一起吃饭、看电影。我的工作太忙，没有正常周末，他也依着我的工作来，约会地点都选在医院周边，如果科室有事情，方便我及时返回。

他畏惧一切血腥的画面，却仍爱听我讲医院里的故事。周末我们在金剑峡漂流，过了那段水流湍急的险道后，到了一段视野开阔、水流平缓的区域，我们乘坐的充气船不紧不慢地漂着，我给他说了杨淑敏一家的故事。

刚听完这个故事时，他也唏嘘不已。已是傍晚，阳光不像先前那般刺眼，太阳变成一个金灿灿的大圆盘，水面在夕阳的照射下像被镀上了一层金粉。他无比郑重地看着我，说："正是因为这人世间有太多的风云莫测，所以我一直打算要两个孩子。你呢？"

我笑着反问："因为这样就可以有备无患？"

第三十三节
粉饰 ▰▰▰▰| | |▰▰▰ ⊕

林皙月颇为激动地告诉我，她周五要去朋友家吃饭，朋友还让她多邀几个人去。我当时便笑了，问："这约饭局的'好朋友'是你的心上人吧？"林皙月被说穿了，难免有些尴尬，问我怎么看出来的。我说她一提到那个"朋友"，眼里就有春色荡漾，不是心上人还能是谁？我好奇让林大美人心动的人到底是何方神圣。可周五科里又出了点事，我没去成。

一周后，林皙月再度约我去她朋友家。

天城市的房价在这一年节节拔高。中心医院附近的新楼盘更是寸土寸金。她这个朋友居然就在这样的黄金地段有一套目测至少两百平方米的四居室，而且装修相当考究。

她这位"神秘友人"其实我也是认识的，就是护士口里医院的新晋院草——赵英焕。这场家宴是赵英焕对林皙月的"答谢宴"。前些天赵英焕收了一个腹痛患者，可这个患者没做完检查就自行回家了。患者是宫外孕（受精卵在宫腔以外的地方着床，不及时发现、治疗有可能造成致命性的腹腔内出血），晚上病情严重了才被救护车送回医院，那天晚上是已经在妇科工作的林皙月值班，她收了这个出现失血性休克的患者。还好手术顺利，患者已脱离险情，赵英焕也因此认识了林皙月，并

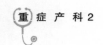

感谢她此次解围。主厨李贺是赵英焕的好友，他们两人都在急诊科。

"你喜欢赵英焕吧。"和林晳月回去的路上，我说。

被发现了心事，林晳月有些难为情，问："为什么这么说？"

"这人形象好、气质佳，家庭条件也相当不错，性格也阳光大方。用现在的话来说，他就是妥妥的高帅富，喜欢他，很正常。"

"虽然这些都是加分项，不过我真不是因为这些才喜欢上他的。"林晳月沉吟片刻，她想起初见赵英焕时的情景。

"话说回来，自从你到这个医院，追求者中历来不乏条件出众的。就拿李承乾来说，模样、性格、家庭条件也样样拿得出手。不过你一直没有中意的人。其实我也很好奇，你到底想找个什么样的。"

林晳月像经过了深思熟虑，说："我想找个让我有归属感的人，一个让我能感觉到家庭温暖的人。"

我知道林晳月的经历，所以听到她的回答时，也觉得这个答案在情理之中。

"这样的话，其实我觉得李贺更适合你。而且，他很喜欢你。"

"为什么这么说？"林晳月和李贺接触过几次，对李贺印象不错。李贺人很淳朴，也很温和，特别是做了一手好菜，让人赞不绝口。可林晳月对他的好感也仅此而已。

"喜欢一个人，眼神是骗不了人的。上次你吃完饭回来，说没想到在天城市还能吃到正宗的江浙菜，还把那道蟹粉狮子头大夸特夸了一番。虽说上次邀请你吃饭的是赵英焕，可主厨是人家李贺。今天吃饭，做饭的还是李贺，被你夸过的那几道菜又出现了。"

我说的这些，林晳月不是没有想过，只是她不记得之前和李贺有什么交集。李贺完全没有必要花那么多心思在一个之前完全不认识的人身上。她一直以为李贺这样做，只是因为他是赵英焕的朋友。也是这两次赴约，让她觉得赵英焕对她是有好感的。

"可是我之前从没见过他啊。连我因为食物中毒去急诊科那天也没见过他。"林皙月说出了自己的疑虑。

我笑了笑，说："没注意他也很正常啊，比起你的心上人，李贺的确没有那么出挑。你和赵英焕，都是外形出众的人，李贺之前见过你并且印象深刻倒也没什么奇怪的。赵英焕这样的人，对你来说，未必就是良偶。"

"为什么这么说？"林皙月初见赵英焕便情愫暗生。由于我并不看好，她略感沮丧。

"赵英焕这样的人注定会吸引很多异性。这类人在感情里也早被人宠坏了。一段感情要长久维持，需要双方建立一个感情账户，并不断在这个账户里储蓄。可像赵英焕这样的人，使用他人的感情也容易大手大脚，很容易透支这个感情账户。"

赵英焕是林皙月中意的人，我这样妄加评价毕竟不妥，便立刻修正："当然了，我也是第一次见他，对他的了解也不多，有些东西说的并不一定对。"

林皙月因为那个羊水栓塞的孕妇和监护室的陈灵成了好友。我无意间知道，陈灵是赵英焕的前女友。刚才吃饭的时候，赵英焕得知陈灵要和男友筹备朋友的婚礼，所以今晚不能来，他的脸色瞬间变了。作为旁观者，我能察觉出赵英焕对前任反常的醋意。只是当局者迷的林皙月并未察觉。所以我才说了"感情账户"的鸡汤给林皙月听。毕竟这样的理由更加温和、委婉。知道自己爱慕的人早就心有所属，注定是让人难过的事情。我告诉她，"暖男"李贺更适合她。我倒不是让林皙月"退而求其次"，毕竟很多时候，"易得无价宝，难得有情郎"。

作为朋友，有些东西点到为止就好。

林皙月问我和杨成宇进展到哪一步了，我坦然地告诉她，除了牵过手，我们之间再没有其他亲密举动。林皙月也没再继续追问，只说感情的事情要随心，不要太勉强自己。

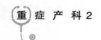

在夏氏父子"登门解决"我的家务事后，我和父亲那一家人的关系彻底到了冰点。这些时日，我们一直没有联络。这天，下了手术，我到更衣室换衣服时，看到先前锁在柜子里的手机上有好几个未接来电。小叔、爷爷、奶奶轮番给我打了电话。铁定没什么好事。

我还是硬着头皮打了回去，我先打给了小叔。电话一接通，他就劈头盖脸地指责我不接长辈电话。我怼了回去："你没当过医生吗？不知道手术的时候不能接电话吗？"他没料到我敢这样怼他，便也不再绕弯，坦言他们已经开了家庭会议，决定重建农村的老屋，那是夏家的根系所在。夏家这些年蒸蒸日上，得益于老屋的风水。他算了一下费用，差不多要二十万，夏家四个子女刚好各出五万，老大和老三（我父亲排行第三）都没什么钱，那就需要堂姐和我来出各自父母应该承担的部分。

我坦言自己没钱，也不打算参与这事。小叔不给我争辩的余地，他在电话里吼道："没钱，你就去想办法借啊，这钱我急用！"

我给堂姐和小婶都打了电话，通过她们的欲言又止，我知道集资重建老屋不过是个借口。小叔又欠了很多钱，据说这笔欠款快到七位数了。小叔早前买了好几套房子，这些年都被卖了还债，他周围的人早被他借了个遍。和两人通过话之后，我心里已经有数了。

奶奶再度给我打来电话，电话里她哭哭啼啼，说小叔这些日子成天在她那里吵嚷着不想活了，让我赶紧想想办法帮小叔渡过难关。我们都是一家人，而且我又是受过他恩惠的，做人不能太忘恩负义……

我说："小叔在市里不是还有一套房子吗？房子的价格这些年也涨了不少，你放心，小叔不会被逼到绝路上的。"

说完，我就挂了电话。可是我的手机还是响个不停。我真想直接把这家人全部拉黑，可到底没有勇气。我索性把手机扔给了李承乾，让他帮忙打发这些人。

这家人看到了我的态度，便也没再继续纠缠。尽管如此，这一整天，我还是紧张和忐忑，奶奶的话的确在理，我的确是自私自利还不知感恩的。他们每次这么强调，我的情绪多少都会受到影响。

母亲知道我恋爱了，非常高兴。她一上来便打听男方的工作性质和家庭条件。我只笼统地回答他是公务员，家在外省。母亲忙说："这周末你不上班的话，就把他带回家吧。你爸老在我跟前念叨，他之前不该那么冲动。他现在很后悔，一直想给你道歉。再说了，你这样总不回家肯定是不行的。特别是现在还谈恋爱了，人家看你对自己的父亲都这样冷漠，一副老死不相往来的模样，肯定会对你有些看法。"

离周六还有好多天，可一想到要回家和父亲打照面，我就头痛不已。我和杨成宇交往以来很少提到自己家里的情况，直到我跟对方说周六去我家吃饭时，他才知道我已经在市里买房。

我们两人的工作都很稳定，也都到了适婚年龄，各方面条件也都算匹配。在我忽然提出父母想见他时，杨成宇倒也没有表现出尴尬和扭捏。周六上午，我们在超市买了些烟、水果等礼品作为见面礼。

母亲跟棋牌社请了假，父亲这周上夜班。他们一大早就去超市购物，做了一桌好菜招待女儿和准女婿。到了家门口，我有些踟蹰地按了门铃。父亲显然一直在等这一刻，门铃响过第一声，他便给我开了门。他直接张开了胳膊，兴奋地喊着"幺儿"，像过去什么事情都没有发生过一样，做出一副要拥抱的架势。

我将手中的礼物递了上去，身体本能地后仰避开，然后僵硬地以这样别扭的姿势杵在门口。我想起小时候每次放学回家时，我明明有钥匙却故意不开门，喜欢不断地敲门，直至父母亲自开门，然后我就像小鸟一样一头扎进前来开门的父母的怀抱里。

可镜子破了就是破了。那样触目惊心的裂痕真实地摆在那里，我没办法当它从来都没存在过。

饭桌上，父母无比热情地招待杨成宇，一个劲问他饭菜合不合口味，喜欢吃就多来家里。知道杨成宇在市政府工作后，父母夸他年轻有

为。我有些尴尬，父母大半生都在务农，在他们眼里杨成宇已经是不得了的"官家人"，这样的人能出现在自家的饭桌上已然让他们深感荣幸。

吃完午饭，杨成宇帮着一起收碗。母亲一把拦住，说这哪是他该干的活儿。我不知道如何与躺在沙发上看电视的父亲交流，便以想出去看电影为由，拉着杨成宇一起离开。

杨成宇听我说想看电影，便开车到了时代天街。可这个时间段电影院里没有什么好看的电影，恰好道路拐角处有一家新开的私人影院。我们之前都没进过私人影院，影院入口昏暗暧昧的光线的确适合情侣约会。可供选择的影片很多，杨成宇将选择权交给了我。我一直喜欢推理悬疑类作品，便挑中了由东野圭吾的作品改编的同名电影《祈祷落幕时》。

进入影厅后我开始后悔，包间非常狭小，充斥着粉红色的暧昧光线，而且座席居然是一张圆形的床。服务生打开屏幕后说了声"观影愉快"便离开了。

我抓着抱枕坐在床沿上，逐渐适应了尴尬的氛围后，便也进入了电影剧情。

女主角博美有着不堪回首的童年，母亲因赌博欠下巨债，导致家中破产。面对恶意的催债，父亲不得不带着她连夜逃亡，过起四处漂泊的生活。在逃亡的过程中，博美发现父亲已经身无分文，她便去找可以给她钱的男子。在被男子猥亵时，博美失手杀死了对方。父亲为了掩护博美，他冒用了死者的身份，而将死者伪装成自己，制造出其跳海自杀的假象。

父女俩自然不能再正大光明地见面，在一条幽深无比的隧道里，父女俩将奔赴不同的人生方向。女儿望着父亲奔逃的方向发出凄厉的哭喊声。父亲回头，无限温柔怜爱地看着女儿，说着最后的祝福。他只有一个心愿，就是希望女儿能够得到幸福。他希望女儿有遮风避雨的地方，有书读，找到欲罢不能的爱好，把它当成工作，一直怀着梦想活下去，然后有一天遇到喜欢的人……

电影还没看完，我已彻底破防。我的少女时代和博美的相似，都因家中有不负责任的成员，家庭动荡不堪。可我羡慕博美，这么多年来，从没有一个人对我说"做你喜欢的事情吧，遇到你喜欢的人"。我听得最多的是"你一定要争气啊，我们所有的希望全都在你身上了"……

事情的发展已经超出杨成宇的意料。他以为在这样私密暧昧的空间里，我们的关系会更亲密。可我已经彻底失控，起先只是小声抽噎，到后来发展到号啕大哭。

杨成宇错愕了。从我们接触的这段时间来看，我并不是那么感性、爱哭的人，而这部主打悬疑和亲情的电影好像也没有那么感人。

他揽过我的肩膀，表示此刻他可以作为我的支撑。可我却执意别过头去，周围没有纸巾，我用手背迅速擦着眼泪，想停止哭泣。可我越想控制自己，眼泪就越不受控制地往外流。

电影还没有结束，我便提前离场了。

这天晚上，母亲给我打电话，说："小杨个人条件那么好，这次一定要抓紧了。"我坦言和他在一起始终少了一点感觉。母亲急忙打断："结婚是冲着过日子去的，天天在一起，哪还有那么多爱不爱的。适合才最重要啊。小杨的工作单位那么好，又有房有车，模样周正还不好烟酒，家还在外地。他妈也是跟着姐姐过的，以后你俩结婚了，你还不用面对婆媳矛盾……"

我一听又不高兴了，反驳母亲："难道我工作差、模样差，还有一堆不良嗜好了？搞得我像高攀了谁一样。硬要说我哪里拿不出手，那就是原生家庭！"

说完这些，我又后悔了。我为什么对家人没办法做到和颜悦色？

一周多后，我接到一个陌生来电，对方自称是我母亲打工的那家棋牌社的老板娘。她问我什么时候有空，想和我见一面。对方的语气非常

小心谨慎，我知道肯定和母亲有关，便约了她第二天下午在医院附近的一家咖啡店见面。

　　我立马打电话给母亲，没告诉她老板娘联系我的事情，只问家里最近是不是有事情。母亲说家里挺好的，父亲看到我恋爱了，发誓以后再不打牌了，要把钱都省下来给我当嫁妆。面对我们恶劣的父女关系，母亲每时每刻都不忘在我面前给她的丈夫"挣分"。

　　第二天，我见到了老板娘。寒暄几句之后，她便说起了我母亲的事情。之前棋牌社安排两个人轮班。棋牌社的上班时间太长，两个人轮班，每个人就能上一天休息一天。3个月前，另一个帮工的阿姨辞职了，她本想再招一个，可我母亲说她一个人干得过来，这份工作已经比她过去种地轻松太多了。棋牌社的工作虽说没有多累，但天天耗在这里，人也不自由。我母亲一直非常勤快，对客人也热心，大家对她的评价也很高。

　　老板娘在隔壁还开了家饭店。饭店忙的时候我母亲也会主动帮忙，这样一来，老板娘自然把她当自己人了。尽管棋牌社的工作强度不大，可一般人很难接受这样全年无休的工作。老板娘一开始还想着我母亲的家庭经济压力太大，比如要帮儿子买房之类的，可后来才知道，她居然全是为了她老公。他虽然干着保安的工作，但一有时间便泡在麻将桌上，时不时找她要钱。他还没退休，他的养老保险金得靠她交，公婆也时不时需要儿子尽孝心。丈夫永远都没钱，这些她一并承担了下来。

　　棋牌社最近生意变好了，很多客人很晚才散场，母亲回家自然也就晚了。夫妻俩天天见不着面，可能彼此的猜忌就多了。但老板娘知道，她比谁都心疼自己不成器的丈夫。前些天，有个醉酒的客人夜里给她打了视频电话，被丈夫误会她出轨了，不听任何解释就动了手。她的手机被他摔烂了，人也被打了，还好不算严重，就是脸上有几片瘀青……

　　这就是母亲终日努力粉饰着的生活。我越听越愤怒，紧紧握着咖啡杯，里面的金属勺也跟着微微震颤。我感觉再多听一会儿，这个杯子就会被我捏碎。

老板娘继续为母亲鸣不平。母亲明明可以养活自己，还有个有出息的女儿，却非要在这样的婚姻里委屈自己。她劝我母亲离婚，觉得她根本犯不着留在这样一个男人身边。可我母亲对她说，女儿上中学的时候她也想过离婚，可别人都跟她说，这二婚的饭也不好吃。而且都熬到这把岁数了，不就图个老来伴吗？好女人不都是要从一而终的吗？老板娘跟我母亲说，这种思想害死人，而且早就过时了。可我母亲又说，他们都在一起几十年了，还是有很深的感情的，除了爱打牌，老公平常对她还是挺好的……

再三谢过老板娘之后，我说，我知道该怎么做了。昨天通宵工作让我觉得四肢格外疲软无力，而这糟心的家务事让我更心力交瘁。

我知道父亲这一周上夜班。他们上夜班是可以一晚上都在值班室睡觉的，所以他白天还有精力打麻将。

我回了自家小区，没给父亲打电话，只在周边的棋牌社挨个找，很快便找到了父亲的落脚点。我一进去便直接掀了桌子，指着父亲的鼻子就骂："你再敢动我妈一根毫毛，我立马卖掉房子带着我妈离开。你给我滚大街上要饭去吧！到时候看你们那一家人谁来管你！"

父亲反应过来之后立刻破口大骂，污言秽语尽数蹦出。一众牌友虽然对我砸场子的举动不爽，但也没有向着父亲。他们都怕我们做出出格的事情，毕竟很多恶性事件都发生在矛盾深重的家人之间。他们拉住我和父亲，我们两个像泼皮无赖一样咒骂对方。

那一刻，我也觉得自己彻底疯癫了。这么多年来，绝望、愤怒和挣扎的情绪始终如影随形。我再怎么努力也看不到希望，而这一切全是父亲带来的。眼前这个流氓根本不配做父亲，他是我所有痛苦和噩梦的来源。

最后，我也不挣扎了，只是歇斯底里地哭号。有好事者开始给我这个穿着得体，但又如同疯子的怪人录小视频。不管这些年我修炼得多么

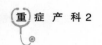

风光、得体，父亲总可以轻易让我露出疯癫的原形。

等这场闹剧落幕，我才从地上爬起来，拍了拍身上的尘土，往母亲打工的棋牌社走去。室内的光线很暗，可母亲却反常地戴了一副墨镜。墨镜的材质很差，一看就是地摊货。母亲一见到蓬头垢面的我，也呆住了，问我发生什么事了。我上前抱住母亲。我已经没力气再哭，只是像复读机一般不停地在母亲耳边说让她离婚，往后我们俩一起过。

这不是我第一次让母亲离婚。我14岁时的那个春节，母亲第一次提离婚时，我怕极了。可15岁时我便想开了，怂恿母亲离婚，往后母女俩相依为命，就算日子再苦，也总比我有个赌鬼父亲强。母亲说，她怕一个人养不活我，不能供我继续念书。可我当时便困惑了，父亲对这个家的经济真的有贡献吗？

母亲摘下墨镜，她左侧的眼角有一块瘀青。她搂着我说："其实我一直想回新疆。我在那里待了快三十年，早就习惯那边的生活了。那里的人淳朴，空气也干爽，冬天还有暖气，人也更自在。来到这里的日子其实一天都不好过。丈夫不争气，女儿这样闹，婆家也不好伺候。现在团场那边管得很严，打牌的很少了，你爸回去多少也能收敛些。我们走了，你就赶紧搬回去住。早点和小杨把婚结了，我这辈子也算把心事了了……"

昨晚才熬了通宵，加上今天下午剧烈的情绪波动，我数度胸闷、心悸。我是医生，自然知道这样的境遇会给心脏带来巨大负担。可每次面对糟糕的原生家庭时，我都想过猝死对我来说还真是个挺好的结局，从此再不会被家庭折磨了。

第三十四节
讳疾

　　我回去的时候已经收拾好了情绪，连林皙月也没发现我有什么异常。我洗漱完便进了卧室。从小到大，不管家里发生了多么糟心的事情，我都能大哭一场便睡去。我今天还是这样，第二天还得上班。

　　杨成宇无意间在手机里刷到一个女子大闹棋牌社的视频。视频没有拍到当事人的正脸，可从身形来看，和我倒是有几分相似的。他再一看地址，发现居然就在我父母住的小区。晚上，他给我打电话，我的声音非常沙哑，他一听就知道我才哭过。他想起前些天和我一起去看电影，电影里父女分离的情景虽然感人，可不至于让人情绪失控，除非电影角色让我有极强的代入感。

　　我并不像他以为的那样大方活泼，在各种环境里都游刃有余。那天他和我的家人吃午饭时，也看出我和父亲的关系极为别扭。或许每个人心中都有一条暗河，他自己又何尝不是呢？

　　周日夜班时，李贺喊我去急诊科会诊，他们收了一个呼吸衰竭的孕妇。

　　"患者29岁，第一次怀孕，孕28周。孕妇在孕期没有规律做产检，也没有在医院建档。她反复发热、咳嗽二十来天，胸闷、气促一周，加重一天。"李贺虽然不是产科医生，但在汇报病情时言简意赅地交代了产科医生重点关注的内容。

我和李贺简单寒暄后，开始检查半卧在抢救床上的孕妇。她的面颊和四肢都很消瘦，和隆起的腹部形成强烈的反差。急诊科给她上了无创呼吸机，虽然氧浓度开得很高，可还是看得出，她缺氧严重，嘴唇和指甲都有些发绀，心率和呼吸都明显偏快。

"胸片和血气都检查了吗？"

"都查了。氧分压很低，只有56mmHg（氧分压小于60mmHg即为I型呼吸衰竭），胸片是她一小时之前在一家社区卫生院照的。"李贺边说着，边把患者的血气报告单和胸片递给我。

我仔细察看了孕妇的胸片。孕妇的双肺布满病灶，双肺全是大片的毛玻璃样阴影。

"我还发现一个问题。"李贺将我拉到床帘外，小声说，"她孕期至少瘦了二十斤。我刚才检查她口腔的时候，发现她口腔里有很多豆腐渣样的白色分泌物。"

"你是说？"我知道急诊科医生见多识广，可以在短时间内发现患者的关键症结。

李贺见我也猜到几成，说："你看她胸片的这种特点，又是I型呼吸衰竭，体重下降，口腔里还有那么多分泌物。我怀疑她感染了HIV，而且已经进入发病期，现在合并了卡氏肺孢子虫肺炎。"

我心里一沉。我虽然还没有给孕妇做相关筛查，但李贺的分析句句在理，是要考虑这方面的传染性疾病。如果孕妇感染了HIV，收治到公共卫生救治中心自然最好。可孕妇还没有确诊，而且孕妇病情危重，转院风险很大。

我准备给孕妇腹中的胎儿做个胎心监测。考虑孕妇可能有传染病，李贺递给我一双检查手套，并在做胎监的探头上也用薄膜手套裹了一圈。

从我接过李贺的手套开始，这个叫王珏的孕妇就一直愣愣地看着我。她看着我仔细地戴好手套，连带给探头也做了防护。孕妇的腹部并没有伤口，甚至连皮疹和溃疡都没看到，普通的接触不会造成传染，可我和李贺还是做了严密的防护。

她应该知道自己的病情。我和李贺的举动已经刺痛了她。我给王珏做胎心监测的这几分钟，一直避免和她对视。我不想看见那双失望、羞愧、委屈和无助的眼睛。

我自小便知道，敏感的人活得比其他人更辛苦。王珏如果真确诊了，让她处处敏感的日子才刚刚开始。

王珏被收到了产科的单间病房。她病得很重，可陪她来的只有父母。

王珏的抽血化验结果很快就出来了，HIV抗体阳性。

我再次走到王珏身边，并找借口支走了王珏的父母。

"你以前输过血吗？"

病床上的王珏虚弱不堪，她的口鼻都在无创呼吸机的面罩里，发音模糊、含混。她也意识到我听不清她在说些什么，便通过摇头示意自己没输过血。

"有吸毒史吗？"我继续追问。

王珏的面部有些浮肿，又被面罩遮了大半边，我一直没有细看她的相貌。可这会儿我发现她的眼睛非常漂亮。

她的瞳仁是天然的茶褐色，像玻璃一般清脆易碎，仿佛容不得我这样步步逼问。

"那你爱人……"我在尝试找一些合适的措辞。

王珏的情绪瞬间失控了。她睁大眼睛，眼泪像决堤的洪水般涌出，她两手紧紧地抓着床单，却没办法同步爆发出哭声。她像复读机一样在凄厉地喊着："你们为什么要让我结婚……"

疾控中心出确证报告的时间太长，有时候需要十几个工作日。[①]可

---

① HIV抗体初筛阳性并不能认定感染了HIV病毒，因为初筛存在一定的假阳性率。医院初筛发现HIV阳性，需要检查者再抽血并提交身份证复印件到疾控中心，由疾控中心做确证实验。如证实阳性，感染者凭确证报告在疾控中心或定点医院领取HIV抗病毒药物。

王珏已经出现了并发症，没办法等疾控的报告。王珏的CD4数值只有65（正常人为每立方毫米500—1600个），提示免疫系统遭到重创。她体内HIV的病毒量非常高。感染科的医生也来会诊了，进一步确定了李贺先前的推断：怀孕28周的王珏罹患艾滋病，并出现了卡氏肺孢子虫肺炎。

到了可以和患者以及家属摊牌的时候了。

王珏现在的情况很不稳定，自然不好直接对她说。这种疾病涉及患者隐私，我自然不能把这个结果直接告诉王珏的父母。可涉及母亲和孩子的救治，王珏的丈夫也始终没有出现，我还是要对王珏的父母酌情透露。

在我尝试组织措辞的时候，王母说："妞妞最近老咳嗽，好像还在发烧，可她死活上不了医院看病。现在放暑假了，妞妞就没去上班，天天把自己关在卧室里不出来。我就想着是不是小两口吵架了，她就回娘家住了。我女婿一直给我打电话问妞妞的情况，可是只要知道是他打来的，妞妞就冲出来把电话挂了，闹得最厉害的时候还把我的手机都摔了。我以为妞妞怀孕了，孕妇脾气比平时大。俊杰也是个好孩子，不会对不起我们家妞妞。所以我也就没太往心里去。孕妇感冒了，也不能乱吃药。我听说老母鸡汤能抗炎，就天天托人从农村弄老母鸡来，给她炖汤喝。可是她也不怎么吃东西，这些天瘦得厉害。她每天也不怎么出卧室门，也不让我们进她卧室。直到我今天送饭进去，看她气都快喘不上了……"说到这里，王母开始抹眼泪。

"我就觉得那个李俊杰有问题，我女儿怀孕瘦成这样了，肯定是在他们家受了虐待。我女儿这段时间生病，他居然一次都不来探望。这样的女婿，要他干什么？"王父倒不像妻子那样维护女婿。

这两人还在扯这些家务事。病危通知书他们在急诊科就签过了，这两人到现在都以为他们的女儿不过是普通感冒拖得久，变成了肺炎而已。

我之前还在盘算怎么和家属开口，但既然家属先把话题引到"感冒"上来，我就先顺着这个话题说下去。

"王珏现在呼吸衰竭很严重。你们看到了，在急诊的时候，她整个人都憋得发紫了，而且从胸片看，她双肺的情况都很糟，全是病灶。你们觉得普通感冒能这么严重吗？"

"难道我们家妞妞得的是其他麻烦的病？"王父问这个话的时候，喉结也不自主地蠕动了一下。

"在她的痰液里找到了肺孢子虫的滋养体，她患的是卡氏肺孢子虫肺炎。"

"什么虫肺炎？"王母有些错愕地望着我说，"我们两家都没养过宠物，家里也非常干净，妞妞怎么可能被虫感染肺部呢？"

我看对方完全会错了意，急忙解释："其实这就是一种真菌感染。但这种真菌很难感染正常人，只在免疫功能非常低下的患者身上出现。"都说到这一步了，不管接下去的内容王珏的父母有多么不能接受，我也只能继续说下去了。"王珏感染了一种病毒，这种病毒破坏了她正常的免疫系统，使她有这种正常人罕见的肺部感染。"

"是不是那个病……"王父率先反应过来，他的嘴半张着，像被什么体积巨大的物体卡住了喉咙。

我没有立刻接话，算是默认了。

王母还没有反应过来，只是反复看着表情错愕的丈夫和欲言又止的医生。

对大众来说，艾滋病一直是一种讳莫如深的"脏病"，出于对患者隐私的保护，医务人员不可以将这一情况告诉家属，甚至连婚检时，医务人员发现了其中一方HIV抗体阳性，都不能直接告知其配偶。

可现在王珏病危，涉及后面的治疗，我必须将这个坏消息透露给他们。直接告诉她父母她感染了HIV病毒，涉嫌侵犯患者隐私，我只能引导家属猜到真相。

"我先说一下这个病。"见王母有些困惑，周围又没有其他人，我

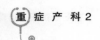

觉得自己可以再说得直白些，"就是我们平常说的艾滋病。HIV病毒本身并不会直接造成感染者死亡，但是它会攻击人体的CD4+T细胞，摧毁人的免疫系统，使患者出现各类少见的严重感染甚至恶性肿瘤，从而导致感染者死亡。"

"你是说，我女儿感染了艾滋病？"王母终于意识到问题的严重性。

"她的血液样本我们已经送到疾控中心了，最后的确诊报告是由疾控中心来出具。但是检验科医生已经在她的血液里发现HIV病毒了，而且病毒载量很高。"我尽量不把话说死，也给家属一个缓冲的余地。

"我女儿那么乖，从小到大一直都在我们身边。在嫁给俊杰之前，连男朋友都没有谈过，肯定是他害惨了我女儿！"先前百般维护女婿的王母，这下终于按捺不住了。

"这种疾病主要是通过性传播的，所以我建议王珏的丈夫也去检查一下。"

"肯定是这个畜生传给我女儿的！"王父低垂着头，肩膀不停耸动，像是在竭尽全力让自己平静下来，"我女儿结婚前刚好单位组织体检。她想着婚检也要查那些，干脆那次体检就把艾滋、梅毒、丙肝、乙肝一起查了。报告就放在家里，不是他（传染的）是谁？"

"都是你！说女儿年纪大了，李俊杰工作好、家境好，过了这村没这店，生怕错过了他。你怕女儿嫁不出去成了老姑娘，让亲戚、邻居笑话！"

王父高亢的吼叫声像在平地扔下的一枚炸雷。可尽管如此，我还是看出他已经非常克制了，他的手紧紧按在裤腿上不住地颤抖。

"我一直觉得李俊杰和我们家妞妞相处的时候总有点不对劲。他那会儿对我们妞妞很好，可我总觉得就是专门做给我们看的，而且我总觉得他好像有点不正常……"

说到这里，王父哀叹一声，脸上的纹路痛苦地挤在一起，整个五官都变了形。"这个畜生之所以选择妞妞，可能就是觉得我们女儿忠厚、踏实，适合过日子。他们谈婚论嫁那会儿，我就跟妞妞说了，先别急着结婚，多处一阵再考虑。就算当一辈子老姑娘又怎么样？就跟着我们过，难道就不幸福了吗？……"说到这里，这个始终铁青着脸的汉子，还是落泪了。他带着哭腔控诉妻子说："你非得那么在乎三姑六婆的眼光，说妞妞都快30岁了，连男朋友都没有谈过，就这样变成老姑娘了。一出现个李俊杰，你恨不得立马倒贴，只求赶紧把妞妞嫁掉，一天到晚在她耳边唠叨，说你为她操碎了心，天天给她施压。只要她嫁了，管他是阿猫阿狗，你就不听闲话了。这下好了，妞妞一辈子都让那个畜生给毁掉了！"

面对盛怒的丈夫，王母一直低着头，不住地哭。

"你现在就知道哭！当初催着妞妞答应那个畜生，就是你把女儿往火坑里推的！你现在满意了，妞妞嫁了，怀了那个王八犊子的崽子，现在连命都要没了！"

王母面对丈夫的指责，只是哭，直到眼泪都哭不出来了，才说了句："我真的是怕妞妞一直一个人，我们怎么可能陪她一辈子啊。我觉得俊杰那孩子又能干又懂事，结婚前对我们妞妞又好。可我哪里知道，李俊杰居然有这个病……"

眼看着这场谈话又要朝家庭伦理剧的方向演变，我拿出两个一次性纸杯，给夫妻二人倒上水。我抽出面巾纸，递给一直抽泣的王母。

待他们稍微平静，我接着进行后面的谈话。

"王珏的情况比较麻烦，她已经进入孕晚期了。女性在妊娠状态时，免疫机能处于抑制状态，再加上病毒的攻击，CD4+T细胞丢失得更严重，会让王珏发生其他机会性感染的可能性更大。现在，她的症状主要集中在肺部，但是艾滋病患者的感染往往非常复杂，现在表现出来的卡氏肺孢子虫肺炎可能也只是冰山一角……"

听我这么一说，原本心情已经慢慢平复的王母又哭了出来："我好

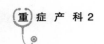

好的女儿，怎么就会得了这么一个病……"王父没有说话，只是脸色铁青地将双手按在裤腿上，眼里似有烈火在燃烧。

听家属这么一说，我也心中一沉。我想起已经奄奄一息的王珏，即使耗尽最后一丝力气也要拼命号出自己的冤屈和不幸。那凄厉的哀号和对命运不公的追问，硬生生地被呼吸机面罩强制压了下去，只留下更深的痛楚和绝望。她就像一头温良惯了的食草动物，被猛兽摁住并咬住了咽喉。

可我们还是要面对。

"我们再来说一下这个胎儿的情况……"

我还没说完，就被王父粗暴打断："这个孩子，我们家不要！"

王母急忙拉住丈夫的胳膊，说："你先听大夫把话说完。"

"那好，咱们就先说一下姐姐的事情。这个卡氏肺孢子虫肺炎，首选磺胺类药物治疗。但是这种药物是可以穿透胎盘屏障到达胎儿体内的，在既往的动物实验中也发现有致畸作用。"我如实告知，孕妇作为特殊人群，用药都非常谨慎，原则上能不用就尽量不用，能少用就尽量少用，能用老药就尽量不去尝试新药。孕妇用药，必须兼顾胎儿安全，可王珏的情况的确特殊。虽然还没有正式和王珏交流，可我能感觉得出来，相比那些凡事都把孩子的安危放到第一位的准妈妈，她无心也无力关注腹中胎儿的情况。

这个还未出生的孩子也命运堪忧。已经到孕晚期了，王珏还没开始抗病毒治疗。孩子也可能被病毒感染，从一出生起，便成了HIV感染者。

"不用管这个孩子，我女儿的安全放第一位。"比起彻底没了主意的王母，从暴怒中逐渐平复下来的王父已经开始想着如何给女儿治病，"除了你刚才说的要用那个什么磺胺药，她确诊了这个……病，是不是要马上吃抗病毒药物？"

有这样无条件支持她、爱护她的父亲，王珏还不至于全盘皆输。

"理论上越早抗病毒越好，但是姐姐肺部感染非常重，在启动抗

HIV病毒治疗后，因为免疫功能恢复而导致炎性反应增强，可能存在治疗矛盾反应。比如，抗病毒治疗后导致现有疾病矛盾性地变得更加严重，肺部感染的情况有可能加重。我前面也说了，艾滋病患者的感染往往非常复杂，患者可能还有很多我们目前没有发现的隐匿性感染，就像海面之下还没露出来的庞大冰川。而抗病毒治疗后，同样因为免疫重建炎性反应综合征，姐姐原本还处于隐匿状态下的感染，会表现出明显的临床症状，使姐姐的全身症状更严重。而这些都可能威胁姐姐的生命安全。"

看得出来，王父对还未出生的外孙没有特殊的感情，因为女儿被感染，他恨上了孩子的父亲，连这个没出生的外孙也被恨上了。所以我不好再谈孩子的事情，谈话重心只放在他女儿身上。

一听现在就开始抗病毒治疗可能存在这么严重的副反应，王母又开始抽泣。王父无心安慰妻子，急着追问："那你说说，我们女儿该怎么办……"

"结合感染科医生的建议，如果换成普通患者，还是先积极治疗肺部的情况，可以等炎症控制后再开始抗病毒治疗。但姐姐的情况有点特殊，她现在基本到孕晚期了。胎盘虽然有一定的屏障作用，但在不用阻断药物的情况下，胎儿仍有可能通过母婴传播感染HIV。王珏的身体情况很糟，虽然上了呼吸机，但是母体还处于缺氧状态，还要使用一些特殊药物，这些对胎儿有很多不利影响，可能造成胎儿出生后存在着脑瘫、智力低下、窒息等，甚至可能随时胎死腹中……"

"我要求引产！"还没等我把这个胎儿可能存在的情况说完，王父便表态。

"孩子已经28周了，目前没有发现严重的畸形和缺陷，而且及时阻断，是可以很大程度上避免胎儿被病毒感染的。在医学伦理上，并不允许直接引产，可以先观察。"我如实告知。

"伦理上不允许，那法律上禁止引产了吗？"王父追问。

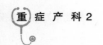

我摇摇头。很多地方禁止引产无明确医学缺陷的28周后的胎儿，但是天城市倒没有明确禁止，只要母亲签字就行。

王父说："那既然不违法，我也不为难你们。我也住过院，知道医院的一些规矩和程序，我是她的直系家属，该签的字我都会签。而且这孩子可能一生下来就有病，和孩子爹一样！"王母拉了拉丈夫的胳膊，几度张口，却终于没有发出声来。看得出，比起丈夫，她对这个还没出生的外孙倒还有几分天然的骨血相连的感情。

我本想告诉他，如果非要引产，最好征得王珏丈夫的同意。之前我也收过强制要求引产的孕妇，对方告诉我，她已经离婚了。可引产之后，她的丈夫冲到科室里找"杀害"他孩子的凶手，说凭什么不经他同意就给他媳妇做了引产。

现在最重要的是先给王珏治病，胎儿的事情还有回旋的空间。我对这对夫妻说："妞妞现在肺功能太差，引产的话，风险也大。我们现在先积极治疗她肺上的情况，等她病情好一点了，再考虑引产的事情。你们觉得怎么样？"

我虽然以试探性的口吻询问这对夫妻，但事实上，他们并没有更好的选择。

夫妻俩没作声，算是默认了。

第三十五节
秘密

王珏住院后，反复出现高热、寒战。而每一次看到不停战栗，痛苦不堪的女儿，王母都抱着女儿哭，一向严肃的王父也不停抹泪。

王珏的丈夫一直没现过身，我也庆幸他没来。每当王珏病情出现变化的时候，焦躁不堪的王父都充满杀气。

在救治孕妇的时候，用药问题经常让产科医生头痛不已，很多药物都不敢用。

可王珏的家属已经表态了，全力救治大人，至于药物对孩子可能存在的毒副作用，叫我们不用顾忌，该用什么就用什么。他们这么表态，我们也就放开了手脚。磺胺类药物可以穿透胎盘屏障，且有致畸可能，但作为治疗卡氏肺孢子虫肺炎的首选药，我们在第一时间就给王珏用上了。因为王珏的很多脏器可能都存在病变，在感染科医生的建议下，我带王珏去做了多部位CT检查。

王珏的胸部CT非常符合卡氏肺孢子虫肺炎的表现。好在她的头部、腹部、盆腔都没发现其他病灶。只是看到腹部CT的那张定位像时，我有一瞬间的恍惚。

很少有这个孕周的孕妇做腹部CT检查。我也很少看到胎儿在CT扫描下的定位像。

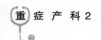

腹部CT扫描的第一帧图是一张定位像，胎儿的全貌也被定格下来。那是一个正抱着头蜷曲着四肢的孩子。因为是一张静态图，孩子就这么乖巧地一动不动，有几分惹人怜爱的模样。

由于CT平扫的原理，是像切黄瓜片一样，把人的躯体打成薄层。这张腹部CT显示，这个胎儿也像被切开的黄瓜片一样，被切割成一帧一帧的图片。这就像他接下来的命运。当王珏的父母签下"已知晓用药可能对胎儿造成不良影响，要求积极用药"的字样时，这个孩子日后可能存在的不测，和我已经没有关系了。可现在，我对这个没有出生的孩子有了恻隐之心。

王珏的病逐渐有了好转的迹象，她的体温终于慢慢降下来了，呼吸衰竭也得到了纠正。她的父母喜出望外，每次查房，都拉着我的手，感激我。

经过一周多的治疗，王珏已经可以脱离呼吸机了，普通的鼻导管吸氧已经可以让她的血氧饱和度维持在一个理想的水平。

王珏的病情平稳后，王父便找我给他女儿引产。王母虽有些不舍，但她也不好违拗态度强势的丈夫。而且这些天她也想明白了，她这个外孙的生存条件实在险恶。当他还在母亲肚子里时，母亲就遭了大难，医生还用了这么多药。而且这孩子可能也会被传染这个病，不要也好。

王珏入住产科病房以来，我一直对她腹中的胎儿进行常规的监测措施，胎动、胎心都很好，也没有生长发育受限的迹象。有些孩子怎么保都保不住，可有些孩子再怎么折腾却还在顽强生长。作为医生，我也不得不敬畏生命的顽强。

现在，王珏的病情好转了，我也要面对这个孩子的去留问题了。这个当然要遵循王珏夫妇俩的意见。王珏的身体还非常虚弱，目前仍要一直吸氧，我端了一个塑料板凳到王珏的病房里，打算和她好好聊聊。

我到病房之后，支开了她的父母。

我特意没穿工作服。我此刻不再是医生，只是个普通人。女性天然地更容易相互理解。

王珏的被子被随意地搭在上腹部，胳膊和胸部都露在外面。她看到我坐下，也没有要和我进一步交谈的意思，双眼无神地看着天花板。

我重新帮她掖好被子，对她笑了笑，说："你现在免疫力不是很好，尽量不要着凉。"

王珏偏过头看着我，说："你今天接触我怎么不戴手套了，不怕被传染了吗？"

我忽然想起在急诊科初见王珏的场景，现在不免有些尴尬。

既然是她先把话题引到传染病这个事上的，我也没那么多顾虑了，我问她："你是什么时候知道这个病的？"

"有一天晚上，他喝了很多酒，是一个男人送他回来的。我原先以为他是他的同事，可后来觉得不对劲，他把他安置到卧室之后很长时间都没有走，还帮着我一起给他脱了鞋袜。当时我还挺感谢他，出卧室准备给他倒水。可是当我再进卧室的时候，我发现他居然亲了他一下，而他虽然醉了，也本能地回应了。当时我就觉得不对劲。"

从接下来的交流中，我知道了王珏这二十九年里大致的人生经历。

她是独生女，就像很多在城里长大的孩子，从小被父母保护得很好。她从小到大没离开过父母，大学也是在这里上的。父母尽可能帮她安排好一切，护她周全。

她一直是乖乖女，学校、专业，甚至工作的单位，都是按照父母的心愿填报、选择的。父母这一生注定没有什么大的作为，但也足以让他们的独生女衣食无忧地长大。他们最大的心愿就是希望这个宝贝女儿一生顺遂。

她在父母殷切的关爱下长大。她自小就是个乖孩子，很少有自己的想法，反正就那么按部就班地成长也没有什么不好。

她和父母的关系很亲密，工作后也一直住在家里。她上学的时候，父母管得严，怕女孩子吃亏，不让她谈恋爱。他们却和很多中国家长一

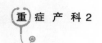

样，在女儿有了稳定的工作后，恨不得让女儿火速和一个稳妥的男士进入婚姻。

她在一所小学工作，周围几乎都是女性。她的性格又过于安静内向，自然难觅意中人。父母一直给她安排相亲，可是从未恋爱过的她对爱情抱着很高的期待，希望自己能邂逅一段浪漫爱情。对这种目的性强的相亲，她内心多少是有些抵触的。

她自然没有在这些相亲中遇到她中意的人。

女性的适龄择偶期其实很短，27岁更是一道坎。所有人都告诉你，过了27岁，可供你选择的人就少了。

当王珏到了28岁的时候，父母对她的终身大事愈发操心，特别是一向要强的母亲，不分昼夜、不分场合地苦劝她不要再挑了，找个差不多的人就好，女人最紧要的是要有一个好归宿。她终于尝试妥协了。

也是这个时候，"差不多"先生也出现了。他是一家大公司的程序员，名校毕业，收入丰厚，家境小康，父母还都是体制内的，快退休了，会有非常可观的退休金。家人早早就给他在市中心买了房子。更难得的是，他对王珏，表现得相当"有兴趣"。

在早期的接触中，他对王珏好极了，可那时王珏就隐隐觉得有哪里不对。他会带她去环境优雅的餐厅吃饭，会给她买昂贵的礼物，会记得她的生日、喜好甚至生理期。他对她的父母也殷勤。她也一度以为自己终于遇到了憧憬已久的爱情。

可让她困惑的是，他好像非常拒绝和她有身体上的亲昵行为。过马路时，他不会自然地牵起她的手。很多次，她望着他，以为到了"某个关口"，他会主动吻向心中小鹿乱撞的自己。可是他好像一直在犹豫什么，迟迟不肯回应。

她也把这些困惑告诉了父母。母亲告诉她，这说明俊杰这孩子特别正派，这个年头，这样正经、传统的男人到哪里找？她一定要抓紧了，过了这村就没这店，李俊杰这样的人，走到哪里都是姑娘们争抢的对象。

她的父亲倒没像母亲那样催她赶紧结婚，只是让她和李俊杰多接触一下，也许对方比较腼腆。

可就在这时，李俊杰向她求婚了。都说男人的求婚是对一个女人的最高赞美，那一刻，她所有的犹豫和不安都被抛到了脑后。

结婚后，他在生活上还是很照顾她的，至少在别人眼里，他算得上模范丈夫。可他们唯独在夫妻生活上却一直非常别扭。他说自己对那方面比较淡漠，觉得人类就是为了繁衍才会有那方面的需求。他也只会在那几天和她过夫妻生活。而她之前也没有恋爱经验，虽然觉得哪里不对，也说不出个所以然来。直到那天看到"朋友"送他回家的那一幕，她才隐隐意识到问题所在。可那时她发现自己怀孕了。

她一直不敢把这个猜测告诉父母和朋友，怕一说出口就坐实了自己被骗婚。她还有一点侥幸心理，希望只是自己想多了，毕竟都有孩子了。她怀孕后，公婆对她好极了，丈夫也比婚前更细心体贴。父母知道她怀孕，也很高兴，母亲还表示想搬过来照顾她，可她拒绝了。在终日忐忑不安里，她开始怨恨父母当时催婚。

知道她怀孕后，丈夫几乎推掉了所有的应酬，安心照顾她的生活起居，和所有爱妻、顾家的模范丈夫一样。她也一度沉溺在这种温馨氛围中，觉得是自己多虑了，可这样的幻想很快便被打破了。

有一天，丈夫在洗澡，他的电话响了，她便去接。电话那头的男人喝多了酒，显然不知道接电话的是他妻子，一开口便哭诉，说他们明明那么刻骨铭心地相爱，为何他就不能再勇敢一些，非要抛下他，去和一个没有感情的女人结婚。

那一晚她没有找丈夫对质。她在网上搜索，才知道国内有将近两千万男性并不爱女性。可他们中的百分之八十都会迫于社会和家庭的压力选择结婚。这就意味着，国内有一千多万女性和她一样。她们不仅帮丈夫挡住风言风语，还为夫家完成传宗接代的重任。即便这样，在无爱

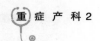

的婚姻里她们仍然要面对冷落、漠视和家庭暴力。他们的妻子还面临疾病的威胁。

在极度的担忧和惊恐中，她在药店买了试纸。她是阳性的。那一刻她崩溃了，她找丈夫对质，她疯狂地抓扯、撕咬着这个害苦了她的男人。她说自己和他无冤无仇，他为何要这样害她，把她一生都毁掉。丈夫跪在地上求她原谅，说这个社会没有办法理解他们，总在妖魔化他们。他也是顶不住压力才去结婚的，他本以为结婚了就可以像正常男人一样生活，也会爱上妻子……他现在爱这样的家庭氛围，婚姻并不一定有爱情才能延续，他也想要一个正常的家庭。他真的不知道自己染病了，否则他无论如何都不会和她结婚……

她早年看过电影《最爱》，这部讲述艾滋病感染者的影片给她留下了深刻印象。她为男女主角的悲惨境遇数度流泪，可她万万没想到，多年后她居然变成了剧中人。她对自己的人生绝望了，不愿去建档、产检，她甚至不敢去医院或者疾控中心再做一次检查。她记得去药店买试剂时，店员用好奇又明显带着嫌恶的眼光打量她。她想过做人流，可当医生让她去做术前检查，看到有HIV这一项时，她又退缩了。

丈夫安慰她，得了这个病，只要好好吃药就能像正常人一样生活，她要赶紧吃药做阻断，这样才能保证孩子不被传染。他们都这样了，余生就互相照应……听到这样的话，她更憎恨这个人，不愿再看他一眼。她让他有多远滚多远，永远不要出现在她眼前。丈夫看她情绪太激动，也只得搬了出去。

她知道这个病有几年的潜伏期，在发病前可以没有任何症状。她想就这样掩耳盗铃地生活，有一天发病瞒不下去了，她就选择去死。至于这个胎儿怎么样，她就不知道了，就任时间一天天过去。

父母自然也发现了他们夫妻关系失和。可丈夫告诉她父母，可能是孕期激素变化导致她情绪失控。两个多月前，父母强行把她接了回去。她拒绝丈夫一切形式的联系，甚至听到丈夫的名字就会歇斯底里。

那时学校也放暑假了，整整两个月，她把自己锁在卧室，除了让父母送食物，她拒绝他们以任何理由进屋。直至她病重，父母强行把她送到医院来……

这天上午连排了几台手术，下手术时，我刚好赶上手术餐送到。我一落座，李承乾便端着餐盘坐在我对面。今天的手术餐特供红烧鳝段，李承乾将我餐盘里的鳝段划拉了两段到他的餐盘，他边吃鳝段，边聊起我管的病人。

"听说你管的那个得了肺炎的孕妇，她老公一来，她爸就拿着水杯砸。后来保安都被招来了。"虽然他不是主管医生，但涉及值班时必要的交接，他对患者的病情倒是了解的。

"要是你家里有人被骗婚了，还被传染了这个病，估计你要灭了对方全家！"

"也是，够惨的。她老公居然还敢来医院。"

"还不是为了孩子的事情。王珏的父母要求引产，但偏偏这孩子各项指标都还不错，都快30周了，孩子的妈妈现在才开始抗病毒治疗，谁也不敢保证这孩子不会被传染。"王珏还没有离婚，如果直接给她做了引产，她丈夫又不知道这个事情，我会给自己惹很多麻烦。

"嘻，这个也轮不到你头痛，这本来就是双方家庭的矛盾。就算两边都来找你，一边强势要引产，一边又坚决要生，你也得把这个矛盾还给他们家里人才是。决不能让家庭矛盾上升到医患矛盾。"

我看到餐盘里的鳝段又被捞走一块，拍了一下他的筷子，说："差不多就行了，就那么几块。"

"她老公找过我，他同意岳父母的做法。"

"这倒怪了，"鳝段还有些烫嘴，李承乾口齿含混地说，"他这样欺骗对方结婚，不就是想找个老实姑娘传宗接代，堵住大家的嘴吗？毕竟这个社会的有些观念还很固化，只要和大多数人的选择不一样，就要

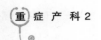

被恶意审视和抨击。可是感情和喜好还是要由着自己的本心的。"一向不拘小节的李承乾此刻也一脸鄙夷，说："喜欢什么就去做什么，世俗的眼光有什么大不了的？为了让自己在别人眼里活得正常一点，就把另外一个人拉入悲剧。更过分的是，知道自己得了这个病还要拉着别人结婚生子，真的是罪上加罪！"

李承乾越说越愤慨。我急忙护住自己的餐盘，生怕对方的唾沫星子喷到我的饭菜里。

"不过李俊杰结婚的时候真的不知道自己感染了HIV，婚检又不是强制的。"

"那怎么他老婆还先发病了？"这一点出乎李承乾的意料。

"每个人的无症状潜伏期不太一样吧，而且女性在妊娠期免疫功能也受到抑制，比她老公先发病，也没什么稀奇啊。"

即便做了好几年的产科医生，李承乾此刻仍忍不住感慨女人不易。吃完了餐盘里最后一点食物，李承乾放下筷子，一改平日玩世不恭的态度，语气深沉起来："说真的，这个社会再开明点，允许每个人都能去做自己，能和他们所爱的人在一起，少点偏见，这样的悲剧也不会发生了。"

那张引产同意书上，夫妻双方都签好了字，这个胎儿的命运走向已成定局。

"想好了吗？"开始操作前，我最后一次问当事人。

王珏没有回答，只是点了点头。

因为疾病原因，她比正常孕妇消瘦很多。不需要超声定位，我隔着她薄薄的肚皮，就可以准确地扪及胎儿的头部和四肢，再跟着触诊，便探到了羊水池。

我很快便定好了位，从那里进针，可以将药物都注射到羊膜腔内。这种药物会引起无菌性炎症，引发宫缩，把胎儿排出来。为了避免引产出活胎的情况，我还准备了氯化钾，只要往孩子的心脏上注射一点，孩子就再无生还的可能。

定了点之后，我戴上了手套。我想到在急诊科初见王珏的情景，便冲王珏笑了笑，说："戴这个是因为接下来需要无菌操作。"

王珏也跟着牵了一下嘴角。

已经消了毒，铺了洞巾，助手也已经把药吸好，一切准备就绪。

她的皮下脂肪很薄，进针也很容易。这种穿刺针头比较粗，针芯也很长。疼痛袭来，王珏的双手紧紧抓着床沿，可还是忍着没叫出声来。

进针成功，我通知助手，准备从针头推药。

可就在这个关口，不知是疼痛刺激，还是这个胎儿也感觉自己即将遭受大难，忽然挣扎起来。我们可以看到明显的胎动。

助手是大五的实习生，刚来产科不久，面对突如其来的变化，一时手足无措。

我也停了手，隐约感觉到事情或有转机。

果不其然，王珏伸手挡住了我，说："夏医生，我不做了。这个孩子我留着。"

"想好了？"我再次追问。在问这句话的时候，我其实已经将针头退出了王珏的羊膜腔。

眼泪再度从王珏那双漂亮的眼睛中滚落，她说："这孩子太可怜了，也太无辜了。我恨他爸爸，恨他爷爷、奶奶，甚至也恨他外婆。可他在我肚子里待了8个多月，我感觉到这孩子在向我求救呢。"

她掀掉了覆盖在肚皮上的无菌单，挣扎着从检查床上爬起来。她曲着双腿，用手抱着自己的肚子，把头埋进双膝，哭出声来："宝宝，妈妈让你受苦了……"

王珏一开始小声呜咽，后来失声痛哭，好像天地间所有的痛苦和委屈都让她尽数遇到了。

一旁的实习生一会儿看看孕妇，一会儿看看我，不知接下来该做点什么。我没有安慰她，任由她放声大哭。她这些日子太憋屈了，需要一

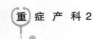

个释放的空间。我怕她情绪激动，哭个不停容易缺氧，甚至可能出现呼吸性碱中毒，我便让护士拿了吸氧设备来给她挂上。她们母子都需要。

王珏目前没有我们产科的问题，她腹中的胎儿发育得也还不错，我建议她转到感染科做后续治疗。可王珏决定直接出院，后面定期到感染科开药。学校已经开学了，她不想耽误工作，更怕单位领导到医院看望她，然后猜到什么。

即便我反复撺掇，母亲也没有离婚。父亲给她送了几顿饭，她便原谅了父亲。

前些天，杨成宇的母亲来过天城市。见过杨母之后，他和我谈到了结婚的事情。我倒不意外，在父辈眼里，我们都算得上大龄青年了。我们各方面的条件都很成熟，也见过对方父母了，结婚就像已经写好的剧本，再往下走，是水到渠成的。

我坦言还没有考虑好结婚的事情，没有做好这方面的准备。通过这段时间的交往，我感觉到了杨成宇的诚意，可我总觉得我们之间缺了点什么，有些东西不是光条件匹配就可以弥补的。我也看得出杨成宇对组建家庭的渴望，可每到这时，我就能理解当初秦松明的挣扎和忐忑，更何况杨成宇已经明确表示他希望有两个小孩。

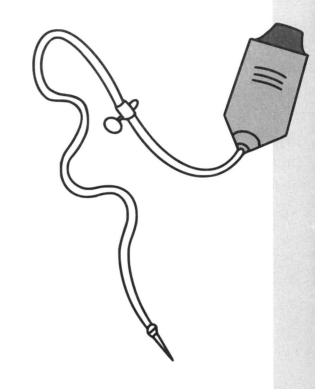

重 症 产 科 2

第十一章

早产

一念
决裂

第三十六节
早产

我和梁若鸿一样，惧怕成为母亲。如果说梁若鸿对生育排斥是因为她更珍爱自己作为舞者的身份，那我自己呢？我早前坚持不断地科普，粉丝也越来越多，我碰巧赶上了知识付费的浪潮，收入相当可观，尤其是近两个月，副业的收入已经超过主业了。

收入上的大幅上涨并没有让我觉得肩上的担子变轻了。我让母亲辞去那份几乎没有休息日的工作，可母亲说，像她这样的人根本闲不住，除非我赶紧结婚生孩子，这样她就立马辞工，安心照顾女儿和外孙。我现在的收入很不错，可我从小到大一直存在的匮乏感让我对未来总是无端恐慌。

股市仍持续低迷，股民都很悲观，生怕地板之下还有地狱。现在是不是股指的最低点，我自然不知道，但我知道在低位不断买入一些优质公司的股票，未来肯定会有不错的收益。

随着收入不断上升，我也可以偶尔像其他城市小资一样生活。可观的现金流却并没有带给我充足的安全感。我至今记得早年生活的艰难和动荡，父母的疲惫不堪……我始终不知道"轻松做自己"到底是一种什么样的体验。

如果有了孩子，我不会像父母当年那样一有空便沉溺在麻将桌上，不会让孩子重复我当年的糟糕经历，不会让痛苦的童年经历影响孩子日后的人生。日常的工作已经占据我大量的精力，如果剩余的精力都要奉献给孩子和家庭，我还能给自己留下什么？

母亲说，她会全力帮助我育儿。可我和母亲生活在一起时，她无孔不入地干涉、照料以及那句"全是为了你"，我想一想都窒息。母亲会将这种奉献和牺牲再植入另一个小生命的脑子里，再去制造新的愧疚和亏欠吗？一想到这些，无力感和绝望感就让我打起了退堂鼓，我甚至开始回避杨成宇。我害怕他再聊起婚育的事情。

又是一个无比忙碌的周一清晨，一大早我和李承乾各收了一个胎膜早破的孕妇。

李承乾收的孕妇叫赵婉芸，是大学老师，今年41岁。夫妻俩是大学同学，婚后感情一直不错，前些年两人都忙于事业，便决定丁克。可这些年情况有变，特别是她丈夫魏敬，觉得这个年纪膝下无子，难免寂寞，怕以后有遗憾便决意不再丁克。

赵婉芸起先有些犹豫，觉得丈夫背弃了当初结婚时的诺言。后来她看着同龄人都有了孩子，大家都说孩子是家庭稳定的基石，就有些动摇了。她的母亲也苦口婆心地劝告，女人的生育年龄就那么短，可男人不一样。到时候女儿过了年纪，想生生不出了，可外面年轻姑娘有的是！母亲的这番话加重了她的不安，那时她已经38岁了，便也放弃了丁克的想法。夫妻二人不再避孕，积极造人。

可夫妻俩一直没有怀上，不得不到生殖辅助中心求助。他们做了两次试管婴儿，可每次都是10周左右就发现胎停了。

夫妻俩不死心，又做了一次试管婴儿。丈夫工作太忙，只在取精时去过生殖中心。而促排卵、排卵、胚胎移植以及后续的激素补充，她都要在生殖中心。特别是取卵的过程，每次那根长针都要穿透阴道穹窿，直达卵巢吸取卵子，那个过程很痛苦，就像有人拿着利器将她穿透。怕

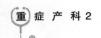

麻药影响卵子的活性，她每一次都选择不打麻药，那个过程想想都害怕，可她一连经历了三次。

这一胎她也怀得很辛苦。在怀孕22周时，她出现了宫颈机能不全，羊膜囊已经膨到宫颈口了。夫妻俩吓个半死，立即在妇幼保健院做了紧急宫颈环扎术。胎儿算是暂时保住了。

三个多小时前，赵婉芸忽然感到双腿间一股热流涌动，她一看有液体流出，急得直哭，怕吃尽了苦头才养到26周的孩子就这么没了。丈夫这些天也学了一些相关知识。他让妻子平卧，双腿上抬，等120急救人员用转运平车将妻子送到医院。出现这样的情况，一定得想办法让羊水尽可能少流一些出来。

周玉芬几乎和赵婉芸同时到达科室。从住院信息上看，她也就30岁出头，可是看上去比实际年龄大了不少。她不甚整洁的头发随意捆在脑后，穿着松垮的棉睡衣，外面随意套了一件跑绒的旧羽绒服，非常符合临产孕妇的装束。

周玉芬的老公叫张壮，人如其名，身材壮硕，说话声音又远比常人洪亮，哪怕正常和人说话也像在吵架。他一到病房，同病房的家属都要对其礼让三分。护士长也安排了更伶俐的护士去管床。

我一边翻看她在外院的检查，一边问病史："除了流液、见红，还有哪里不舒服？发烧了吗？"

"她没其他毛病，就是破水了。"不等妻子开口，张壮便抢着回答。说这话的时候，他还把两手抱在胸前，对医生常规的病史采集工作有些不耐烦。

"孩子现在只有25周多一点。胎膜这么早就破了，羊水也很少，这孩子离足月还差得远，要保住很费劲。现在就是两种选择，第一种是直接引产，但孩子太小，生下来不容易存活。第二种就是……"

不等我说完，张壮便又打断："你别整那些没用的。不保孩子，我上你这里干吗？我问过别家医院的大夫了，她这种情况很容易感染，你们赶紧给她打消炎针就行了。"

我想怼他一句："你到别家医院输点抗生素不就行了吗，来这里干吗？"可碍于对方的气势以及我的职业素养，我把这句话咽了下去。

我耐着性子继续解释："第二种就是先保守治疗，和你说的一样，用点消炎药预防感染，还要预防宫缩。胎膜早破最主要的原因就是生殖道感染，治疗期间我可能会反复给她抽血、抽分泌物检测炎性指标。我们尽可能延长孕周，提高新生儿的存活率。但因为胎膜早破，羊水量少，在保守治疗期间，很容易出现脐带脱垂、胎儿窘迫和胎死宫内等情况。而且胎膜破裂了，保护屏障也没了，很容易出现逆行感染，造成绒毛膜羊膜炎、宫腔内感染，感染控制不住就会引发脓毒血症，导致多器官功能衰竭，严重危害母儿生命安全。"

夫妻二人都没吭声。我不确定是他们听到风险后愣住了，还是压根就没往心里去。总有些孕妇和家属，无论医生和他们说什么，总觉得医生故意把小病说成大病，大病说成绝症。

赵婉芸和周玉芬都是因为胎膜早破来住院的，又几乎同时到院，护士把她们安排在同一间病房，方便宣教。我和周玉芬夫妇沟通时，李承乾也在病房里和赵婉芸夫妇交流。

"你们俩的情况差不多。你的孩子虽然比周玉芬的孩子大几天，但距离足月还早。保胎相应的风险，刚才夏医生已经和周玉芬说了，这也是我要和你们讲的内容。如果你们选择积极保胎，那么你们也要积极配合医生，我们一起尽最大的努力，尽量把孩子的孕周往后延，提高孩子的存活率。"这对夫妻来自高知家庭，李承乾不用细细解释，很多医疗知识夫妻俩一听就明白。

我给周玉芬做了常规的产科查体后，又特意在她的中下腹压了压，想检查有没有腹膜炎的体征。张壮不耐烦地甩了两个字："轻点！"

我皱了皱眉，和李承乾一起出了病房。周玉芬不是高龄产妇，又没糖尿病，更没受过外伤，忽然破水的最常见的原因便是生殖道感染。我

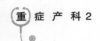

刚才给她查体，发现她的子宫区有压痛，估计宫腔已经感染了，这保胎的事情还真悬。而且她老公一看就蛮不讲理，沟通也非常费劲。

李承乾也在诉苦，说他负责的这对夫妻的学历比他高，凡事都要寻根究底，签任何一张知情同意书都要一字一句反复确认，对医疗和护理上的细节到了吹毛求疵的地步。这对夫妻坚决要求保胎，可孩子那么小，这边新生儿的整体救治水平比一线城市的超一流医院差了一大截。他也知道这对夫妻怀上这个孩子不容易，可他又不是神仙，谁能保证孩子一定没事？一想到他们孤注一掷的眼神，他就发抖。

两个孕妇都有点弱宫缩的迹象，在宫缩药的选择上，我们也都给孕妇提供了选择方案。周玉芬一家选择了硫酸镁，虽然说这种药抑制宫缩的作用稍差一些，对孕妇来说药物副反应也多一些，但这种药可以降低早产儿脑瘫的发病率，而且是价格低廉的甲类药，报销之后基本不用患者出什么钱。赵婉芸一家则在门诊自费购买了几千元一支的阿托西班。

两人入院时的生命体征都还平稳，各项感染指标也不算高。可入院的第四天下午，赵婉芸开始发烧，心率也跟着增快，复查的感染指标升高了不少。

谭一鸣给赵婉芸升级了抗生素，并让李承乾给孕妇复查宫颈分泌物。谭一鸣亲自和这对夫妻做了沟通："现在孕妇出现绒毛膜羊膜炎了，继续妊娠可能导致感染加重，出现脓毒血症导致多器官功能损伤，最怕的是子宫变成体内的感染源，感染控制不住就需要切子宫保命。这样的感染对孩子的威胁也很大，很可能造成胎儿窘迫，甚至无征兆的胎死腹中……"

他还没说完，赵婉芸就哭了。她情绪激动地打断主任，说："这些我都知道。我这些天全部都查了。我这不是才开始发烧吗？不是已经换了更好的抗生素了吗？我为了要这个孩子吃了很多苦，在要孩子之前，我这几十年就没吃过药，没输过液。为了要这个孩子，那么长的针在我身体里来回穿了很多次，我都熬过来了。我们以前不要孩子，觉得丁克挺好，可怀上孩子后，特别是第一次听到胎心后，我整个人的心态就全变了。我心里想的全是孩子，孩子在我身体里一天天长大，也就一天天往我心里扎着。上次医生说羊膜囊掉出来了，我的心都跟着掉出来了，好不容易扎回去，你们现在又来说这些……"

魏敬稍微理智些，一边安慰恸哭的妻子，一边握着主任的手，说："相信你们会有一个合适的方法。"

见这家人保胎的意愿如此强烈，李承乾也只好先让他们签字："要求继续妊娠。"好在魏敬还是做了让步，实在不行就先促胎肺成熟，孩子生出来后，他们愿意将孩子转到儿童医院去，那里的新生儿救治水平在整个西南地区都是顶尖的。医疗费不是他们一家担心的问题。既然夫妻俩都这么决定了，李承乾也不好再说什么，让护士把胎监做得再勤一些。

赵婉芸突然出现了寒战，整个人像筛糠一样不住战栗。魏敬惊得不轻，立即冲到走廊大喊。我们立马掉头回到病房。

赵婉芸的心率飙升到了160，吸着氧气时氧饱和度也只有80%左右，护士直接将吸氧的鼻导管改成面罩供氧，并将氧流量开大。

谭主任嘱咐李承乾："直接把孕妇的抗生素换成亚胺培南，以最快的速度用上！"

"最新的分泌物培养结果还没出来，特殊使用级抗生素要请药剂科会诊才能用……"不等李承乾说完，主任就怼了回来："哪来那么多形式主义，这些流程都走完了，感染还怎么控制？"

科室的药房里还剩几支亚胺培南，护士很快便给赵婉芸更新了抗生素。一系列对症治疗后，赵婉芸的生命体征逐渐平稳。

临近下班，路过十四病房时，我在门口听到护士做胎心监测的"咚咚"声。这节律听着有些慢，我本已走过病房，可想起刚才无意间瞥到的护士是个新人。我忽然意识到她正在给赵婉芸做胎心监测，那个胎膜早破的高龄初孕妇，不会是……

一想到这里，我瞬间一哆嗦，连忙退回病房，拿出随身携带的检查手套。我简单地给赵婉芸说明了情况，又给她做了检查。她被环扎过的宫颈口已经松弛了。我摸到一条柔软的带状物，还能感觉到这条带状物跟着胎心监护的节律一起搏动。

脐带脱垂！我也参与了上午的急救，感叹怎么糟心事都让赵婉芸赶上了。脐带是连接母亲和孩子的生命线，脐带脱垂会导致脐带受压，胎儿血供自然受到阻碍，不及时处理会在几分钟之内威胁孩子的生命安全。

我跳上了病床，往上托着胎头防止脐带进一步受压。我嘱咐护士赶紧去通知其他医生、护士来，并趁着这个工夫告诉这对夫妻："现在也没其他办法了。虽然还没有完成促胎肺成熟，但出了这样的紧急情况，趁着还有冒险的机会，赶紧先把孩子拿出来。目前宫口只开了两指不到，脐带又无法还纳，羊水还在流，现在只能做紧急剖宫产了。"

夫妻俩一听，都没有任何疑义。他们虽然无比气恼这些不常见的产科急症、并发症都出现在自己身上，但现在只能积极配合医生了。副主任邢丽敏赶紧联系了手术室做紧急剖宫产，剖宫产的手术同意书李承乾早晨便让夫妻俩签过了。大家用最快的速度将孕妇推到手术室。因为胎头始终要固定，我便一直跪伏在孕妇的两腿之间，我的鼻子一直能闻到羊水特殊的腥臭味。我要一直保持这个有些尴尬的姿势，直到孩子被取出。

还好手术顺利，孩子被顺利取出。可这个孩子差两天才27周，距离足月还太远，母体环境又糟糕。新生儿科医生早已到场，孩子一娩出，他们便开始抢救。是个女婴，通体粉红色，可这样的粉红色和健康的新生儿的那种粉红色截然不同。因为这孩子胎龄太小，连皮肤都没发育好，看上去像被剥了皮的小兽。没有呼吸，没有心跳……

但她的父母早已表态，不惜一切代价救治，新生儿科的主任亲自到场，立刻给孩子做了气管插管，并在孩子的脐静脉里注射了肾上腺素，新生儿科的另一位副主任同步开始对孩子进行按压。几分钟后，孩子终于有了自主呼吸和心跳。儿童医院的救护车已经停在楼下，他们此行带来了新生儿专用的转运呼吸机和保温箱，在几名医务人员的共同护送下，孩子被转往儿童医院的NICU。

孩子已经被带走，而赵婉芸的手术还在继续，她上的是全麻，不知道孩子的情况。她整个宫腔都有明显的腥臭味，像夏天里忘记放在冰箱里的肉类腐烂时所散发的味道。因为感染，胎膜也跟着腐朽了，一夹就烂。在这样的生存环境下，这孩子能活到这会儿，也算是个奇迹了。我们清理了宫腔的组织，并用甲硝唑反复冲洗宫腔，安上引流管之后关了腹腔。为了安全，我们在术后还是将赵婉芸送到了重症监护室。

我没有上台手术。在孩子被拽出子宫前，我都蹲在台下，被手术单遮住了脑袋，用那个尴尬且无比考验体力的姿势抵住胎头，防止脐带被压。孩子出来后，我终于可以活动一下僵住的颈椎，有了重见天日的感觉。

这台手术结束，早就过了饭点。李承乾说，要不是我意外发现了脐带脱垂，后果不堪设想。我不只救了那孩子，也救了他。产科风险太高，医生一不留神可能就成为被告。别的不说，就是我今晚想吃龙肉，他也得安排上。

次日，周玉芬也开始发烧了。住在监护室的赵婉芸还是高热不退，而且因为感染太重，出现了凝血功能障碍。

我刚查完房，张壮便到了医生办公室。他没有任何称呼，张口就是："你们怎么治病的？好好的孕妇上你们这里来保胎，怎么在你们这里治着治着还发起烧来了？"

"她要是好好的，就不会到这里来了。她一来，我就告诉你们了，这种胎膜早破很容易出现绒毛膜羊膜炎，感染出现了就会发烧！这种情况就不要再保胎了，赶紧把孩子拿出来，积极控制感染。要不然整个宫腔都感染了，子宫都保不住！"

他大概也没料到，在他气势汹汹地责问下，我居然一点也不怯场。他更没料到他妻子的情况如此严重，远超他的预期。他有些口吃地说："……那……那怎么办……你们不能再想点其他的办法吗？……"

"目前没有什么特别好的方法，她已经开始发烧了。如果继续妊娠，会出现的风险我都给你们交代过了。你们隔壁床也是这个情况，现在还在监护室住着呢，做了剖宫产还反复灌洗宫腔，感染都还没控制住。今天才全院大会诊，几个主任都在讨论要不要给患者切子宫。"

我看到张壮的态度和缓了一些，也放缓了语气："虽然现在的医疗条件比过去好多了，但是产后出血和感染还是产妇死亡最主要的两个原因。你爱人今天复查的白细胞和降钙素原也飙升了很多，说明感染越来越重了。所以，建议你们赶紧终止妊娠。"

张壮的脸色逐渐苍白，他的气场也像一个被扎漏了气的气球，瘪了下去。

张壮要找妻子商量，我便和他一起去了病房。入院至今，我没听周玉芬说过几句话，即便我问她问题，也是她丈夫先开口。她没有表达的机会。

她全程没说话，更不表态，只是一个劲地抹眼泪。面对哭哭啼啼的妻子，张壮颇不耐烦地说："连个孩子都看不住，叫你平常少活动，你偏闲不住！"斥责完妻子，他像忽然想起了什么，问我："你们说的'终止妊娠'是直接把孩子剖出来，就跟正常剖宫产取小孩一样？"

"现在不终止妊娠，感染原发灶没有排出，感染便不好控制。就像身上长了个很大的脓疮，光是输液消炎还不行，要手术清除掉这个病灶才行。现在她的宫颈口没有开，经阴道试产，感染可能继续加重，所以我还是建议立即做剖宫产。"

张壮得到要剖宫取孩子的答复后，眼神里瞬间又有火花燃起："那把孩子剖出来放在保温箱里能养活不？"

我的回复让他的眼神再次暗淡下来。孩子周龄太小，只有26周。

放在过去，28周以下的都被定义为流产儿，连早产儿的边都够不上，属于无生机儿。这些年早产儿的救治水平有了很大提高，但胎龄越小，救治的难度越大，治疗费就越高。因为胎龄越小，孩子的器官就发育得越不成熟，出现新生儿脑瘫、脓毒血症、呼吸衰竭、脑室出血等各类风险和并发症的可能性就越大。而且孕妇存在着严重的绒毛膜羊膜炎，就算孩子已临近足月，单是这个绒毛膜羊膜炎，临床上早就证实和新生儿脑瘫存在显著关联。隔壁床赵婉芸的孩子还要大一周，孩子生下来就没呼吸、没心跳，现在还在儿童医院抢救。儿童医院现在有新生儿专用的ECMO（体外膜肺氧合，主要用于对重症心肺功能衰竭患者提供持续性的体外呼吸与循环，以维持患者的生命）机器，光开机就需要好几万。孩子的事情需要他们自己权衡。

周玉芬还在一个劲地哭。我相信他们夫妻二人都听懂了，可针对尽快手术的治疗意见，夫妻俩迟迟不表态。

第三十七节
一念

上次谈话后，张壮又来过医生办公室几次，每次都骂骂咧咧。他说医生就喜欢小题大做，动不动就拿有生命危险这类说辞吓唬他们。医生说一大堆没用的就是为了给他们打预防针，这样万一出了什么问题也不关医院的事情了。

产科的工作本就忙碌，收不完的孕妇，做不完的手术，写不完的病历，办不完的出院，医生每天还要花费大量时间在这样重复、无效的医患沟通上。

我也无力解释了，索性让谭主任和家属沟通。毕竟在家属眼里，主任比年轻医生更有说服力。

谭主任耐心地劝说："已经给你妻子用上了最好的抗生素，可她一直发烧，体温都40摄氏度了，血小板值也因为感染急剧下降。这说明你妻子的感染非常重，再不采取措施，我怕她的情况变得和你们隔壁床的赵婉芸一样。"

可张壮还不表态，我只得在病程里如实记录：已反复建议患者尽快手术，取出胎儿，可患者以及家属始终犹豫不决。我让夫妻俩写下"暂不手术，后果自负"。

张壮和主任谈过话之后，到四楼的监护室找魏敬咨询。得知赵婉芸还在监护室住着，并且出现了多器官功能衰竭，张壮终于意识到没人在吓唬他们。周玉芬因为高热，精神也越发萎靡。张壮的态度没有先前那么强硬了，开始考虑手术的事。

"拉锯"之下，又到晚上了。我今晚本不需要值班，可张壮犹豫不决，我今晚也只能在科室等着。手术告知书早就写好，就等这对夫妻签字了。那支签字笔被张壮握了很久，却始终不见他写过一个字。过了好一阵，他才问我："我们能有这个儿子真的不容易，你们能不能再想想办法？"

孩子还没出来，他就说是个儿子，想必他们已经通过某些渠道提前知晓了胎儿的性别。我告诉他，走到这一步，孩子能不能救，不是我们产科医生说了算的。只要剖出来是个活着的婴儿，医生就会全力抢救。但可能的风险、高昂的费用以及不确定的后果，我已经反复说过了。

我这一整天都在想着早点把手术做了，减少点风险，早点把感染控制住。可夫妻俩现在才肯签字。

他在手术同意书上签了"同意手术"的字样。

这次需要签署的文书里，还有关于胎儿如何处理的内容。原则上，只要胎儿从母体出来之后尚有生命体征，家属没有明确表示放弃抢救，那么医务人员便会全力以赴。

但我没有鼓励这对夫妻放手一搏。这些天我也看得出，这对夫妻经济并不宽裕。虽然一住院我就和他们解释了需要反复抽血的原因，可张壮还是三天两头因为化验费和陪伴床收费的问题来找我抱怨。

他们的家庭条件没办法让他们像赵婉芸夫妇一样，能积极承担这种超早产儿的救治。一旦出现人财两空，或是孩子有严重后遗症的情况，这样的家庭必然无法承受。医生见过太多悲剧，自然不愿去考验人性。毕竟周玉芬和张壮的年龄都不大，这一胎也是自然受孕的，以后还有很多要孩子的机会。

最后，张壮重重地叹了口气，在胎儿取出后是否抢救的意见栏里，

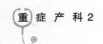

写下了"放弃胎儿，拒绝抢救"。

国内的医生要将大量的时间和精力花在医患沟通上，因为保不准自己哪天会在这些细节上栽跟头。张壮虽然已经签字放弃抢救孩子，但这只针对剖出来便是活着的胎儿。胎儿如果剖出来就是死的，还涉及后续如何处置死胎的问题，是留在医院作为医疗垃圾统一处理，还是让家属自行抱回去处理，仍然需要做选择。这也是此次医患沟通需要签字确定的内容。

这次他倒没有犹豫，爽快地在《死胎以及胎盘处理意见》的告知书上写下"死胎要求自行抱走"。然而就是这句话，让医院在后面的纠纷中处境万分尴尬。

张壮说要去外面抽根烟，后面的沟通让我自己去跟他妻子说。周玉芬卧病在床，因为感染很重，她的精神状态每况愈下。她不便来办公室签字，我便把打印出来的文书带到她的病床边。

我不厌其烦地重复在办公室里对她老公说过的内容，告诉她剖宫取子的必要性，而且再次强调：如果任由感染继续加重到一定程度，就会考虑切掉子宫，那时她更追悔莫及。

周玉芬一直不说话，不停地抹眼泪。我也只能站在她身边等她表态。那一晚她哭了很久，她做这个决定太难了。她说自己是个全职家庭主妇，没有收入，婆家始终还有些重男轻女的思想。因为她没有收入，又没生男孩，这些年婆婆从来没给过她好脸色。她这次好不容易怀上了孩子，还提前知道是个男孩，一家人都很兴奋。自从怀上这个孩子，她就万般小心，可没想到还是这样的结果。

犹豫了很久，她终于在手术同意书上签了字。她和丈夫一样，在胎儿的后续处置上犹豫了，她拿着笔的手也在抖，泪眼婆娑地抚摸着自己的肚子："我连孩子的小名都想好了，就叫'小石头'。"

"你说，小石头是取出来就没了吗？"她握着笔，仍然没写一个字。

"这倒不会，才做了胎监，目前还是个活胎，不过心率很慢。"彼时的我到底年轻，理解不了自己强调的"活胎"这两个字会在她的心里产生怎样的涟漪。见她眼里瞬间又有了光彩，我才意识到正在进行的医患沟通已经出现了偏差。

我开始修正谈话方向："当然了，虽然目前是个活胎，但是胎儿太小，很多器官都没有发育成熟，特别是肺部，剖出来了也不能自主呼吸。胎儿如果不插管抢救，可能很快就自然死亡了。"

她是个好母亲，还想再争取一下："那要是生下来还有气，再抢救一下呢？"

这个问题我已经跟这对夫妻解释过很多次了，再多说一句我都觉得多余：只要家属要抢救，医生自然会想尽一切办法救治。现代医疗技术日新月异，特别是ECMO的应用，已经可以模糊医学上生死的界限了。只要家属的救治意愿强烈，有的是合适的医疗手段。

眼看她的"急诊"手术"一点都急不起来"，又要被硬生生地拖到后半夜，我决定再临门一脚，告诉她一个曾经很轰动的新闻。

一个10岁女童的尸体从河中打捞出来。她不是失足落水的，因为她的书包里被人放满了砖头。凶手很快被找到了，就是女孩的亲生父亲和爷爷。

周玉芬一脸错愕地看着我，我也毫无保留地告诉她这起惨剧的答案。这个女童就是一个重度脑瘫患儿，她的父亲悉心照顾了她很多年。可是他自己的生活也连遭变故，他再也撑不下去了……

当医生的人可能比其他行业的人更明白一个道理，永远不要去考验人性，特别是在极端的环境下。

她在胎儿处理意见栏里写下了"放弃胎儿，拒绝抢救"。她还按照我的要求写下了签字时间。她字迹工整、流畅，收笔也极为利落。想必她也权衡了其中的利弊。

等她签完字进手术室，已经是凌晨了。

这天晚上,我带着一个叫何元择的规培生,和住院总一起参与了这台手术。何元择对我说过,他特别喜欢上产科的手术。整个手术过程中他觉得最激动人心的时刻就是用力按压产妇腹部,看到宝宝的身体暴露出来。把宝宝抱出来的那一刻,看着生命力鲜活的新生儿,他特别有成就感。

可比起其他产妇,周玉芬没那么幸运,此番挨上一刀,只是为了取一个被放弃的孩子。产妇的腹腔被打开,子宫下段也已经暴露了出来,只一刀下去,就可以把小石头拉出来了。没有证据证明小石头已经死了。我再次下刀之前,有瞬间的惶惑:把孩子取出来之后,就这样眼睁睁地看着小生命死去吗?

就在我开小差的时候,电话响了,是病房护士打来的。我让巡回护士帮忙开了公放。病房又有产妇出现病情变化,一线医生还在忙,让我手术完尽快回去。

在手术刀划开子宫的那一刻,我看见小石头的头发在羊水里浮动,他像已经浸泡在枯井中很久了,生气全无。拉他出来的那一刻,他的四肢软软的,毫无张力,与我往日看到的手舞足蹈的新生儿相差甚远。

虽然家属已经签署了"放弃抢救",可在小石头被取出后,我们还是第一时间把他放置在辐射台上。巡回护士还是像对其他新生儿一样,用力弹了弹他的脚底,可小石头全程没有发出一点声音。周玉芬还被固定在手术台上,从孩子被抱出来之后,她便一直歪着脑袋看自己的儿子。见护士在那里直摇头,她虽然知道是这个结果,可还是哭了。

家属先前已经签字表示不抢救了,我也没再通知新生儿科的医生到手术室来。但参与手术的麻醉师还是查看了小石头:孩子没有自主呼吸,只有一点非常微弱的心跳。小石头光溜溜地躺在辐射台上,好像出生就是为了等待死亡。

看着脐带还没结扎的小石头,我有些心酸。如果小石头在手术之前就彻底胎死腹中了,或许我此刻的心情会好一点。虽然我也清楚,从小石头目前的状况来看，只要没有医疗干预，他微弱的心跳很快就会彻底消失。唯一值得庆幸的是，整个过程应该不会很痛苦。

周玉芬的宫腔感染也很严重，我们还要把已经变得腥臭、腐坏的胎膜、胎盘全部剔除干净。这些感染物遗留在宫腔里只会加重感染。我们也反复用生理盐水和甲硝唑灌洗了宫腔，尽可能减少宫腔内感染。

这台手术结束后，我带着何元择从手术专用电梯回到病房，并没有和产妇家属直接接触。小石头由巡回护士交给手术室外的父亲。

那晚一直很忙，凌晨四点我才回值班室休息。

次日交班时谭主任告诉我，张壮本来已经将孩子带走了，可后来他又反悔了，又将孩子送回急诊室，在经过气管插管和心肺复苏后，将孩子转入NICU继续救治。他让我把病历拿出来，反复检查病历和签字里有没有漏洞。

病历完善得都很及时，也没有明显漏洞。在看到夫妻俩都签署了"放弃胎儿，拒绝抢救"的内容时，谭主任先松了口气。但他在看到手术前张壮签署的"死胎自行抱走"的内容时，追问道："这些字全部是手术前签的。孩子被抱出来之后，你有没有再同家属签字确认是否要抢救？"

那台手术还没有结束的时候，护士就打电话催我赶紧回病房。想着之前夫妻双方已经签字不抢救，小石头又是那样一个状态，我也没那么多闲工夫再反复确认沟通，手术完了便回了病房。没想到，就是因为我提前回了科室，少签了一份文书，后来我有了很多麻烦。

主任叹了口气，说："保不准要出大麻烦了。"他和张壮沟通过，觉得这个人的性格有些偏激，对这个孩子看得极重，孩子落地后难免意见反复。我却没在孩子出生后再签字确认是否抢救，这隐患着实不小。

赵婉芸那边的情况非常糟。她在入住监护室的第二天便出现了呼吸窘迫综合征，监护室已经给她做了气管插管。因为严重的感染性休克，她每天需要服用大剂量升压药物才能维持正常血压。她的感染指标越来

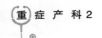

越高，一复查凝血也全线崩盘，她的肾功能也开始进行性恶化。她出现了令所有医生都头痛不已的MODS（多器官功能障碍综合征）。

监护室组织了全院大会诊。经多科医生讨论，赵婉芸的病情急转直下，是严重的宫腔内感染导致了全身炎性反应综合征。虽然妊娠物（胎儿、胎膜、羊水、胎盘等）都排出了，但严重的宫腔感染已经使她的子宫变成了致病源，虽用着顶级的抗生素，但释放毒素的感染源存在，感染始终控制不住。

赵婉芸剖宫产的术后第二天，谭一鸣就找过魏敬，建议再次手术，切除子宫。可他始终犹豫不决：儿童医院已经下过好几次病危通知书了，妻子千辛万苦生下的孩子不一定能救活。如果又切子宫，妻子就再不可能成为母亲了。妻子病情危重，可术后第一天她的意识倒也清醒。探视的时候，他跟妻子说过要切子宫。妻子嘴里还插着管子没法说话，只是拼命摇头，眼里全都是泪。

魏敬开始后悔当初放弃丁克的想法。他如果没有"临阵"变卦，还和妻子一直丁克下去，妻子就不会遭这些罪了。这些年他和妻子虽然事业有成，却像攀上了峰顶后有种难言的孤寂和荒凉。该领略的风景他们都领略了，感觉往后的日子便是这样一成不变的，可精力却在日渐衰退，生活里少了很多动力和期盼。他开始想要个孩子，妻子大概也有这样的想法。在他说出不再丁克后，她也没有明确反对。怀上了这个孩子后，妻子和他一样，热切地期盼新生命的到来。

可他更在意的始终还是妻子。他们在校园里相恋，彼此陪伴了二十年，是对方生命中最重要的人。他以为要孩子是件很简单的事情，毕竟这个世界上绝大部分女性都会成为母亲。

可他现在才知道，孕育一个新生命的过程居然这样艰难。从备孕到现在，承受所有苦痛的只有妻子。

妻子的状况还在变差，他不愿再冒险了。哪怕女儿救不活，他此生都不会再有孩子，他也要保全妻子。妻子已经出现了意识障碍，不会再拒绝切子宫的事情了。

赵婉芸被推到手术室，李承乾和两名主任参与了她的手术。她的腹腔被再度打开，那个孕育过新生命的子宫已经变得腥臭、腐朽。好在她子宫周围的组织被波及得不算太严重。医生顺利地切掉她已经变成致病源的子宫，并反复冲洗她的腹腔。手术结束后，她被再度送往重症监护室。

张壮很快就把我告了，理由是我草菅人命，连孩子的死活都分不清楚，害他孩子延误了最佳抢救时机。他一开始不吵不闹，只要求封存病历。医患和谐办和卫健委都派人到科室调查情况，然而每次的调查结果都没能让张壮满意。毕竟他们夫妻俩都签署过"放弃抢救"的文书，白纸黑字，赖不掉。

他没在病历文书中找到漏洞，便一口咬定在手术室门口护士把孩子交给他时明确说了是死胎，并要求医院调出那晚的监控录像来佐证。

那段视频只有图像，没有声音。院方找了当晚参与手术的巡回护士做证。张壮一口咬定，就是她告诉他孩子没了。可那个护士反复解释，当时她只说了孩子没有自主呼吸，怕家属理解不了，就说"没气了"。

可是张壮不依不饶，说普通老百姓不学医，一看到浑身青紫、一动不动的孩子，再加上那么信任医生、护士，他们一说"没气了"，他自然就认为孩子已经死亡了。

投诉无果，张壮开始整日在医生办公室辱骂我。尽管我反复解释，可他完全不听，咬定我从没告诉他孩子可能是活的。

孩子取出后，周玉芬恢复得很快。她没有住监护室，更不用像赵婉芸一样切子宫。她已经可以下床了。每次到我办公室来，她虽然不像张壮那样凶悍无礼，可一见到我就哭着讨说法："孩子被剖出来，你们从没给我说过孩子可能是活的。但凡我知道孩子是活的，怎么样都得救……"

我震惊了，这些人怎么这样颠倒是非！那晚签字的情景我还历历在目。我把复印的病历摆在她面前，那里有她的签字：放弃胎儿，拒绝抢救。我也怒了，指着她的签字说："如果我一直跟你们说娩出的就是个死胎，还签什么'拒绝抢救'？谁抢救死人啊？"

周玉芬一时语塞，可张壮依旧盛气凌人："那会儿她还发着高烧呢，人都烧迷糊了。在她神志不清的情况下，你要她写什么她就写什么了！"距离太近，他的唾沫星子都喷在了我的脸上。

周玉芬清晰流畅的签字，在张壮嘴里变成了神志不清时被我诱导的签字。我彻底无语了，我本就不是伶牙俐齿之人，在他咄咄逼人的气势下彻底败下阵来。

一到我的上班时间，张壮夫妇就到办公室找我麻烦。科里的其他医生帮我解围，特别是李承乾，他本就口齿伶俐，反应又快，气势又足，每次都将这对夫妻顶了回去。后来这两人就专挑我落单的时候来找我麻烦，特别是我值夜班的时候。

他们并没有做什么出格的事情，保安来了也只能劝两句。然而我的工作还要继续，在他们反复地纠缠下，我感到惶惶不可终日。张壮爱挑有其他家属也在的时候闹事，在他的不断煽动下，孕产妇家属对我不再信任，我的工作更难开展了。

夫妻俩不断在市长信箱里反映情况，相关部门一直在介入调解。但凡发生医患纠纷，即使医院没有明显过错，可医院顾忌声誉，最后还是会做出一些经济上的补偿和妥协。医院和科室也试图让步，可是这对夫妻开出的价码太高，医院自然不答应，要求他们走法律途径解决。

我也去NICU看过几次小石头。我从儿科医生那里了解到，小石头被送到NICU的当晚，就被下了好几次病危通知书。他们反复告知张壮夫妇，能上的抢救措施全部都用上了，可即便小石头侥幸活下来，远期也存在脑瘫、神经发育障碍、智力障碍等严重的后遗症。张壮坚决要求积极抢救，却绝口不提费用的事情。

儿科医生还说，张壮说他为了孩子的事情已经很长时间没去工作了，可没人知道他具体在忙些什么。他也很少来看望小石头，连小石头喝的奶粉也是新生儿科提供的。起先孩子病情有变化，医生打电话给他，他还能及时来医院。现在孩子的情况相对平稳了一些，医生就几乎没见过他了。

慢慢地，张壮夫妻便不来办公室找我麻烦了。正当我以为终于可以喘口气的时候，张壮却将我推入了深渊。

一个月之后，我们医院忽然上了热搜。

张壮在媒体的镜头前哭诉："我爱人怀孕7个月了，当时有点破水，我们就上医院了。医生说孩子保不住，要我们引产，还说不引产孕妇就会没命。医生还说是个死胎，要剖宫取出来，我们啥也不懂，医生说什么就是什么。"

看他说到心酸之处，采访者贴心地给他递去了纸巾。他用力揩了一下鼻涕，继续说道："我媳妇做的是剖宫产，我在手术室门口等着。我旁边也有在等孩子出生的家属，其实我当时还是抱着点希望的，万一孩子被剖出来是活着的呢？"

"后来我看到有个护士抱着孩子出来了，说是个死胎，还说我前面已经签字了，要我把死胎抱走，就直接把孩子递给我了。我媳妇当时还在手术室里没有出来，我就带着儿子在门口等她。其他家属都是用小被子抱着自己的孩子，只有我的孩子是用袋子裹着的！"

说到这里，他已经泣不成声。采访者只得安慰他。过了许久，他的情绪稍微平复了一些，在采访者的鼓励下继续说起那段不堪回首的记忆："等我媳妇出了手术室，我告诉她医生确定了孩子是死胎，我们抱头痛哭。之后我又安顿她回病房，护士还催缴费了，我又要跑去缴费。

"都处理完了，我在医院急诊大厅门口打车，准备送孩子去殡仪馆。晚上不好打车，我就把孩子抱在怀里，心想我们父子缘太浅。天那么冷，孩子还光着，我就想多抱他一会儿，好歹父子一场，舍不得就这样阴阳永隔了。可能真是父子连心，他也舍不得我们，我抱着他哭的时候感觉到他的手脚在动，我当时都惊呆了，心想这是不是幻觉。毕竟医生怎么可能把孩子的死活弄错呢？我后来还听到孩子哭了，声音很小，但是能听见。我这才相信孩子真的还活着，我当时就在急诊大厅门口，赶紧把孩子送回医院急诊室，医生给插了管，就把孩子放到新生儿科抢救……"

为了证明自己的说辞，张壮在镜头前展示了那张签有"死胎自行抱走"的文书。这张产科术前常规签订的关于胎盘和死胎处置的告知书，在他掐头去尾的叙述中，变成了医务人员误判死胎的"铁证"。

"孩子被送到监护室，要花很多钱。我们就是普通的工薪家庭，还有老人和孩子要养。现在要照顾这个孩子，我没有办法去工作了，我们家现在没有收入，可是医院三天两头就给我打电话催缴费。而且这彻头彻尾就是一场医疗事故，我好好的儿子就是让这些没有责任心的医生给害的。医生草菅人命，不仔细检查就说是死胎，让孩子彻底被耽误了，变成了脑瘫，我儿子这一辈子彻底被这些医生毁了。"

在媒体的镜头里，张壮越说越伤心，也越来越悲愤："我也找了医院很多次，肯定是要医院给我一个说法的。可医生反咬一口，说是我自己签字放弃抢救的，和他们无关。我又打了很多次省市服务热线反映情况，可他们都说已经调查了，这事不是医院的责任。明明出了那么严重的医疗事故，医院还反过来问我要治疗费。我一个平头老百姓，到处申诉无门，现在走投无路了，才找媒体来帮忙……"

一瞬间，舆论哗然，我成了众矢之的。铺天盖地的"无良医生，草菅人命"的讨伐声，让我瞬间上了热搜。

每个去医院看病的人都经历过看病难、看病贵。疾病本就让人饱受折磨，焦虑不堪，患者四处求医，苦苦等待，却被医生几句话就打发了；在某家医院住了好久却迟迟不见好转，直到积蓄都花完了，才被通知转其他医院；明明患者命悬一线，苦苦煎熬，可医生、护士还要催着家属赶紧缴费……

这些还不够刺痛人心吗？谁都可能成为患者或患者家属，自然早恨透了一些无良无德的医务人员。肯定是这家人没给这个医生塞红包，导致医生草率行事，忽悠家属早产儿没救了。必须把这个医生揪出来，让她彻底"社死"，不要再危害人间。

这起骇人听闻的"死婴复活"事件影响力太大，卫健委方面也承受着巨大压力，不得不再次向医院施压，让我停职接受调查。

谭一鸣知道医院的意思后直接对院长发了火："还调查个什么？事实那么清楚，医院不去保护员工，不去对外澄清，而让医生停职接受调查，是认定了医生理亏吗？医院就这么鼓励'按闹分配'了？夏花犯的大错误就是，作为危重症孕产妇救治中心的医生，有太多病患需要处理，她没能多些时间和精力，在小石头被取出后同他父母签订一份是否抢救的文书。"

院长让他先别激动，今时不同往日，调查是肯定要进行的，但医院坚决不会由着这些人'按闹分配'。

谭一鸣给我放了年假，让我多出去走走，别老想着这些不开心的事情。

第三十八节
决裂

　　几个月之前，我写的那篇关于徐盼娣的文章，无意间让她的丈夫和母亲成了舆论风暴的焦点。我第一次认识到网络暴力的可怕。可没想到那么短的时间内，我也变成了被网暴的主角。这些天我接收到了无数陌生电话和短信，我的各种通信软件上冒出了不计其数的好友申请，但申请内容却全是最恶毒的咒骂。

　　我索性关机，终日闷头睡觉。我很长时间没像现在这样能睡到自然醒了。可网民对我的讨伐还是像先前对徐盼娣的家属一样，延续到了线下。这些无所不能的网民挖掘出我的很多信息，估计是网购记录被暴露了，我和林皙月的租住地以及之前我住过的半岛雅居都被曝光出来。

　　有好事者直接登门辱骂。面对屋外猛烈地砸门，我索性将头埋进被子里，做到耳不听为净。直到我们老旧的玻璃窗被人砸碎，邻居也因受到干扰做出要报警的架势，好事者才回去了。

　　多年前我经历过讨债者在家门口闹事，索债未果便砸坏门窗，所以这一次的冲击倒没给我带来太大的影响。林皙月下班后，看到被砸坏的玻璃窗和从破窗扔进来的死老鼠，让我和她一起先在附近的酒店住几天。我像没事人一样说："这些人很快就会被其他新闻吸引过去，不会有那么多神经病一直揪着我不放。"

　　李承乾也来了。他让我们一起住在他那里，他这几天回父母家住。他知道林晢月的心意后，终归慢慢放下了，可为朋友两肋插刀从来都是他的人生信条。

　　林晢月仍表示想先住酒店。我作为当事人却是一副无所谓的样子。李承乾态度坚决，让我们别再啰唆了，赶紧收拾东西，一会儿科里还要开会。

　　就在我们刚走没多久，杨成宇也到了我租住的小区。他看到被砸碎的窗户后再次给我打电话，可我还是关机的。他没有我父母和朋友的电话号码，只能先回家。

　　李承乾将我们接到他家后，便打开了我的手机，说："总这样关机也不行。家人、朋友联系不上，肯定担心。"他一开机便清空了那些恶意短信，把我的手机设置了"陌生来电免打扰"模式。他走之前还叮嘱我们："家里的水果、零食，还有冰箱里的其他东西随便吃，有问题随时给我打电话。"

　　我先给母亲打了电话，向她报平安。母亲已经看了新闻。她认为我上大学时没好好学习过，我能留在这样的医院工作肯定有一些她不敢猜测的原因。我的性格一直都有缺陷，我的精神好像总不正常，平日里我爹屁大点事都能让我像个疯子一样歇斯底里。她一直想带我到精神病中心检查一下，可顾及我的自尊心便没好意思和我开口。我小叔之前就跟她说过，我这样的底子再加上这样的性格，在这里当医生迟早要出事。如果我当初肯去县医院工作，好歹有个当副院长的亲戚照应，现在也不至于出那么大的事情。

　　平时和我见面总吵架的父亲，在外却逢人便说他的女儿在大医院当医生，大医院的医生收入高，女儿毕业没两年就给他们买了市里的江景房。怕别人不相信他有这样一个女儿，父亲还会给别人看我穿着白大褂的照片。

　　起初他们还羡慕我父亲"歹竹出好笋"，当这些人认出这个"无良

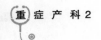

医生"就是他女儿后，便笑话他"龙生龙，凤生凤"。在外面受了气的父亲一回家就发现门口被人泼了油漆，他更怒不可遏。他觉得他的面子都让我丢尽了。愤怒的他准备好好羞辱一番这个不孝女。可我的手机一直打不通，他索性将气都撒在了晚归的母亲身上。

这些事母亲自然不敢和我说。在证实我已经搬到了朋友家居住，她悬着的心总算放了下来。可当她知道我住在李承乾家中时，她又着急了："你住到男同事家里，让小杨怎么看你？女人最重要的就是身家清白，哪有男人不在意这些的？你赶紧换个地方住，女人的名声比啥都重要，你住男同事家的事千万别让小杨知道了……"

我无比烦躁，可母亲还在喋喋不休："不是妈妈唠叨，有些话你也别不爱听。你从小到大都粗枝大叶惯了，可遇到大事咱们马虎不得。我听你小叔说，出了这种事情，医师执照可能会被吊销。工作要是没了，房贷怎么办？我们一家人住哪里？你那个病一直拖着也不是办法，我这些天查了，你的病在沙乐山医院就能看。之前你一直忙，刚好现在有时间了，我和你一起去把病看了……"

母亲还在不停絮叨。我用最后一丝力气咆哮着："你知道真相吗？你就认定是我出了医疗差错！我再烂能烂到连死人活人都分不出来吗？你们总说为了我好，成天逼着我当医生，就是方便给你们买房，给你们养老吗？我出了这么大的事情，你们关心的却只有我能不能挣钱还房贷，你们配当父母吗？"

用力咆哮后的我觉得呼吸顺畅了不少，我冷笑着和母亲说："不用他们吊销我的执照，我还就是不干了。房贷我还不上了，你就自己还呗，你那么辛苦挣钱帮他还赌债，还不如还房贷呢。而且这房子本来也是你们要住的。"我恨极了自己在父母眼里是个工具人。从今往后，只要是他们要求我干的事情，我就偏不干！

我知道母亲嘴里的沙乐山医院是干吗的，那是专门收治精神病人的。原来在母亲的眼里，我一直是一个病入膏肓的精神病患者。

　　我才挂断母亲的电话，父亲又打来了。我本不想接，可这电话不停地响，我只好接通了。

　　"老子辛辛苦苦供你读了那么多年书，活人死人你都分不出，你还好意思当医生！你一天到晚读的什么书，老子的脸都被你丢尽了。老子上辈子造了啥子（什么）孽，生了个养不熟的白眼狼！你到处躲啥子，你怎么还不去死！"

　　骂完了这些还不解气，父亲不断说出各种污言秽语，好多词语都是父亲这些年原创的。虽然我们没有面对面，可我还是能感受到电话那头的父亲充满了敌意，他有一种痛打落水狗的快感。

　　父亲虽然脾气暴躁，但是这么多年来，他极少打我。可我宁愿父亲打我。肉体上的伤害别人还可以看到，而语言的暴力如同一把看不见的尖刀，反复刺痛我。而父亲还可以站在道德制高点，到处对人说这么多年从没亏待过我。

　　我拉黑了父亲。

　　人们都说，家是温馨的避风港。可我觉得，这二十八年里，我人生中的大风大浪都来自这个叫"家"的地方。

　　在被产妇和家属反咬一口时，我没有绝望过。在面对众多网民不分是非地谩骂和指责时，我没有绝望过。现在我还没有和父母正面接触，光是这两个电话便让我坠入深渊。

　　挂断电话后，我直挺挺地倒在沙发上，双眼望着天花板，一副心已经死了的模样。林皙月后来告诉我，如果不是看到我的胸廓还有起伏，她甚至不确信我还活着。林皙月也不知道该怎么安慰我，她知道我这些天已经经历了太多。这个世界上没有一个人可以对另一个人的处境完全感同身受，她只能这样静静地陪着我。

　　她知道我这两天几乎没吃过东西。她在冰箱里找到一包小馄饨，又找了些绿叶菜和虾仁，在厨房忙活了一阵，把一碗温热的高汤小馄饨端到我的面前。

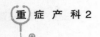

我大口地吞咽食物，我的胃慢慢转暖，血液也不像先前那般冰冷。我像一条冬眠后醒来的蛇，痛苦地蜕掉那层紧紧束缚着自己的蛇蜕。我彻底活了过来。

既然活下来了，我就要重启人生。我决定辞职，离开这座城市。我想要健康、痛快地活着，就必须远离我有毒的原生家庭。我愈发清晰地意识到，我对父亲来说就是个养老的工具而已。当一个工具不能提供令人满意的价值时，他便恨透了这个工具。

我过去也这么想过。可每次冒出这样的想法时，我就会自责，我怎么可以这样恶毒地揣测最亲的人？哪有父母不爱自己的孩子？一切都是我自己的问题，是我性格别扭，有太多缺陷，才会让一家人都不开心。可在产科工作的这些时日，我才知道有很多人不是因为"爱孩子"才去当父母的。

至于母亲，这么多年来我一直觉得她太可怜了，我一直试图"营救"她。可她却不愿离开父亲，并乐此不疲地奉献着。谁能叫醒一个装睡的人呢？

一念放下，万般自在。这一刻，我像终于逃出了肖申克监狱的安迪，在暴雨中仰天欢呼。此刻的我也逃出了原生家庭的精神囚笼。

当我把辞职信交给谭主任时，他劝我先不要意气用事。这次院方和卫健委面对外界的舆论压力，表现得相当强硬，没有像往常一样选择赔款了事，外带"自罚三杯"处理相关医务人员，从而平息舆论风暴。医院已经调查清楚了，不需要我继续停职。面对小石头父母的诉求，医院非常坚定地要求走司法途径解决，移交医学会进行医疗事故技术鉴定。

我坦言，小石头的事情只是导火索而已，我想离开这个城市，换个没人认识的地方重新开始。

谭主任也愣了，他说知道我一直介意自己在学历上的缺陷。我平日在科室里从来都是兢兢业业的，还读了在职研究生。他看到的我一直是一个朝气蓬勃的年轻大夫。他一直欣赏我反应迅速、操作麻利，关键时刻总能当机立断，觉得我是干产科的好苗子。可我执意如此，他也只能尊重我的个人选择。

这天下班后，他约了平日里和我关系不错的几个年轻大夫在医院附近吃火锅。他全程不提小石头的事情，只说了他早前当医生的经历。

多年前，他刚考过主治医师，按照当时的规定要聘主治医师就要下基层支医半年。他去了天城市下辖最偏远的一个县的医院，那个县在全国都是数得着的贫困县。有一天他们接了一个从山区里来的孕妇，她怀的是第三胎。他问病史的时候知道她已经是第三次结婚了，她娘家太穷，她每次结婚都能收到一些彩礼，用以给兄弟结婚或者给家里翻修。她第二次生产时因为胎位不正做了剖宫产。这一次，他主观上还是建议孕妇做剖宫产。她婆家人坚决反对，婆家人已经通过一些方式知道媳妇怀的是女孩，怕媳妇这次再做剖宫产，以后就不能再怀了。孕妇的老公腿脚不利索，在村里一直娶不上媳妇，他家里倾家荡产娶了一个三婚的媳妇。在二十年前的农村，传宗接代的思想还是非常严重的。所以孕妇的婆家坚决要求顺产，而且孕妇本人也是这个意思。

他充分交代了剖宫产后又经阴道试产的风险，可一家人还是要求顺产。孕妇在生产过程中不幸出现了子宫破裂，当年县医院的条件技术自然远不及现在，孩子没救活，母亲的子宫也没保住。产妇的婆婆当时就崩溃了，在医院大闹一场后就跳楼了。还好县医院的住院部大楼当年只有五层，她掉下来没死，但腰椎和双下肢都骨折了……

那件事在当地的影响力很大，只是当年的媒体远不如现在发达，可那件事给了他很重的心理包袱，他至今都愧对那家人。

他知道干产科不容易，但他还是委婉地向我指出，我在日常工作当中带有太强烈的个人情绪。他看过我写徐盼娣的文章，感叹我平日里心中藏了这么多事，又好奇我到底经历了些什么，才会写出那样言辞激烈的文章。

还有小石头的事情，我花了太多时间和精力去告诉那对夫妻放弃这个超早产儿的必要性，并不断晓之以理，动之以情。其实，孩子取出来以后，是否积极抢救以及后续治疗到哪一步，随他夫妻俩就是。而我用力过猛，自认为"为了家属好"而丧失了医生和患者的边界感，自然遭到了这对夫妻的反噬。

当这件事情在网络上疯狂发酵的时候，小石头还住在NICU。我算得上第一个抱过小石头的人，所以对他一直有一种很特别的感情。我还在休假中，仍时不时去看看他。

老谭说得没错，在这件事情上我的确用力过猛。我感觉到，小石头的父母更爱的是"儿子"，而不是"孩子"，他们承担不了"不是健康儿子"的风险。也正是如此，我的沟通方向是自认为对他们全家人来说性价比更高的"放弃治疗"。赵婉芸的孩子比小石头大了一周，据说马上就要出NICU了。有了这样的对比，小石头的父母"倒打一耙"，我还真不算冤枉。

"你总算接电话了！"电话那头的杨成宇松了口气，可我心头一紧，该面对的还是要面对。

经历了这几天的风波，我的状态比他想象中的要好很多。我们正式交往后，他告诉我第一次见面时，他便对我热情、开朗的性格印象深刻，即便在后面的接触中知道我始终心中藏事，可他还是喜欢我的独立。

我一路沉默，杨成宇也搜肠刮肚地寻找笑料，想打破这种死寂的氛围。他在接连讲了两个连他自己都觉得有些尴尬的笑话后，便打住了。他意识到，我并不需要别人用这种方式来哄我开心。他接连提议了几家饭店，我都不住摇头，他便提议干脆去他家做饭。

我们在超市选好了食材。一进厨房，我便系上了围裙。还在超市时，我就说今晚吃新疆大盘鸡。淘好米的杨成宇看着我利落地将整鸡斩成碎块，笑着说："你们外科医生的刀工就是一流。"

锅里还在冒着热气，整个厨房充满鸡肉的香味和调料的辛香。厨房空间狭小，我们一转身就会有所接触。

杨成宇看着不停忙碌的我，感觉和我像平凡世界里一对普通的老夫妻。他从背后揽住我，在我的脸颊上亲了一下。

我夹着一块土豆想尝一下是否入味，杨成宇突如其来的举动让我脊背一僵，那块土豆也掉在了地板上。我们交往已经有一阵子了，可不知为什么，我有些排斥这样亲密的行为。

买菜、做饭花了不少时间，待饭菜都端上桌时，已经快到晚上九点。米饭晶莹软糯，鸡肉色泽鲜艳、软烂脱骨，土豆吸饱了肉汁自然也是绵软入味的。杨成宇本就饥肠辘辘，此时更觉得饭菜格外可口，忍不住夸赞："你真贤惠，和你在一起真的有福。"

贤惠？我的表情跟着凝重起来。不知从什么时候起，我对"懂事""贤惠"这样的词有些神经过敏。我的脸色瞬间变了，可杨成宇忙着啃鸡翅，自然没有发现。

"我打算辞职。"我说。杨成宇头也没抬，说："挺好。你那份工作确实太辛苦了，一值班就可能三十几个小时连轴转，顾不上家庭，以后有孩子了更麻烦。刚好我们单位附近有个社区卫生院，不仅工作轻松，而且待遇也还算不错。女人真的没必要把自己搞得那么辛苦。"

"我要离开这个城市。"

觉察到异样的杨成宇抬起头，他错愕地看着我，但很快反应过来，说："这件事很快就会平息的，不会有人没完没了地盯着你不放。这件事你真的没必要太往心里去。"

"我不想结婚，更不想生孩子。对不起。"

杨成宇意识到我不是在开玩笑。他突然想起了什么，急忙解释："你是不是害怕结婚后的婆媳关系？我妈妈和姐姐在一起，她不愿意来这边，你真的不用担心这些。"他言辞恳切地拉住我的手："我从小没有父亲。所以以后有了小孩，我会努力参与育儿过程，不会当甩手掌柜。"

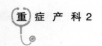

因为从小生长的环境，我生命里名叫"安全感"的这块基石是彻底崩塌的。虽然我现在已经有一些根基了，可往事的梦魇太可怕，我觉得孩子是我生活里难以承受之重。

父亲无时无刻不在盼着我"回报"和母亲对我人生方方面面的控制，让我觉得生而为人是一件非常无奈的事情。

很长一段时间，我都感觉自己像一个病入膏肓却只能独自挣扎的绝症患者。多少次，我强行拉扯着自己，硬生生地把自己拖出泥潭。我相信万物遵循守恒定律：那些年，被我生生吞下的苦自然不会就这么凭空消失。这些苦在我的身体里化成了戾气。平日里，我把可怕的戾气藏起来，藏不住了我就会撒在我的至亲身上。如果我成了母亲，面对那弱小无助，只能全身心依赖父母才能活下来的生命，我如何能保证自己严格控制这股戾气？一想到毫无反击能力的孩子，我就脊背发凉。同样地，我从来不知道无条件的爱是什么样的。我自己从来没拥有过的东西，又如何给孩子？

我解释："是我自己的问题。其实我们在一起，是因为我母亲希望我找一个人结婚。以前我也觉得，如果我和一个合适的人结婚，不仅能让我母亲高兴，也能符合社会主流的期待。可我发现自己真的没有办法走进婚姻。我的母亲、奶奶、婶婶，她们都有差劲无比的丈夫和婚姻，可她们却都几十年如一日地从没想过离开这样的生活。我和家人的关系也非常糟糕，一个对父母都不好的人怎么可能对别人好呢？连我母亲都一直觉得我有精神病……"说到这里，我苦笑一声，然后继续摊牌："像我这样有精神残疾的人，又怎么养育孩子？我先前也以为自己可以投入这段感情里，去过别人眼里正常人的生活，可我骗不了自己……"

杨成宇这才知道，今晚看似温馨的二人世界不过是我的分手预演。有时，女人提分手，不过是以退为进，去换取男人的珍惜和挽留。可他知道，我不是这样的女人。我们都到了这个岁数，我做了这样的决定，便没有回旋的余地。在我们交往的这些时日里，他理智上觉得我们很合适，可夜深人静的时候，他也觉得这份感情缺了些什么。既往的成长经历让他知道，他应该找一个坚强、独立的女性当伴侣。这样的人出现了，可他爱的到底是这样的性格特质，还是夏花本人呢？

还好，我比他更有勇气，先喊停了这段关系。

小叔自然也关注了我的丑闻。他觉得我惹出了这样的事情，自然没办法继续在中心医院混下去了，便在电话里问我日后的打算。我如实说准备辞职。小叔让我这两天抽空回一趟县城，他要给我做做思想工作。见我这两天始终没联系他，他先坐不住了。他周五刚好要来天城市开会，想顺便看看我。

我们俩约在医院对面商场的泰国餐厅吃饭。我们都是干医疗的，他自然知道真相不会像媒体报道的那样离谱。一阵寒暄过后，小叔也直奔主题："这件事情的真相如何，已经没那么多人关注了；但这事给你的职业生涯带来的毁灭性影响自然是不可小觑的。虽然你在大医院工作过，可毕竟工作时间短，经验少，去了私立医院也还不能自立门户。虽然你平日里情商低，不会来事，但我从来都认定血浓于水，亲情至上！只有亲人才会不计前嫌，包容你的种种缺陷。我好歹是副院长，你回县里工作，有我罩着你，以后这样的事情也很难再发生了。"

经历这样一场风波后，我有过去小医院工作的打算，起码那些病情重且容易产生纠纷的高危孕产妇，我能理直气壮地将她们转到上级医院。"烫手山芋"都转到别人那里，我自然不会再遇到这些棘手的事情了。

小叔的话一如既往的"忠言逆耳"，我听着着实难受。可一想到小叔毕竟是关心自己的，我居然有些感动，主动说了自己最近的状况。

我到底情商低，一顿饭都快吃完了也听不出小叔的言外之意。直到快结账了，小叔坦言："你的房贷、你父母日常的花销还是一笔不小的数目。你没工作了，拿什么养家？可你现在臭名昭著，找工作的事情肯定悬了。不过我们到底是一家人，我不会眼睁睁看着你走向绝路。"

小叔见我还不明白他的意思，进一步解释："既然你在市里混不下去了，不如索性就回县里工作。天城市的房价已经涨过一轮了，你那房子地段又不错，现在卖了也能挣不少。就算扣掉贷款的部分，这些钱也足够在县城全款买一套大房子了。我现在刚好负责医院的人事，可以帮你解决工作问题。你出了那么大的事故，现在要回县医院工作，我也得花一些工夫运作，需要打点一下关系，这样一来怎么都得花些钱。"

二十万，这是小叔开出的价格。见我脸色有变，小叔解释这个价格并不高："不是一家人，你看谁肯管你。"

见我迟迟没作声，他以为我顾及男友还在市里工作。我刚和杨成宇确定关系，父母便迫不及待地把"准女婿"在市政府工作的消息告诉了这家人。

他自认为给我做出这样完美的安排，我却没有在第一时间感激涕零，那必然是因为我恋爱了。他便继续给我做工作："现在异地的夫妻多的是，而且县里也通了高铁，到市里也就半个多小时。小杨有车，周末回来也都方便，周末夫妻还更利于感情保鲜。"

我坦言："我和他分手了，我不想结婚。"

小叔终于怒了，他指着我的鼻子，说："来年你就29岁了，好不容易找个肯要你的，你还那么不知轻重！过了这个村就没这个店了，你准备当一辈子老姑娘吗？还说不结婚，你脑子被驴踢了吗？谁给你洗脑了，你还想着不婚不育？滑天下之大稽！"

我知道小叔此行的真正目的是要钱。他如此强势，我觉得自己才像低三下四找人借钱的那方，一种强烈的压迫感让我如坐针毡。

在我有强烈的不适感后，我起身去结账。临走前，我微笑着说："我脑子还真是被驴踢坏了，居然花时间让你PUA我。"

说完，我头也不回地离开了。听着小叔在我身后气急败坏地骂人，我有一种莫名的快感。

李承乾有两个从事媒体工作的朋友。他将小石头事件原原本本地告诉了这两个朋友。趁热度还在，他这两个朋友很快便发布了"男婴死而复生"事件的"反转文"。

在子弹飞过一阵子之后，广大网民知道了事件的真相。他们意识到被人恶意带偏，开始同情背负了恶名的医生，也对利用了他们同情心的夫妻感到无比愤怒。可孩子到底是无辜的，在唾弃孩子父母干了这样的事情后，很多善良的网民纷纷给小石头捐款用于后续治疗。说到底，发生这场闹剧最根本的原因不就是钱吗？

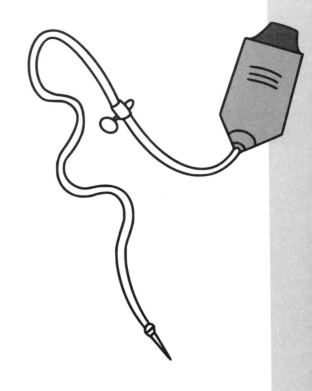

重 症 产 科 2

双胎
愧疚
————— 第十二章 ——— 执念

第三十九节
双胎

辞职信我已经交给了主任。还有一个月的交接期，休假结束后，我回科室工作了。

周三下午，李承乾收治了一名叫蒋美的孕妇。我对蒋美有些印象，几个月前蒋美夫妇曾经到过我们科。

那时蒋美妊娠20周左右，她做完检查后发现门诊的医生下班了，夫妻俩便到住院部咨询。我告诉这对夫妻，双胞胎发育得不错，继续规律产检就好。明明是好消息，可这对夫妻却面色凝重。

后来，蒋美去了卫生间。她的丈夫欲言又止地看着我，我示意他直说。

他犹豫再三，说想给妻子做减胎手术。我告诉他，这对双胞胎不存在选择性胎儿受限和双胎输血综合征的情况，孕妇的身体素质也很好，没有必要减胎。而且这对双胎是单绒双羊（两个胎儿拥有各自的羊膜囊，却共用一个胎盘），减胎风险也大，有导致两个孩子都胎死宫内的可能。

他听完后不再作声，可脸上的失望表情愈发明显。我当时没有多想，毕竟孕育双胎对母亲来说，怀孕和生产的各类风险都远比单胎多。他考虑老婆的安全，有这样的想法也不奇怪。

现在蒋美住院待产，我发现他的脸上仍然没有准爸爸特有的紧张和期待。不过这次轮到李承乾收治孕妇，我自然没有细问。

在入院后的常规谈话中，李承乾知道了蒋美一家的情况。蒋美和丈夫陈熙四年前结婚，三年前她自然分娩了一个男孩。蒋美生完孩子后，她的婆婆来照顾一家人的日常起居。可是婆媳生活在一起，日常琐事加上育儿观念的差异，她们的婆媳关系非常紧张。在又一次爆发冲突之后，婆婆索性回了老家，她也只得辞了职，自己带娃。她是学美术的，辞职带娃后自由职业，收入不稳定。

她的丈夫陈熙一直想要一个女孩。虽然第一胎不能如愿，但他也是开心的，初为人父的喜悦只有经历过的男人才懂，而且他的父母也更喜欢男孩。

怀上二胎并不在他们的计划内。等蒋美发现两个多月没来月经，她才知道自己又怀孕了。对新生命的到来，夫妻两人都没有上一次那样充满期待。

养育孩子的过程是快乐的，可同样也是艰辛的。

儿子1岁以前，几乎每晚都要啼哭。头一年里，夫妻俩基本没睡过囫囵觉。幼儿的免疫系统发育还不完善，儿子时不时就会因为发烧、咳嗽上医院。原本夫妻俩商量让孩子有个快乐的童年，可是周围几乎所有的家长都在拼教育，像是搞军备竞赛似的。他们自然也不能太"佛系"，不能让孩子输在起跑线上。一开始，夫妻俩只是象征性地给孩子报了早教班，可后来，他们发现这才只是个开头。

孩子来了也是缘分，万一是个女儿呢？夫妻俩从心理上都更喜欢女儿。他们已经有一个儿子了，再有一个女儿便凑成一个"好"字。夫妻俩都会再累一点，可是就像外界说的，儿女双全才是人生赢家的标配。他们向双方父母征求意见，虽然双方父母都没表态会帮忙带孩子，但都表示支持他们生二胎。

产检的时候，夫妻俩都蒙了，这次怀的是双胞胎。

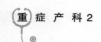

自然受孕的双胞胎的性别大多都是一致的，龙凤胎的概率极低。他们已经有一个儿子了，会不会接下来再生儿子？

得知是双胎后，夫妻俩也曾商量过是否继续妊娠的问题。陈熙的意见是去做人流，两个都不要，并分析了家庭的现状。他们一家不管是经济上、住房上，还是小孩日后的照顾上，都不适合同时负担三个小孩。

蒋美一听就哭了，她说二胎政策没放开时，有多少夫妻做梦都希望能怀上一对双胞胎。连那些做试管婴儿的夫妻，都想着一次种上两个胚胎。而且照彩超的时候，两个胚胎都能看见原始心管搏动了，哪能说不要就不要了。而且做人流，不管从生理上还是从心理上来说，对女人都是一种伤害。

就这样，两个胚胎在蒋美的腹中一天天成长。

虽然我并不是蒋美的主管医生，但上次陈熙主动提出给妻子减胎，让我印象深刻。所以我对这对夫妻多了一些关注。

蒋美会主动找护士给她换到更理想的床位，也会态度强硬地拒绝实习生给她做产科查体。她不像一个完全没有主见的人。可是在生产这件事情上，我发现蒋美反常地对丈夫言听计从。在丈夫面前，她简直到了谨小慎微的地步。

我知道她现在是自由职业者，收入不稳定，丈夫才是家庭的经济支柱。可她现在本来就在特殊时期，丈夫在妻子怀孕、生产期间，在经济上多承担一点本来就无可厚非。蒋美没必要这般小心翼翼。

蒋美的检查一做完，李承乾便跟蒋美夫妇沟通。

"从目前的检查情况来看，孩子发育得还不错。不过这两个孩子存在胎位不正的情况，一个头位，一个臀位，建议做剖宫产，更安全一些。"

陈熙问："我们可以选择顺产吗？"

"从孕妇的骨盆条件、胎儿的头围和体重来看，孕妇的确符合顺产条件。但顺产也存在隐患。"李承乾边说边在纸上画图示意，"她已经生过一胎了，腹壁比较松弛。这次怀的是双胎，有两个孩子在里面，怀了双胎的子宫自然比只怀一胎的更大。两个胎儿一个头位，一个臀位，把子宫填得满满当当，这时候两个胎儿的位置相对固定。理论上，头位的胎儿比较容易顺产。可是第一个孩子娩出之后，子宫瞬间就空了很多。第二个孩子在生产期间很容易出现位置改变，变成横位，而持续性枕横位，孩子就很难顺利生下来。而且两个孩子共用一个胎盘，如果大双出生后出现了胎盘早剥，小双和母亲都是很危险的。在生产过程中小双就可能出现宫内窘迫，甚至窒息，到时候第二个孩子很可能需要转成剖宫产。所以我们建议，这种情况下，直接做剖宫产更加安全。毕竟第二个孩子如果在顺产中出了点意外，再去做剖宫产，会耽误一些时间，对大人、孩子来说都有安全隐患。"

陈熙几乎没有任何犹豫地说："我们要求顺产。毕竟你也说了，我妻子的骨盆条件不错，两个孩子个头也不大。我们的第一个孩子就是顺产的，我妻子是经产妇了，生产过程要比初产妇更顺利才对。"

陈熙见妻子欲言又止地望着自己，补充道："当然了，如果生产的时候存在你刚才说的情况，我们会考虑剖宫产。"

既然这样，李承乾也不便多说什么，他让夫妻二人签字确认。陈熙毫不犹豫地写上"要求顺产"。蒋美几经犹豫，也写了和丈夫相同的内容。

蒋美入住的当天，杨淑敏也来医院待产了。我感叹谭主任的手术做得真漂亮，他精准地缝合好了松开的"口袋"，让这个"口袋"可以继续容纳两个来之不易的胎儿，直至这两个胎儿平安地在母亲的子宫里待到接近足月。

杨淑敏的情况和蒋美的有些相似。她们都是经产妇，不过杨淑敏的腹壁更为松弛。杨淑敏的两个胎儿也都有些胎位不正，她本人亦有糖尿病，从各方面的安全考虑，我还是建议她做剖宫产。

虽然杨淑敏前两次生孩子都是顺产的，可这次她听我这么一说，没

有任何犹豫便选择了做剖宫产。

主刀的还是谭主任。他做了将近三十年的手术，手法娴熟，只几分钟便打开了杨淑敏的子宫。

第一个羊膜囊被刺破后，我立即用吸引器吸净羊水，顺利地把第一个孩子抱了出来，是个男婴。两分钟后，第二个孩子也被顺利取出。孩子还没断脐带就发出嘹亮的哭声，这是个女孩。

两个孩子的阿氏评分都是满分。巡回护士给两个孩子印上小脚印，和麻醉师一人抱着一个孩子，在杨淑敏的两边脸上各贴了一下。听到孩子啼哭的时候，杨淑敏已泪流满面。这两个孩子柔嫩的小脸在她脸上挨过时，她诚惶诚恐地在这两个孩子脸上各亲了一口。

这台手术的麻醉师和巡回护士都是年轻姑娘，她们知道杨淑敏的事情。看到不住抽泣的杨淑敏，她俩也红了眼眶。一想到她还被固定在手术床上，麻醉师立刻找了块干净的纱布帮她擦眼泪和鼻涕。

蒋美的宫口开了6厘米之后，被护士带进了产房。

李承乾处理完新收的孕妇，也跟着进了产房。

蒋美是经产妇，第一个孩子很快便顺利生下来。当第一个孩子下降时，李承乾已经开始固定臀位的胎儿，使其保持纵产式。可还是出了意外。在第一个胎儿娩出后，宫腔内压力骤然变小，那个臀位的胎儿转成了横位。

大双的哭声嘹亮。护士将大双放在辐射台上，完成常规处理之后，便将大双抱出产房，递给了陈熙。

和所有等在产房外的父亲一样，他问的第一句是"是男孩还是女孩"。在得知是男孩后，他眼里那点微弱的光彻底消失，他面无表情地接过孩子。大双是个健康的孩子，他用响亮的啼哭宣告自己的到来。

陈熙的脸上多了些李承乾看不懂的复杂神色，那个只有5斤多的孩子被他抱在手中，却似有千斤重。

　　李承乾来不及多想，迅速折回产房，小双还没出来呢！

　　小双已经变成了横位，根本没法顺产。更让他头痛的是，从刚才的胎监来看，小双已经出现了宫内窘迫。而且蒋美的宫缩频率明显加快，可宫缩强度却很低，这是胎盘早剥（胎盘在胎儿娩出前，全部或部分从子宫壁剥离）的临床表现。

　　横位、胎盘早剥、胎儿宫内窘迫，三个"王炸"全都聚齐了。短时间内蒋美肯定无法顺利分娩，胎盘早剥不仅容易导致胎儿死亡，也容易使产妇出现大出血、弥散性血管内凝血，甚至羊水栓塞。这对胎儿和产妇都是致命的威胁。

　　李承乾急忙向主任请示。谭一鸣在电话里说："直接跟家属谈剖宫产的事情，我马上到产房来！"

　　在蒋美生产前，李承乾提议直接做剖宫产，夫妻二人不同意。但他们当时表态，如果生产过程中确实存在困难，那就考虑剖宫产。

　　现在真的出现了李承乾先前预判的情况，他以为之前已经给夫妻俩打过预防针了，现在又是十万火急的时刻，陈熙肯定会同意手术。可当李承乾拿出准备好的手术同意书时，陈熙居然连看都不看，他沉着脸说："我不同意手术，先生着看吧。"

　　我和谭主任一起上的手术，手术结束后便跟他一起来了产房。谭主任一进产房，再次评估了蒋美的情况，他告诉蒋美马上做剖宫产！可蒋美回复："我听我老公的。"

　　谭一鸣一听也来气了："都这会儿了，你听你老公的！他是医生吗？这个是你的孩子，出了事情没后悔药可以吃！"

　　情况紧急，谭主任的语气有些重。蒋美哭着说："你们就不能把宝宝转过来吗？"

　　"做内倒转术是需要静脉麻醉的，我现在联系麻醉师来产房，再等麻醉起效了给你做内倒转，是要花一些时间的。而且我刚才看了彩超，宝宝的脖子被脐带缠了两圈，做内倒转风险很大！"谭一鸣怕加重产妇的心理负担，便没有和她提麻醉意外、倒转时可能出现子宫破裂、孩子窒息死亡之类的风险。可蒋美还在哭，完全不表态。

谭一鸣走出产房，直接和陈熙交涉。他看到胎位不正的双胎产妇居然在产房里顺产，考虑是不是李承乾的沟通方式出了问题，蒋美才一直不同意做剖宫产。

可直到他亲自和陈熙沟通，才知道这事还真不能怪李承乾，陈熙从头到尾都没有考虑过剖宫产的事情。

谭一鸣察觉到，陈熙肯定听懂现在小双面临巨大风险了，可他屡次三番拒绝手术，根本原因只有一个：他根本不希望这孩子活着出生！

谭一鸣便质问陈熙："你是不是根本不想让这个孩子活下来？"

陈熙也不再掩饰，回答得倒也利落："反正我不同意剖，各人有各人的命。"

陈熙的态度坚决，蒋美也夫唱妇随。谭一鸣在临床干了这么些年，对丈夫言听计从的产妇他也没少见，他决定先给产妇的娘家打电话。

可蒋美哭着告诉他，她和父母已经几个月都没联系了，千万别惊动他们。

事已至此，谭一鸣小声嘱咐我和李承乾，把陈熙叫到产房里来，再次跟这对夫妻说明风险，并同步录音。如果他们还是拒绝做剖宫产的话，就直接让他们再次签字"拒绝剖宫产手术，后果自负"。

陈熙进了产房，说的仍和先前一样。

谭一鸣也急了："孩子情况危急，又生不下来，不愿剖那就做宫内倒转术。同意的话我现在就联系麻醉师！"

见陈熙还在犹豫，谭一鸣说："你再这么拖下去，孩子保不住不说，产妇也会大出血。胎盘早剥也容易出现羊水栓塞，要是出现这种并发症，产妇就是九死一生！你这也不同意，那也不同意，你不愿要这个孩子，当初做好避孕措施不就行了吗？"

谭一鸣知道陈熙的意思了。胎儿有生命危险，正合他意。但看得出，他对妻子的安危倒还是在意的。于是谭一鸣改变了谈话方向："宝宝是横位，横着自然出不了那道门。你老婆现在宫缩又变强了，孩子又出不来，再不处理，子宫会破裂。产妇的膀胱一直被这么压着，也得出问题！孩子的胎心越来越差，我也不能肯定孩子现在剖出来就能活。你们不同意做剖宫产也行，但就算是个死孩子，我们也得把孩子取出来，要不然你老婆也要遭罪。"

他对陈熙撂下这句话，并小声叮嘱李承乾："准备宫内倒转术的同意书，赶紧联系新生儿科的医生到产房来，准备抢救。"

麻醉师很快就到了产房，在签署了麻醉风险告知书后，便给蒋美实施了静脉麻醉。在彻底失去意识前，她拉住谭一鸣的手，说："主任，你帮帮这孩子吧……"

谭一鸣叹了口气，安慰的话还没说完，蒋美便沉沉睡去。这孩子的母亲到底还是在意他的。哪怕这个不被期待的小生命未来注定经历凄风冷雨，也好过连见到阳光的机会都没有。

谭一鸣将右手送进宫腔，再次确定胎儿是臀先露，他把胎肩向上推，很快便摸到了孩子的脚。他轻柔地牵拉这只小脚，并嘱咐李承乾按住胎儿臀部，把胎儿的臀部往下压。

这项操作只能凭借医生的手感，胎儿脐带绕颈，两人都不敢用力。两人严丝合缝地配合，才将小双在子宫内旋转了一个角度，顺利将小双的臀部牵引下来。

在谭一鸣牵拉胎儿时，李承乾看到蒋美再次出现宫缩。他继续配合主任往下推胎儿的臀部。小双的臀部和双下肢都顺利出来了，谭一鸣握住胎儿的躯体轻轻旋转，很快，胎儿脐部以下都被拽出。

小双的大半个身子都已经娩出。因为缺氧，小双的皮肤有些发绀。谭一鸣一边旋转小双，一边慢慢下蹲，为方便牵引和旋转调整着自己的姿势，小双的前肩也慢慢娩出，接着，胸部也被拉出。

就剩胎头了，谭主任吸了口气，将小双放置在自己的前臂上。他将手指摁在小双口中，固定胎头，余指压住小双枕部使胎头俯屈。李承乾则继续将手按在蒋美腹部，配合主任的操作，向下施加压力，让小双保持俯屈。谭一鸣继续以巧力旋转牵拉，小双的下颌、口鼻也相继露出。

助产士断开脐带后迅速将小双放在辐射台上，新生儿科的医生早已赶到，边给小双清理分泌物，边抱怨："这孩子窒息太严重，肯定得去NICU，问问家属的意见吧。"

那是个浑身青紫的男婴，软软地躺在冰冷的辐射台上。医生反复用力弹着他的足底，可他却始终没有啼哭，远不如大双那般健壮。

小双娩出后，胎盘也顺利娩出。在及时用欣母沛并不断按摩子宫后，蒋美的下身出血迅速减少。

第四十节
愧疚 ▭▭▭━━▊▊━━━━━⊕

　　陈熙是不想要这个孩子的。当孩子还是个胚胎时，他就希望这个胚胎不要继续发育。陈熙不想要那么多孩子，他从感情上、心理上、经济上都没有做好拥有三个孩子的准备。有好多次，他都希望这对双胞胎里最好有一个孩子出点意外。可是在这将近10个月的时间里，他一直没有等到这一刻出现。

　　他命中注定要有三个孩子。他也认了，并开始在工作之外积极开拓副业，想多给这个家庭带来一些保障。妻子心疼他，不希望他太辛苦。她听说有人炒比特币在短期内赚了很多倍，便瞒着他取出了所有积蓄。这还不够，她还上了杠杆，向两边的父母和亲戚都借了钱，全部投在虚拟货币里。

　　可是天不遂人愿。在买入虚拟货币的次月，她就在一夜之间爆仓了，这个中产家庭也瞬间变得危如累卵。岳父母格外生气，他们毕生的积蓄就这样被女儿败光了，小舅子就要结婚了，眼下等着用钱。他们怨上了妻子，不愿再和她联系。

　　刚知道爆仓时，他怒不可遏，搜肠刮肚地寻觅出恶毒的话咒骂妻子，恨她贪婪无知。可骂到最后，他号啕大哭。

　　从知道怀的是双胎开始，妻子在他面前就一直小心翼翼。看到他每

天加班到很晚，她怀着孕，却每晚坚持帮他倒热水泡脚。她何尝不知他一直想放弃这对双胎。尽管她的早孕反应很重，又要独自带整日闹腾的大儿子，可在丈夫面前，她还是处处赔着小心，凡事看丈夫脸色行事。

从胚胎在身体里种下的那一刻起，女人便成了母亲。父亲却不然，他们在心理上和感情上并不能像母亲一样进入角色，尤其是在他们还不能感知到孩子的时候。父亲在这时能理智地权衡利弊，可是母亲却很难做到，毕竟那是和她血脉相连的孩子。从怀孕起，母亲就已经和孩子建立了契约。

她是母亲，没有办法像丈夫一样清醒、理智。她也知道他的难处。他的辛苦她全看在眼里，可她还是想留下这两个孩子。说来说去，养育三个孩子最大的问题就是缺钱。如果没有经济上的顾虑，丈夫也不会这般为难了。可是完全不懂金融又急于赚快钱的她，将全家拖入了深渊。

陈熙在痛哭一场后，很快便振作起来。这个家还需要他养活。

可看着妻子的肚子越来越大，又被岳父母逼债，他不堪重负。很多次，他在睡梦中听到无数婴儿此起彼伏地啼哭，他头痛欲裂。

每次产检，他都暗暗希望能出现点意外，可医生每次都告诉他，孩子发育得很好。直到妻子临产，医生告诉他胎儿存在胎位不正，建议剖宫产，否则小双会有危险……

那一刻，他发现自己居然是有些窃喜的。这是多么好的结局，他们能得到一个健康的孩子，不枉妻子辛苦孕育一场，而那个不被期待的"多余"的孩子，也如他所愿，出些意外。所以，他无论如何都不能同意做剖宫产的事情。

妻子已经和她的父母闹翻，生产时他们不会来探望。他也不愿告诉自己的父母预产期是哪天，他怕二老到场后凡事都要听医生安排。

当大双被送到他怀中时，看到这个健康的宝宝，他实在没有办法像第一次当父亲时那样开心和激动。不出意外的话，另一个也会是男婴，他会成为三个男孩的父亲。

和医生预判的一样，小双果然难产了。知道这个消息的时候，他如释重负。就这样吧，人各有命。

尽管医生反复告诉他，孩子情况很糟，越晚手术风险越大，他也不想让妻子再遭罪，可他还是进产房给妻子打气，说"再努把力"。

他握住妻子的手，给她打气的那一刻，看到妻子的眼里有泪也有欣慰，有那么一瞬间，他想过赶紧手术。可这个念头转瞬即逝。在过去的这些年里，绝大部分时间，他都是个踏实可靠的人，可是那一刻，他发现自己原来也有虚伪、卑劣的一面。

直到产科主任直接点破了他那点心思，并告诉他，再拖下去妻子也会有危险，而且听主任的意思，好像孩子已经没太大希望了，他同意了主任给妻子做宫内倒转术。

可当陈熙看到一动不动地躺在辐射台上的小双时，他彻底崩溃了：那毕竟是他的亲骨肉……

他半张着嘴巴，却发不出声音，直勾勾地盯着自己的小儿子。当参与抢救的儿科医生问他是否决定给孩子插管并送NICU治疗时，他拼命点头。当医生告诉他费用很高，而且不一定能救活时，他还在拼命点头。

在完成初步的复苏之后，儿科医生将小双带去了NICU。蒋美还没苏醒，抱着大双的陈熙突然爆发出惨烈的哀号声。

谭一鸣拍了拍他的肩膀，叹了口气，说："先把这个孩子照顾好。一会儿产妇醒了，也离不开人。"

我和李承乾心情复杂地看着这个悲伤到不能自持的男人。他不愿意要这个孩子是真的，可他现在伤心欲绝也是真的。人性从来都是这样幽微、复杂的。

第二天上班时，李承乾从新生儿科得知小双夭折了。让他意外的是，这个在生产时给孩子带来重创的父亲，在发现孩子快不行时，和所

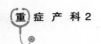

有正常父亲没有什么区别。他表示要不惜一切代价抢救孩子。可是太晚了。

蒋美还在医院住着。每次去查房时，我发现不管是在哺乳，还是在和大双一起躺着，从她的眼里都不见任何喜怒哀乐。每次查房时，我都想安慰她两句，可她却好像仍处在麻醉末期，人已经慢慢醒了，虽然有了意识，却对外界的人和事没有过多的反应。

夫妻双方的父母都来了，我也听说蒋美赔光双方父母血汗钱的事。可两边的老人在得知蒋美出现难产又丧失一子后，都悉心地照顾着脆弱无助的产妇。

蒋美恢复得不错，没几天便可以出院了。看着蒋美抱着大双神情落寞地离开，我也难受。可她才出院，医患和协办便让我们配合做事故调查。

除了当天负责接生的医生、护士，给蒋美麻醉的医生和参与抢救的新生儿科医生，都被约在了医患和谐办。产科历来是医患纠纷的高发地，所以我们也成了这里的常客。

蒋母要照看产妇和新生儿，母女俩没有到场，其余家属都来了。家属一上来就指责医生，陈熙的父母尤为激动，陈母一开口便哭个不停，说："每次产检都没有问题，好好的双胞胎，怎么就只得到一个？"

李承乾详细讲述了当时的经过，当着这家人的面还原了每次医患沟通时夫妻的意见。在产前、产时、产后所有的时间节点里，都有相应的医患沟通记录，白纸黑字记录着夫妻二人的意见。小双的悲剧完全就是人祸。

"这些字是我们签的。可是我们又不学医，你们讲的那些细节和可能的风险，我们怎么可能都懂？如果你们斩钉截铁，当时说必须剖，而不是不剖可能会怎么样，我们也不至于被耽误了！"

几天不见，陈熙憔悴了很多。他盯着李承乾和谭一鸣，眼里满是怒火："你们后面做了倒转术。既然可以做内倒转，为什么先前一直反复跟我们提做剖宫产的事情？看我们实在不愿意剖，拖到最后孩子快死了才做内倒转。如果你们早点有所作为，我孩子也不会这样！"

听他这么说，我们自然是气不过的。那天在产房门口，我们反复给他做工作，他都是一副油盐不进的态度。要不是主任棍棍打在他的七寸上，他估计要确定小双已经死在腹中才会同意剖腹取子（孕晚期出现死胎，产妇无法正常经阴道娩出死胎，需要做剖宫产手术取出死胎）。

"孩子存在脐带绕颈，宫内倒转在当时也有相当大的风险。我举个例子：一个人被困在潜水艇里，氧气一点点耗尽，脖子上还被缠了绳子。当下最好的救人方法就是把潜水艇打开，把整个人平挪出来，这样的风险最小。可是潜水艇的管理员坚决不让这么操作，救生员只能退而求其次，从另一个狭小的救生通道把人拖拽出来。可这个人的脖子上还缠着绳子，在拽人出舱门的过程中可能给他造成严重的致命性损害。救生员已经反复警告存在风险，可这个潜水艇管理员坚决不开舱门救人，按照当下的法律，救生员也不能违背管理员的意志！"

李承乾历来擅长打比方，将复杂的医学术语转化成形象的画面。

陈熙一时语塞。他一直知道这个悲剧从孩子还是个胚胎的时候便已经产生了。这些天他感觉到，这个世界上最让人压抑和窒息的情绪便是愧疚。这些天他一闭眼脑中就全是浑身插满管子的小双，而在他清醒的时候，大双不断啼哭，也像在提醒他：大双原本是有个同胞兄弟的。

这些天，他无时无刻不在受煎熬，面对精神恍惚的妻子，他痛苦到不能自持。这样的悲剧总得有人承担结果，这让人压抑、崩溃的情绪也迫切需要一个宣泄口。

是的，都怪那几个医生。他又不懂医，医生说什么就是什么，就是他们的不作为导致了小双的死，该承担责任的是他们！有了这样的宣泄口，他忽然没那么憎恨自己了。

"那也是你们明知道脐带绕颈，还要做倒转，就是你们强拉硬拽，

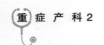

宝宝才会被勒死！"红了眼的陈熙依然穷追猛打，不依不饶。

我一听也来气了。陈熙简直是个无赖。我正欲发作，谭主任示意我先不要说话。他知道我一激动就口不择言，这样解决不了问题。

谭一鸣语气温和，没有一点据理力争的架势。他说："我当时和你说过，胎儿已经存在严重的宫内窘迫了，而且还伴随胎盘早剥的迹象，横位的孩子很难自然娩出。在那种情况下，我不冒险做倒转术，孩子的结局也是一样的。而且胎盘早剥同样会让产妇面临巨大的风险。"

蒋父始终没说话，时不时叹口气。陈熙的父母到底还是明白人。事情发生时他们不在场，可他们已经在医生和儿子的对话中搞清了事情的原委。陈父低着头不再说话，陈母还在小声抽泣。

我手里一直握着那支录音笔，里面清晰地记录着陈熙的原话："反正我不愿意剖，各人有各人的命。"录音一放，就真相大白了。我几次向主任示意手里的这张王牌，谭主任却都在摇头。

从医患和谐办出来时已到了午饭时间，我们三人径直走向食堂。

吃饭时，谭一鸣见我一副欲言又止的样子，他笑了笑，说："我感觉陈熙这么做，其实更多的是在找一个发泄口。我跟陈熙接触不多，他为什么不想要这个孩子，我没深究。孩子没了，他发现自己过不了良心这关，接受不了自己是害死亲骨肉的元凶。他找医院闹，倒不是真的要索赔，更像为了转移他这些天的自我攻击。我看他人已经虚脱到变形，想必实在难熬吧。我看他那样，心里也怪不舒服。如果他这样闹一闹，能发泄出来，其实也好。"

李承乾给主任提了一下蒋美投资失误导致家庭失和的事情。谭主任听完直摇头，说："我们父母那辈人，穷得饭都吃不上，可各家各户生怕生的孩子数量少了。"

李承乾也说了他的顾虑。蒋美投资失利，一家人陷入经济危机，不知道这次会不会借着小双的事情狮子大开口。

谭一鸣劝他不要担心太多。这本就是家属自己的选择，构不成医疗事故。真的上了法庭，再拿录音证据也不迟。但是小双毕竟没救回来，医院秉着人道主义原则，多少会赔付一点，给这对夫妻一点安慰。

杨淑敏和蒋美是同一天住院的，也是同一天分娩的。杨淑敏做剖宫产，又是有糖尿病的高龄产妇，出院自然没这么快。每次去查房时，她的丈夫都在娴熟地哄娃、换尿布。照顾新生儿是非常辛苦的事情，可从沉浸在天伦之乐的夫妻俩的脸上居然看不到丝毫倦意。

晚上回家后，我将这些天遇到的病例整理出来，写了一篇《关于双胎那些事》。我科普了孕育双胎对母儿可能存在的风险，并详细地分析了如何选择分娩方式。

前阵子因为闹得沸沸扬扬的"男婴死而复生"事件，"白衣小夏"的身份被曝光了。一直关注我的粉丝觉得事情蹊跷，他们心中的"白衣小夏"专业扎实，不可能犯如此离谱的错误。而更多的吃瓜群众因为好奇也开始关注"白衣小夏"。在事件彻底反转后，"白衣小夏"的流量呈指数级增长。一些平台也看上了"白衣小夏"的商业价值，纷纷抛出橄榄枝。连一些母婴用品和月子中心也都发出邀约，希望和我合作。

我接到母亲的电话，她让我和杨成宇回家吃饭，并让我一定不要再拒绝了。父母打算回新疆，在他们离开这里前，一家人坐下来一起吃一顿饭。

我拒绝了。我不想再和父亲有任何交集，并告诉母亲我和杨成宇已经分手。母亲一听就急了："是不是前段时间杨成宇的妈妈来过？他妈妈对你不满意？你这孩子，从小就性格强势，即使在长辈面前也从来不懂收敛。我是你亲妈，你再怎么折腾，我忍一忍也就过了。可婆子妈就不行了，你得哄着。你赶紧收敛一下自己的性子，回头给他妈认个错，和小杨好好过日子，小杨是个好孩子。"

每次和家人沟通，我都痛苦不已。我在母亲眼里永远都这么糟糕，

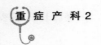

只要出了问题，一定是我的错。"误判"婴儿死亡是因为我业务差，做事毛躁。和杨成宇分手是因为我性格古怪，难以让长辈接纳。横竖都是我的错。我自然不想再和母亲解释，我当初和杨成宇恋爱也只是为了让她安心。

我平静地告诉母亲，和家人相处的每一天我都心力交瘁、痛苦不堪。我已经交了辞职信，月底就会离开这个城市。房贷我会继续还，他们安心住着就行，也请他们以后不要再来打扰我。

母亲这下更急了，她劝我不要冲动，我喜欢这份工作，喜欢这个科室，没必要因为他们就辞职。母亲解释，她在新疆生活了快三十年，早就完全习惯了那边，她已经把那里当成家了。团部现在又提供房子了，他们回去也有住处。这一年多，她夹在丈夫和女儿之间两头受气，整天觉得像在走钢丝。现在我们父女俩彻底成了仇人，她再也没有办法调和了。

母亲告诉我，她回新疆的车票都买好了，大姑也托关系帮他们联系了团场的房子。末了，她有些为难地对我说："回去虽然有房子住，可回去重新置办东西还得花钱。我买了车票之后就再没一点钱了……"

这一年，母亲一直在棋牌社打工，为了多赚些钱，把另一个人的活也接了下来。棋牌社包了一日三餐，她每个月还有一些退休工资。另外，水电费、物业费以及平日里很多花销都是由我承担的。母亲告诉我，父亲把工资卡都交给她了，他们要攒钱给我做嫁妆……

家里糟糕的财务状况母亲终究瞒不住了。我却有些释怀，父母一直穷困的原因还真不是养育了我。我被迫背了很多年的包袱终于可以放一放了。多年来，父母像复读机一样不断在我耳边说的"我们辛辛苦苦全是为了你"，终于可以不再困扰我了。

我的副业收入已经远超主业收入。我已经不再缺钱了。我给母亲转了五万块钱让她安家，还给父母报了一个去海南的旅行团。父母活了大半辈子从没坐过飞机，更没见过大海。我一直想带母亲出去玩，可母亲忙着填补父亲的亏空，不敢休息一天。

在我很小的时候，父母告诉我，我只要好好学习，以后就可以让他们过上好日子。这就是我早年不断鞭策自己的动力。可我终究没能让母亲过上好日子。

我在微信上看到母亲一路更新坐飞机、住酒店、去海滩的朋友圈。她和父亲一起看完《千古情》的演出后，激动得像孩子一样给我汇报。我忽然有些心酸，现在我明明有能力了，却没有让母亲过得更好一些。我因此更怨恨父亲，都是因为这个男人的存在，让我和母亲这半生都不知道幸福到底为何物。

父母从海南回来后，我还是拒绝了母亲一家人一起吃顿饭的提议。不管是见面还是通话，父亲总会让我痛苦不已。我不会再违背自己的意愿来成全母亲的心愿。

父母临行前，我单独和母亲吃了饭。母亲对将要回新疆很兴奋。北方的冬天有暖气，不像这里阴冷潮湿，她的老朋友等着她一起跳广场舞。我知道母亲故作轻松，不过是为了让我能安心留在这里工作。我们母女之间始终有嫌隙，可母亲做一切都是为了我好。我一想到我们母女又要分别，不知什么时候还能再见，鼻子一酸，像小时候那样趴在母亲怀里哭。母亲安慰我，说孩子长大了总会和父母分开。她这辈子就我一个孩子，比谁都希望我能过得幸福，可总是用不对方式……

谭主任早就把那封辞职信扔了，他对这件事闭口不谈。我在科室里还像往常一样安心工作。父母离开一个多月了，我都没有搬回半岛雅居。我总觉得是自己的自私冷漠赶走了父母。对他们，我到底是有愧疚的。

我回家那天，发现屋子被收拾得很干净。我走进次卧，里面很空旷，父母搬走时把他们的衣物都带走了。飘窗上有一盆母亲种的芦荟，很久没浇水了，可依然顽强地活着。

父母又回去种棉花了，虽然这些年从播种到采棉都可以机械操作，

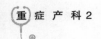

可这个岁数还在务农，也着实辛苦。我的收入已经算不错了，可我还"放任"父母辛苦地"自食其力"。

"各人有各人的命"，我想起那天陈熙在产房门口的这句话。我和陈熙一样，面对自己的血亲，我们都是有些冷血的，可我们却没有冷血到心安理得。愧疚感的确是人类最不愿面对的。父母离开了一个多月，我却连回家的勇气都没有。

王珏的预产期到了，她住进我们产科待产。国家对感染了这类传染病的患者一直采取"四免一关怀"政策。感染者吃的抗病毒药物都是免费的，但免费药只保证常规治疗，更好的药物还得自费。王珏上次住院的时候便自费选择了一种静脉输入的快速降病毒的药物，也就两个半月的时间，她体内的病毒量已经被控制在一个很低的水平了。她肺部的病变早已控制住，这次入院，她的精神状态也挺好，和普通准妈妈没什么区别。

这次入院，王珏的丈夫和双方的父母都来了。我看到王珏的入院信息那一栏里，婚姻状态仍是已婚，而不是离异。看到她的婚姻仍然是存续状态，我不知道是该为她高兴，还是为她难过。

综合考量后，科室还是给王珏做了剖宫产。这不是我第一次参与HIV感染者的手术，全程做好了防护，我们也没觉得紧张。孩子被顺利取出后，新生儿科第一时间给孩子做了抽血检测以及病毒阻断。是个漂亮的男婴。看到是HIV抗体阴性，我们总算松了口气。这个孩子在母体中遭遇大难，却是个非常健康的新生儿。想到王珏孕期的遭遇，我感慨这孩子生命力的顽强。

我每次去查房，看到这一家人时，总觉得十分别扭，但他们看上去也是"无比正常"的一家三口。

我无奈地摇头。婚姻的包容性远超我的想象。

　　小石头的事情过去快3个月了。这天下午，我去儿科病房看小石头，他跟同月龄的孩子相比，身体要柔软很多，像个没有脊柱的软体动物。小石头的觅食反射和吸吮反射都非常微弱，对声音、光线等刺激几乎没有什么反应。

　　可就是这样的小石头，原本没机会生存下去的小石头，当时却在父亲怀中动了一下。石头爸又选择积极抢救，小石头的命运被改写了。

　　看到现在的小石头，有那么一瞬间，我希望医院能够败诉。因为现状对他和他的父母来说，都太残酷了。

第四十一节
执念 ▐▐ ⊕

转眼间，父母离开天城市两年了。这两年里我没有再恋爱，一心扑在了工作和副业上。我顺利地通过了主治医师和在职研究生的考试，并成了科里最年轻的医疗组长。副业上，我更是全面开花。我早前做医疗科普，无心插柳，却给我带来了可观的现金流。刚到30岁时，我的个人账户里便已经有了超过七位数的存款，主业的收入反而成了零花钱。

我再也不会体验贫困给人的身体和精神带来的双重折磨，可我还像过去那样简单地生活着。我依旧乘坐地铁通勤，不喜欢奢侈品。收入的大幅增长也让我更加注重财富管理，这两年基金股票也给我带来不错的收益。

这些我都没有告诉父母，只是习惯了时不时给他们打钱、买衣服、买礼物。这两年，父母种棉花也挣了一些钱，我又添了一些，父母便在团场买了自己的房子。母亲激动万分地给我打电话，说她这一辈子终于有自己的住房了。我笑了笑，说原来我们一家人的潜力都那么大。两年前我彻底放弃了改造父亲和拯救母亲的幻想。我们边界清晰，不再相互纠缠。

在夏家人的眼中，我赶走父母的恶劣行径再度坐实了我的冷酷无情和六亲不认。父母走后，我便将门锁换成了指纹锁，不会再给夏家人随意上门的机会。小叔卖掉了他在天城市的学区房，可听说，卖掉那套房还掉之前的赌债后，他又欠下不少新债。我和夏家人划出的"楚汉河界"，让小叔断了找我借钱的念想。

这两年我的"疯病"也再没有发作过。我再度体验到情绪健康、身心畅快的滋味，这种滋味过于美妙。

母亲回来看过我，我们相处时仍然会闹别扭，母亲明里暗里指责我对父亲太无情。可我一点都不介意，只是哼着小曲"往事不要再提，人生已多风雨"。现在的我只想轻松快乐地做自己。

母亲回来时，我申请了年假，我要带母亲一起旅游。出发前，我看着母亲往行李箱里装老干妈和方便面，忍不住乐了。

有一年我去桂林玩，临行前在医院食堂的小卖部买了很多方便面，恰好被李承乾看到了，他问我买那么多方便面干吗，我说景区的食物又贵又难吃，所以准备点方便面。

李承乾像看外星人一样看我，说："你是去外面旅游的，又不是去外面逃荒的。旅游不是去景点看个景拍个照就完事了，领略当地的人文风土和美食也是重要项目。你在产科工作，老谭可从没有克扣过你的奖金。你怎么就不能理直气壮地对自己好点？"他边说边笑着让小卖部的阿姨把这些还没结账的方便面放回去。

听了李承乾的建议，我没有再带这些累赘的东西。到了桂林后，桂花糕、啤酒鱼、竹筒鸡等特色食物我都尝了个遍。如果不是临行前听了李承乾的劝告，我既往的思维模式会让我在宾馆里吃泡面，无缘当地的美食。在这之前，被穷养的我，不知道原来我可以对自己好一点。

我把母亲刚刚装进去的食物拿出来，对母亲说："你女儿已经不缺钱了，出去玩就是图个轻松开心，多带点漂亮的衣服，方便拍照就行。"然后，我学着李承乾的样子对母亲说："对自己好点。"

二十分钟前，我接到产科门诊打来的电话，一个凶险性前置胎盘的孕妇要被收入院。这个孕妇三年前在我们科住过院，住院期间出现过医

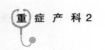

患纠纷。

产科历来是非多。住院期间，无论是母亲还是孩子出现了不良结局，都会导致纠纷出现。这些年，科里有过医疗纠纷的孕产妇还真不少，王雪梅前些天才遇到一起纠纷。她主管的一个孕妇在产检时没发现胎儿有问题，可是孩子被剖出来后，她才发现孩子存在轻微的颅骨凹陷。她和家属解释，孩子本来就存在这个问题，只是先前产检时因为胎儿的位置，没有发现而已。可家属硬说是医疗行为导致，当时就封存了病历。这家人一天到晚都找她讨说法，她最近都不怎么回办公室了。

我好奇，为何这名孕妇在三年前就已经和我们科发生了纠纷，这次生产还要选在我们医院。因为一旦产生医患纠纷，这代表着双方的信任也彻底崩裂了。

当看到刘顺顺被家人用轮椅推到护士站时，我愣了一下。她果然还是怀了三胎。

为了杜绝医生收患者时"挑肥拣瘦"的现象，在正常的工作日，我们都是按照顺序来接诊。这意味着，我要再次成为刘顺顺的主管医生。

我暗叹，还真是冤家路窄。

这家人显然也认出了我就是刘顺顺前次入院的主管医生。不过让我意外的是，当年对我横眉立目的一家人，此刻对我格外热情、友好，好像三年前的激烈冲突从未存在过。

我也热情地招呼着孕妇和家属，恭贺对方家里又要多一个新成员了。

我不疾不徐地翻阅着刘顺顺的产检资料，的确是凶险性前置胎盘：胎盘种植在上次剖宫产的子宫瘢痕上，不但穿透了整个子宫肌层，从磁共振上看，连膀胱都被侵犯了。她的胎盘简直和恶性肿瘤一般恐怖，生产的时候稍微出点岔子，大人、孩子都完了。

的确够凶险。

"她这种情况，要兼顾母子安全，自然顺产是不可能的事情了。

这个手术很难做，和上次单纯的剖宫产完全是两个概念，到时需要介入科、泌尿外科一起参与，而且术前、术中、术后都有可能出现难以控制的大出血。"我看着李响，说，"如此凶险的高危妊娠，趁现在还有机会，你们赶紧考虑一下要不要换家医院，最起码换一个主管医生。"

倒不是我对过去的事情耿耿于怀，而是刘顺顺这次的情况远比她上次生产危险得多。这样凶险的妊娠，即使联合多科室的力量，也难保万全。毕竟风险越大，发生医患纠纷的概率也越大。

我还记得三年多前，我被这家人逼得狼狈不堪。我当时反复解释自己做的每一步都遵循了医疗常规操作，可对方仍反复施压。后来科室做了很大让步，减免了不少费用，他们才满意地出院了。

可李响好像全然不记得当年的事情，他笑着对我说："夏医生，我们就是相信你们医院，才特意来的。我们也相信你，也难得这次你又是我媳妇的主管医生，对我们家顺顺的情况也更了解。你又那么负责。本来顺顺这个情况我还挺担心，但现在到了你们医院，又是你管床，我一下子就放心多了。"

我这回没跟着笑，我记得当年他气急败坏地指着我的鼻子，说他老婆倒了八辈子血霉遇到我这样的医生。

他笑得热情、坦然。我暗自分析他对我态度转变的原因，是当初科室出于无奈免除了部分医疗费用，让他心满意足？多年之后，他明白一次普通的剖宫产后遇到一系列并发症实属罕见，觉得当初错怪我了？

那次刘顺顺生下一个女婴，一家人没有半点新生命到来的喜悦，个个愁眉苦脸。刘顺顺更像犯了天大的错误，无论我去查房还是换药，都见她哭个不停。刘顺顺这次怀孕简直就像在肚子里安了个杀伤力巨大的定时炸弹，可一家人却好像都没意识到风险，一脸喜悦的表情，想必他们已经知道胎儿的性别了吧。

就这样，我再度成为刘顺顺的主管医生。

我安排了术前谈话，开门见山地指出刘顺顺需要再次做剖宫产。

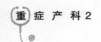

"她是完全性前置胎盘（宫颈内口全部被胎盘组织覆盖，会出现无痛性无诱因的反复阴道流血。发生完全性前置胎盘时，初次出血时间早，多在妊娠28周，出血反复且次数频繁，量较多，有时一次大出血即可使孕妇陷入休克状态），相当于胎盘把小孩出来的门完全挡住了，所以这次也要剖。"

这次我再提剖宫产，这家人倒非常爽快，不知是在产检中已经有医生反复向他们交代过此次妊娠的高危性，还是胎儿的性别终于使刘顺顺可以封肚了。

"单纯的完全性前置胎盘已经很让人头痛了，而刘顺顺的情况更麻烦。"为了方便家属理解，我拿出子宫模具，指着子宫下段说，"正常做剖宫产，就是选择从这里下刀。这里肌层薄，出血少。但很不幸的是，刘顺顺这次胎盘的位置不好，就附着在这个瘢痕上。由于这里血供少，胎盘要获得足够的营养，就要像树根一样往子宫里扎，这次胎盘把子宫下段全部穿透了。这种情况会严重影响子宫收缩，发生难以控制的恶性大出血，有时候甚至连切除子宫都不一定能保住母亲性命。

"做剖宫产手术，取了孩子就要剥胎盘，就像要把大树连根拔起。子宫下段不能有效收缩，压迫血窦止血，势必会有大量出血。不夸张地说，很可能就像喷泉那样喷血，几分钟失掉几千毫升血都是常有的事情。大量出血就可能导致严重的凝血功能障碍，进一步引起多器官功能损伤。过去在技术不算太成熟的情况下，由于出血太难控制，后续出现严重的并发症，有个别产妇整个救治费用可以达到七位数。"

"要花那么多钱！"一听到费用，李母立刻开始抱怨，"我当初就觉得她听话、实诚，才让我儿子娶她。她连生两个女儿，好不容易怀个儿子还要搞成这样。我们家这是造了什么孽？"

刘顺顺病情凶险，怕影响她的情绪，这一次的医患沟通我并没有让她参与。可是以她逆来顺受的性格，即使她在场，她的婆婆大概还会当着她的面说这些话。

　　已经是第二次打交道，我对这家人也算知根知底。李响一家都是潮汕人，前些年来天城市创业，开了一家工厂，家境还算殷实。虽然这家人已经在天城市定居，可"传宗接代""男尊女卑"的思想仍然非常严重。刘顺顺也不是本地人，她的老家也在一个重男轻女观念比较严重的地方。她两次住院我都没见过她娘家人，我这下算是理解什么叫"嫁出去的女儿，泼出去的水"了。

　　李响在桌子下拉了拉母亲的手，说："医生说了，那是在过去技术还不算太成熟的时候，现在肯定不会这样了。医生也说了，那是个别极端案例，又不是说顺顺这次生孩子也要花那么多钱。"安抚完母亲，他对我说："你们现在肯定也有比较先进的措施和手段了吧，毕竟你们医院的产科是市里最好的。我们也去过几家环境好得多的私立医院，可他们都不敢收，所以我还是相信你们。"

　　这个态度诚恳、一脸谦和的孕妇家属，和三年前指着我鼻子把各种难听话说尽的人，居然是同一个人。

　　我不想和这家人多客套，继续进入正题："孕妇现在34周了，我建议尽快手术，因为……"

　　李母再次打断我："孩子还小，现在就出来，不成早产儿了吗，多等等不是更好一些吗？"

　　"孩子现在34周了，虽然属于早产儿，但各器官发育得都相对成熟了。我打算在这两天给孕妇用上促胎肺成熟的药。虽然孩子取出来算早产儿，存在早产儿相关的一系列并发症，比如新生儿肺炎、脑瘫、呼吸窘迫综合征，但34周的孩子在我们这样的医院，救治难度不算大。所以不建议孕妇继续妊娠，因为孕周越大，胎盘植入会越严重，对周围组织的侵犯也越来越广。到时候手术更难做，保子宫也更困难……"

　　李母又打断我，说："子宫保不住，就不保！女人的子宫就是拿来生孩子的，几个娃都生了，留着还有什么用处？没了子宫以后还没了月事，也不会痛经了，这不挺好的吗？"

我再次感觉到，李母对冒着生命危险帮李家生孩子的儿媳充满恶意。我打量着屡次打断我的妇人。从着装上看，她倒也算得上体面。她的外套和皮包上有显眼的牌子，生怕别人不知道她穿戴的都是名牌。可她的面部皱纹很深，那双手更粗糙无比，二者都在无声地暴露着她的暴发户身份。

李母那双三角眼或许在年轻的时候看着还不算突兀，可随着年龄的增长和境遇的改变，眼里的凶恶和刻薄呼之欲出。

我感慨，女人何苦要这样为难女人。同为女性，不是更应该天然地理解生育的不易吗？过去她也是这样被她的婆婆对待的吗？现在她也终于多年的媳妇熬成婆。

既然家属只顾孩子，孕妇的身体，甚至生命在他们的眼里都这样无足轻重。我就拿家属的"软肋"谈："我就跟你们直说吧，别看孕妇现在啥事没有，可她这种情况，别说等到足月分娩了，就是这两天等着择期做剖宫产，她都有可能随时出现子宫破裂、羊水栓塞、大出血等各种产科急症！孕妇一旦出现这些情况，不及时处理就会迅速死亡。至于孩子，'皮之不存，毛将焉附'的道理就不用我解释了……"

我见李响母子都不说话了，便直接开始谈手术方案。

"孩子被娩出后，面临取胎盘的问题。前面我说了，这种情况势必会有严重的出血，所以我们会联系介入科，在剖宫产术前给她做一个腹主动脉球囊预置手术。"我边说边在纸上画出几条主要大血管的走向，"介入科会从股动脉这里将一个小球囊安装在腹主动脉，不打气时，不影响阻断平面以下的血供，就像预先安了个开关在腹主动脉里。介入手术完成后，马上把孕妇送到手术室做剖宫产手术。等孩子取出来，准备剥离胎盘时，医生会给这个球囊充气，短暂阻断腹主动脉血流，可以大大减少术中出血。子宫的血供被有效阻断后，手术视野也会清楚很多，医生就不用在一摊血里瞎摸索了。后续剥离胎盘，缝合子宫，修理膀胱也变得相对便捷了。安置了这个球囊，可以使产时的出血量大大减少，对凶险性前置胎盘的产妇来说，这个球囊是救命神器。

"但球囊预置手术是有相应风险的。安置主动脉球囊，可能会导致血栓、气栓、血管壁剥离等，这些可能致使肢体栓塞，甚至有危及患者生命的可能。而且如果阻断时间过长，造成相应部位缺血太久，有可能造成脊柱动脉缺血，严重时可能瘫痪，也有可能出现双下肢缺血性损伤、血管夹层等，连截肢的可能性都有。"

我看到家属脸色有变，继续解释："我们科每年会收不少凶险性前置胎盘的孕妇，需要和介入科合作，手术我们已经做得非常成熟了，有风险不代表就会发生。"

"你说的这个介入手术，是不是有辐射？"李响提出了疑问，可他关心的依然只有孩子，"是不是孩子也会受到辐射？"

李母也忙着追问："还有没有其他方法？感觉这个安球囊的手术也挺危险，我不想让顺顺冒这么大的风险。"

虽然我已经给出了最理想、最适合的方案，但这的确不是唯一的选择。孕妇和家属都有充分的知情权，我要继续做相关的解释工作。

"鉴于刘顺顺的这种情况，剖宫产大出血几乎是不能避免的。孩子取出后，我们可以尝试采用子宫压迫缝合、结扎子宫动脉等方法，但这样的操作可能造成子宫缺血、感染和坏死。如果后面出血还是很严重，需要做子宫动脉栓塞术。如果这些方法都用了，还是没办法止血，那就要再次开腹，切除子宫。"

"说了那么大一堆，孩子取出来，直接切子宫不就行了吗？生了几个孩子的子宫还留着干吗？"李母有些不耐烦了，她听我说了一大堆，感觉没有一个是省心的方法。说来说去，最关键的还是在取胎盘这关，医生要想办法保住儿媳的子宫。

"中国人历来讲究身体发肤受之父母。有保子宫的机会，就别总想着切。好歹你儿媳为李家延续了香火，这样'卸磨杀驴'好像有点不仁不义。"我知道这样的话会触怒家属，但我全程微笑，让他们"伸手不

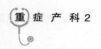

打笑脸人"。

"而且孕妇的意见也很重要，如果刘顺顺也要求直接切子宫，我们会尊重她的意见。"

我见家属没表态，便顺着这家人"多子多福"的思路沟通："你们可能也听说过，有些女的结婚一直怀不上，药没少吃，各种检查也没少做，最后实在没辙，只能做试管婴儿。可说来也怪，别看她们怀第一胎特别费劲，可生过一胎后，怀老二倒顺利得多。有的人前面老生女孩，可有时候一怀上男孩，后面再怀的可能也是男孩了。"

李家马上就要有三个孩子了，可相信"多子多福"又不差钱的李家人，再多个儿子也是锦上添花的事。

果然，李家母子俩都动心了。

这次并不是正式的术前谈话。刘顺顺是高危孕妇，既往又和我们科存在纠纷，我必须反复给家属打预防针。刘顺顺一看便是个没思想、没主见，更没家庭地位的妇女，她连对自己身体的最基本的决策权都没有。

或许丈夫和婆婆都没有逼着她去生儿子，可只要有人不断给她灌输"女人不生儿子就是对不起夫家"的观点，她会比丈夫和婆婆更心急火燎地去生儿子，冒死都可以。

刘顺顺像猫舍用来繁育的母猫，在被压榨完生育价值后，等待它们的往往是被无情抛弃的结局。而这些被圈养的、没有一点生存技能的猫，一旦被猫舍抛弃，等待它们的便是穷途末路。刘顺顺赖以生存的，便是她的子宫。

比起猫，刘顺顺应该会好一些吧，毕竟孩子不能没有亲妈。而且有了儿子作为保障，她也能"母以子贵"。子宫对她来说，是最好的保险。没有子宫的刘顺顺该有多么惶惶不可终日。如果她的儿子日后有个闪失，她怎么办……

一个女人沦落到只有生育价值，而一旦她没了子宫，我可以想象，等待她的将是狰狞的未来。

刘顺顺的各项检查都已完善，她的手术被安排在周三。我和手术室、介入科、输血科、新生儿科、泌尿外科都联系好了，一切准备妥当，就等着周三一早手术了。

周二晚上是我值班，凌晨两点值班护士给我传来噩耗：刘顺顺出血了。我立刻冲到刘顺顺的病房，只几分钟的工夫，刘顺顺就已经躺在血泊里了。我心想，完全性前置胎盘的孕妇最怕出现大出血，她还有几个小时就要做手术了，怎么偏偏在这个节骨眼上大出血了？夜间医务人员少，各科室人员也远不如工作日的白天好调动。平诊手术瞬间变成了急诊手术。

刘顺顺保留子宫的意愿强烈，一家人同意先做腹主动脉球囊预置术，再行剖宫产的方案。可她现在出血太厉害，不一会儿，她的血管已经开始塌陷，再去做介入安装球囊会花费不少时间，孕妇和孩子都耐不住这样出血。失血造成血管塌陷，也会导致球囊不能顺利放入腹主动脉。我们医院没有杂交手术室（可同时做介入手术和外科手术的特殊手术室），来回搬运孕妇会耽误时间。刘顺顺没机会做腹主动脉球囊预置手术了，在给她补液、输血抗休克的同时，我告诉这家人："情况有变，需要紧急调整方案，直接做剖宫产，术中根据情况看能否保留子宫，毕竟人命第一。"

李家母子同意这个方案。刘顺顺被送到手术台。为了更快手术，麻醉师决定直接给她上全麻。刘顺顺已经戴上了供氧面罩，她眼巴巴地望着我。我知道她的意思，握了握她的手。她很快便失去意识，麻醉师也立刻给她做了气管插管。

手术开始了，孩子很快被取出，是个男婴。新生儿科的医生早已到位，在完善初步的复苏后，便将孩子带进了NICU。

孩子取出后，邢丽敏便结扎了刘顺顺的子宫动脉并捆绑住子宫，她

下身的出血开始明显减少，可这次手术最难的地方还没开始。

刘顺顺子宫下段的血管怒张，像蚯蚓一样盘成一团，稍一触碰就会喷血。没有腹主动脉球囊阻断大血管，徒手剥离胎盘的风险太大。刘顺顺三年前做过剖宫产手术，存在腹腔粘连的情况，切除子宫虽然有损伤邻近脏器的可能性，但在此刻是相对安全可行的方案。

还有一种方案，便是胎盘原位保留：这次手术不取胎盘，孩子取出后直接缝合被切开的子宫。术后联合米非司酮以及甲氨蝶呤让胎盘自行吸收或者排出。但整个过程非常漫长，保守治疗期间仍有可能出现大出血，且容易发生宫腔内感染，甚至诱发败血症、弥散性血管内凝血，这都会危及患者生命。赵婉芸便是严重的宫腔内感染导致多器官功能障碍，最后为了保住她的性命，医生不得不切除了她的子宫。

邢丽敏看了我一眼，没说话。可我知道她的意思。切子宫虽然也有风险，但比起保守治疗，效果肯定是立竿见影的，没有那么多后患。

刘顺顺的家人就在手术室外，我脱了手术服，到手术室外和家属沟通。我把术中的情况告诉李家人，坦言直接剥离胎盘基本不可能。我知道只要如实告诉家属两种方法的利弊，家属肯定毫无悬念地选择直接切除子宫。想到刘顺顺屡次三番央求我帮她保住子宫的样子，我决定最后一搏。

我再次跟家属强调了切子宫的风险，最大限度隐去了保守治疗可能存在的一系列并发症，并再一次打出"刘顺顺此次诞下男婴着实不易，为李家立下大功"的感情牌。

在我的诱导和催促下，家属签字：要求原位保留胎盘。

邢丽敏有些意外，家属居然做了保留胎盘的选择。邢丽敏让巡回护士到药房取来了甲氨蝶呤，直接注射在胎盘上，算首次靶向给药。

邢丽敏将药物多点注射在胎盘后，我和住院总协助她给子宫做了加压缝合，并在宫体上注射了欣母沛。

术后的刘顺顺被送到了重症监护室。

我给NICU打了电话，得知刘顺顺的儿子情况还算不错。这个晚上总算有惊无险。

刘顺顺在重症监护室观察了一天后便被转回了产科病房。她术后继续用米非司酮联合甲氨蝶呤治疗。甲氨蝶呤是一种化疗药物，为了减少药物副反应，我们决定靶向给药，在超声引导下，经腹腔穿刺至胎盘组织，注射甲氨蝶呤。

术后的第一周，刘顺顺没有出现大出血。我紧绷着的心总算放松了一些。可在第九天的时候，刘顺顺却忽然发烧了，我想不会是宫腔内感染吧？产妇死亡最常见的两大原因，一个是产后出血，一个就是产褥感染。刘顺顺躲过了出血关，难道要栽在感染关了？

我紧急给她抽血复查感染指标，并同步取了些宫腔内的分泌物。听到家属不断抱怨，我开始后悔当初帮她把子宫保下来。她家属说的对，横竖她都没生育需求了，我何必多此一举？

结果还不错，是虚惊一场。刘顺顺发热的原因就是普通的上呼吸道感染，在加药的第二天便没发烧了。

在术后第十四天，刘顺顺已经排出了大块的胎盘组织。我这才松了口气。这天去查房，我和她们一家半开玩笑，我和她也算有缘，这回她真给力，没再像上次住院那样意外频发，让我头发都愁白了。

我想起早前谭一鸣给我的意见，我在很多医疗行为中过于感情化和情绪化，这一点，这两年倒一直没变过。

刘顺顺和儿子同一天出院。出院那天，她的两个女儿也来了。

看到她的小女儿时，我感到有些亲切。三年前，是我把她从母亲的肚子里拽出来的。我记得这个孩子出生时有8斤多重，属于巨大儿。她出生时哭声嘹亮，四肢有力，是个非常壮实的婴儿。可现在的她，个头比同龄的孩子要小一些。她好像过于安静了，全程静静地站在姐姐身边。

所有的大人都围绕着她的弟弟转。这个3岁小女孩眼巴巴地望着沉浸在巨大幸福中的家人们。孩子果然天然地就跟妈妈亲，虽然一家人都抢着抱，可都没亲妈抱着好使。此前我也从来没在刘顺顺的脸上见过如此幸福的笑容。

　　家属开始办理出院手续，并忙着收拾各类物品，这些都是刘顺顺的丈夫和公婆操办的，而她只负责全程抱着孩子。不知过了多久，小女孩拉了拉姐姐的手。姐姐应该也就五六岁，可格外成熟乖巧。她牵着妹妹的手，向走廊尽头的售卖机走去。

　　全家没有一个人留意到，两个女孩已经离开了病房。

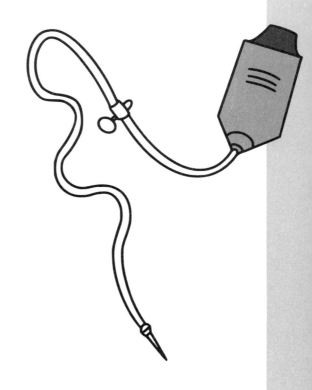

重 症 产 科 2

绑架
神迹
故人

—————— 第十三章 ——————

第四十二节
绑架

考过主治医师后，我便有了出门诊的资格。我正在给一个羊水过少的孕妇交代注意事项，可就在这时，一对母女直接推门进入诊室。

见诊室里还有其他孕妇和家属，这对母女显得有些拘谨。女孩的母亲犹豫了一下，便开口："医生，你能先给我女儿看病吗？走廊里人多，空气不好，我女儿没办法一直在走廊干等着。"门诊每天都有想插队的人，插队的理由五花八门。

那个手握一大堆检查单的年轻女子，像一个误闯了老师办公室的学生，难为情地低着头。她双手不自觉地卷着一大卷检查单。我看到她的手，她的手指头有些别扭，指节末端明显膨大增粗，是典型的杵状指。这是长期慢性缺氧的表现之一。

她察觉到医生一直盯着她看，便抬起了头。我看得出，她还很年轻，可整张脸却没有与之相应的好气色，嘴唇还有些发绀。

这个叫李晓婉的姑娘之前在妇幼保健院做产检。那边的医生告诉她，她有艾森曼格综合征（一组先天性心脏病，后期形成肺动脉高压，造成肺循环血量减少，未经氧和血液进入体循环，而出现皮肤、黏膜发绀，各个脏器供血不足、供氧不足表现）、重度肺动脉高压，这皆属于妊娠禁忌证。医生建议她趁着胎龄小，心脏负荷还没那么大，早点引产。所以她们要换家医院再咨询一下。

"我的意见和保健院一样，你的肺动脉压都109（mmHg）了，血气分析提示氧分压才60（mmHg）多，艾森曼格综合征、重度肺动脉高压，这是妊娠禁忌证。我建议现在就住院，这孩子没法要。"

"医生，你们能不能再想想办法啊？"李晓婉再度抬头，这一回她鼓足了勇气，没有了刚进诊室时的扭捏，"我真的很想要一个孩子。"

我没有直接回复，只是反问："你现在是不是很累？看你脸色不太好。"

李晓婉点点头，说："可能是走廊人太多吧，空气不好，我有点头晕，呼吸不太顺畅。"

我怕过于正式的用语会吓着这个有些腼腆的姑娘，我笑了笑，说："可是你妈妈感觉就还好。"

"我以前长期干农活，还喂了好多猪，身体好着呢。"李母也跟着笑了起来，不像先前那样拘谨。

我切入正题："现在孩子还非常小，就是一个胚胎，没什么消耗，你的心肺负担就已经很大了，没那么多氧气供自己用了。等孩子长大了，等于把原本就不宽裕的心肺储备，强行分给两个人来用，对大人、对孩子来说可能都要命。孩子胎龄越大，你心脏的负荷就越大。"

"大夫啊，我女儿这个孩子来得很不容易。我女儿做梦都想要一个自己的孩子。我女儿之前也怀不上孩子，去年在妇幼保健院做了宫腔镜手术，又调理了好久，这才怀上。"李母仍然没有意识到终止妊娠的必要性，仍在强调女儿强烈的生育要求。

对这种健康意识淡漠的孕妇，我历来没什么耐心："她这个病本来就不适合怀孕，怎么还专门去做了宫腔镜呢？"外面还有很多等得不耐烦的孕妇和家属，我自然没有工夫反复给这对母女解释尽快流产的必要性。我想用医生惯有的严肃和冷漠态度，迅速结束这次医患沟通。

"母亲有这种疾病，身体长期缺氧，这会对胎儿的发育造成影响。

继续妊娠，可能会造成孩子智力低下、脑瘫、发育迟缓等问题。妊娠后期，随着孕妇子宫增大，回心血量也会进一步增加，心脏的负担也会进一步增大。孕妇会出现严重的呼吸衰竭、心力衰竭，到时候大人、小孩可能都保不住！"

李晓婉开始抹眼泪，李母不住地安慰女儿。李母想帮女儿再争取一下，可她看我态度坚决，便不知道该说什么了。

"晓婉情况不是很好，孩子的事情可以再商量。"我把住院证给李母，说，"先去办住院吧。"

李晓婉去了住院部，李承乾成了她的主管医生。她一到病房，李承乾马上让护士给她吸氧。等她缺氧的情况略有改善，李承乾便告诉她，等她情况再好点了，就给她安排终止妊娠。李晓婉一听，立马让母亲给她办理出院手续。

可一个月之后，李晓婉和家人再次出现在谭一鸣的专家门诊。

谭一鸣避开了李晓婉殷切的眼神，将注意力放在她那堆检查单上。他的回复还是和其他医生一样：禁忌证，就是绝对不允许的意思。孩子要赶紧拿掉，越拖越麻烦。

李晓婉一听就哭了："我就想生个孩子而已。我是有肺动脉高压，可我生病了就连怀孕做产检的资格都没了吗？我都怀孕16周了，跑了好多家医院，可没一个地方肯给我建档。就是犯了重罪的死刑犯，监狱发现她怀孕了都要给她生产的机会。我签生死状还不行吗？不用你们负责！"

谭一鸣见过不少因自身疾病不适合怀孕的女性，她们因为想要保全婚姻或是帮夫家"传递香火"冒险怀孕。她们心存侥幸，觉得医生只是为了吓唬她们，可当多家医院都是这样一个说辞时，她们意识到了其中的风险。有少数孕妇继续冒险妊娠，可孩子还没足月，她们便因为出现了严重的临床症状被送往医院。有些产妇在医院多科室团队倾尽全力的情况下总算有惊无险，而有些产妇在产下孩子后没有听孩子叫声妈妈的机会。他刚参与了天城市上一年的死亡产妇评审，其中一例死亡产妇就是肺动脉高压。

谭一鸣问李晓婉的丈夫的意见。他说支持妻子的决定。谭一鸣有些恼火，斥责他不把妻子的命当回事。

李晓婉的丈夫急了，他一急就有些口吃。他说那是妻子自己的意思，他结婚前就知道李晓婉不能生育，他们一家也接受这个事。

谭一鸣让李晓婉的父母过来面谈，之前每遇到不听劝的孕妇，他便直接做孕妇娘家人的工作，谁家的骨肉谁去疼。一听女儿继续怀孕风险太大，绝大多数父母都会想尽办法劝女儿放弃。

可李晓婉的父母却不这样。谭一鸣犹豫半晌后叹了口气，让李晓婉夫妻连同父母共同在产前保健手册上签字。一家人千恩万谢，可他始终眉头紧锁。他给孕妇一家交代了后续需要注意的事项，并将手机号留给他们。

再一次见到李晓婉时，我有些吃惊：她的保健手册是谭主任建的，后面每次产检评估也是他写的，这一回也是他将李晓婉收住院待产的。

这下孩子都快28周了，我还能说点什么？我感觉自己被这家人绑架了。对顽固的李晓婉，我始终做不到和颜悦色。去年医大附一院死了一个27岁的肺动脉高压产妇，那么多医生、家属苦口婆心地劝说，她还是坚决要生个自己的孩子。孩子是生了，可她产后因为肺动脉高压危象（各种因素突然诱发肺血管阻力增高，造成肺动脉压力在短时间内急骤升高，超过体循环的压力和主动脉的压力，导致严重的低心排血量、低氧血症，以及低血压、酸中毒的症状，甚至危及生命）一直住监护室，死之前连孩子长啥样都没看到。她的确感动了自己，却给医院和家人留了一大堆烂摊子。

晚上我值班，不时有孕妇家属来办公室咨询。我看到李父在办公室门外徘徊，显然是想找我说些什么。看到办公室一直有其他家属，他便耐着性子等着，直至确定没人了，才进了办公室，笑着和我打招呼。他

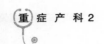

的笑容里有底层民众对"上层人物"的谦卑和讨好。

我太熟悉那种笑容,我就是在那样的环境里长大的。我心一软,拉出了椅子示意他坐下说。

"我这个女儿,命很苦。"才说第一句话,这个看上去五大三粗的汉子就有些哽咽了。

"我和她妈妈都是农村人,没什么文化,之前一直住在乡下。如果不是我女儿得了病需要钱,我可能一辈子都不会离开我们龙王村。"

说到这里,他取下那根一直夹在耳朵上的烟,在兜里摸索了一下,应该是要找打火机。可他一想到这里不能抽烟,便住了手。我这才注意到他的手,那双手粗糙无比,两只手上各少了两节手指,那缺了四节手指的双手看着让人心惊。

他见我一直盯着他的手看,笑了笑,说:"左手这两个指头,是2006年在建筑工地被砸坏的。当时包工头只给了点医药费,我休养了两周多,也没给误工费。这边的倒是划算的。"他又看着自己的右手,说,"这个是2012年在机械厂被绞断的。这次赶上'好时代'了,这伤没白受,走了工伤,评了残,除了医药费,厂里还赔了一笔伤残费。我女儿那次病情严重,肺上感染很重,在重症监护室住了很久,多亏了这笔钱,不然我女儿肯定已经没了。"

见我愿意听,他便说起了过去的很多经历。

他说:"我是个乡下人,没啥文化,初中都没毕业,一辈子也没啥能耐。这辈子最对不起的,就是我女儿。"

"我媳妇怀孕的时候,好多人都说怀的肯定是个小子。我当时还挺高兴,我就喜欢儿子。"说到这里,李父笑了笑,那笑容有点憨厚。

"我在产房门口等了老半天,护士抱给我看,说是个女孩。我当时还怀疑护士搞错了。说实话,我还是挺失望的。在乡下,传宗接代的思想很重,没儿子的家庭会被别人看不起。

"我女儿刚出生那几天,我气得饭都吃不下,在地里干活都浑身没劲。可过了几天，我也想通了，女儿就女儿，横竖都是我的种。关键是，这个女儿越看越乖，小胳膊跟糖葫芦串似的，身上还有一股子香喷喷的奶味。我女儿生下来过了一周多才睁眼，她每次一看到我就会咧嘴笑。"说到这里，这个粗汉子又笑了。

提到女儿时，他的眼里有无边的暖意。

"我女儿真的特别惹人疼，我越看越喜欢。从那之后，我每天从地里回来，第一件事就是把我女儿举起来。每一次我把她举高，她就笑得咯咯响。我们那里挺穷，年轻一点的人都去外面打工了。在家的人就靠那点田，再养点牲畜，一家人也能糊口。我真的不想到外面打工，我们村也有挺多在外打工的年轻人，孩子留给老人带。父母不在孩子身边，孩子跟父母长期见不着面，容易生分。

"穷有穷的过法。我就不买卷烟了，就抽那种花不了什么钱的叶子烟。麻将我也不打了，每天能看到老婆、孩子，我就觉得甜。

"我女儿身体一直都不好，一到冬天就老生病，老咳嗽，有时候严重了还喘不上气，小脸都能憋紫了。我们带她在镇里的医院看病，医生说这孩子体质差。我们夫妻一直没怎么往心里去，想着孩子大些了，身体就能好点。好多孩子小时候不都爱发烧、咳嗽吗。

"我女儿从小就老实，有哪里不舒服也不敢跟老师说。她12岁那年的冬天，老师让测试四百米跑，她当时还喘着呢，也不敢请假，就坚持跑。可才跑到一半，她就晕倒了。我们这才发觉不对劲，把孩子送到县医院。医生检查后发现孩子有先天性心脏病，心脏上有个窟窿，得手术，要我们赶紧去大医院。我们带着婉婉上城里，跑了好多家大医院，医生都是这个说法，要我们尽快手术。可手术需要不少钱，我们两口子那些年一直没什么积蓄，又赶上我丈母娘也得了病。为了治她的病，我们欠了不少钱，旧账都没还完，自然也没人给我们借钱了。

"我们两口子商量好，她在家里照顾女儿，再多养几头猪，我去外面打工。我一没文化，二没技术，想要挣得多一点，就只能下苦力。我到了广州就直接找建筑工地，干的全是些扛水泥、推砖头的力气活，几十斤的水泥，我一天最多的时候扛过几百袋。那会儿，工地上可不像现在，现在很多工地都是日结。我们那会儿啥都不正规，好多地方都是一年才发一次工钱。我那时候也听说了包工头年底跑路的事情，农民工辛辛苦苦干了一年，年尾了却拿不到工钱。可越怕什么，就越来什么，第一年我真的就没拿到工钱。

"我们二十多个人像野人一样，干了一整年，拿不着钱，心里急啊。那会儿通信也不发达，我们也不知道上哪里讨说法，最后就去报社、电视台堵人。最后，钱追回来了一些，可大头没拿着，我也只能认了。

"我给家里打电话，知道婉婉又住院了。那年，猪肉价格很低，卖猪的钱都抵不上买饲料的钱。我们两口子辛苦了一整年，挣的钱比往年还少，我当时那个恨啊。可我们工地的保安说，以后这种农民工拿不到钱的事情应该不会发生了，全国都在打击压榨农民工血汗钱的行为。听了保安大哥的这番话，我觉得又有了盼头，又没日没夜地干了一年。第二年年底，我终于拿到钱了，这一回有好几万。我媳妇这一年养猪也挣了点钱，手术费差不多也够了。

"我第一次见到那么多钱，就拿塑料口袋装着。我很激动，不愿去银行存卡里，晚上枕着那袋钱睡，才觉得踏实。那可全是血汗钱啊！那天晚上，我做梦都快乐醒了，我女儿有钱做手术了。

"那年头在春运时买张硬座火车票贼难，我们排了两天的队才买到站票。四五十个小时的绿皮车，人挤人很遭罪，可我想着都两年没见女儿了，激动得要命。还在候车室的时候，我睡着了。醒了之后发现我背着的蛇皮袋让人划了一个口子，我当时整个人都傻了，把那个大口袋里的东西全部倒在地上，一样一样翻，可那袋钱始终没找着。我当时气得倒在地上就哭，一个劲地号，觉得老天不长眼。明明那么多人，为啥老天爷就把我一个人往死里整。

　　"家自然回不去了。有个买不着票的人加了点钱把我的车票买走了。我一个人往珠江边走，当时就想着一了百了。这苦日子太长了，而且总感觉看不到头。可我一想到来这里打工，就是为了给女儿挣钱看病。我想不开，一下子跳江里了，我女儿怎么办啊？我在珠江边转了一圈，又回了工棚，只能从头再来呗。

　　"第三年春节，我总算拿着钱回家了。女儿三年没见我了，却一点没生分。她一看到我，就抱着我直哭，说爸爸受苦了。我哪里受得了这些，也抱着女儿，眼泪、鼻涕一直流。

　　"我们夫妻俩带着孩子揣着钱欢欢喜喜到了城里最好的医院，准备做手术。可医生再一次做了检查，说我们耽搁太久了，我女儿已经发展成那个艾什么格征了，反正是个洋名，好多年了，我也叫不上那个病的全名。只记得医生说，我女儿已经没手术机会了，只能平常多吸氧，还要吃药控制。如果最后吃药也不行了，那就得把肺和心脏一起换了。真是造化弄人啊。

　　"医生说，婉婉以后肯定会伴随肺动脉高压。医生还给我们打了个比方，因为肺动脉高压，她的心脏要把血送到全身，就不得不超负荷运转。医生还问我，平常在工地最累是什么时候，我说是扛水泥的时候。医生就说，婉婉以后歇着的时候也像我在工地上扛水泥，我扛累了，好歹能休息，而婉婉却二十四小时不停地扛，最后会心力衰竭，甚至英年早逝。

　　"得了这个病，婉婉平常的生活也受到影响。她平常总是没力气，走不远，更不能累着，稍微耗费体力的事情都不能去做。有时候病情严重一点，她爬楼梯、走路都气喘吁吁，有几次她在学校里还咯过血，晕倒过。

　　"周围人都笑我们把孩子养得太娇气，农村孩子被养成了林黛玉。可我知道，婉婉搞成这样，都是我害的。从医院回来后，我们夫妻俩抱头痛哭。女儿得了这个病，时不时就要住院，成绩自然也跟不上，初中读完她就没继续上学了，就在家里待着。我寻思，女儿得了这个病以后也没办法工作，肯定是我们夫妻俩养她了。以后女儿治病还需要不少钱，所以我还是去建筑工地，虽然累点，挣得还行。

"我们那会儿在工地，一帮大老爷们住在工棚，老婆又都不在身边，每次发钱了，总有工友要出去'潇洒'。他们总想拉我一起，但我从没去过。我也是正常男人，说没那个需求当然是不可能的，可我心疼钱。婉婉要吃的那个药，在广东买稍微便宜一些，我发了钱就买了寄回去。

"有一次，我买了药没来得及寄，带回去被工友看到了。他们笑着说：'看你平常挺老实，暗地里竟然还在吃这些药，还买这么多，看来是常客了……'我懒得搭理他们，也不知怎么去解释那个药其实是买给我女儿吃的，是拿来治疗肺动脉高压的，不是壮阳的……医生说有更好的药，叫波生坦，可我们吃不起，当年那玩意一盒要两万多块钱。所以那会儿我只能买'伟哥'。

"就这样过了好几年，婉婉的身体还不错，除了那次肺上感染了，住了次监护室。

"前几年，好不容易有个人来说媒。临村有个小伙子得过小儿麻痹症，腿脚不利索，不过小伙子人倒不错。他刚和我女儿交往的时候，我就跟他说了，婉婉有这个病，以后不能生孩子。可他说生不生孩子无所谓。两家人就把亲事定下来了。

"再说说药吧。后来波生坦的价格便宜了很多，婉婉就开始吃波生坦。那药效果挺好的，婉婉这两年能像正常人一样生活，我们挺欣慰。前年城里拆迁，终于拆到我们那里了，我们家的房子和地都挺多，天城市这两年房价也跟着飞涨，所以赔了我们不少钱。

"在工地和厂里的那些年，我时不时想着，要是哪天忽然发了大财，那些钱我该怎么花。可是这一天真的来了，我也没高兴两天。我们两口子大半辈子都节省惯了，这么多钱拿着也还真不知道该干点啥。我们就问女儿，现在家里有钱了，你想干点啥，爸妈能帮你圆梦了。可我女儿只说了一个愿望——想当妈妈……

"我这辈子最亏欠的就是我女儿。她要是出生在一个条件好一点的家庭，这个病也不至于被耽误了。要不，怎么连生娃这种事情也能变成一个人的梦呢……所以大夫啊，我也求求你们帮帮她，帮她圆了这个梦……"

这次的医患沟通阵仗很大，我把李晓婉夫妻俩以及双方的父母都带到了会议室。

作为管床医生，我做了系统的病情汇报。

产科、心内科、胸外科、麻醉科、重症医学科、呼吸科的主任及业务骨干都参与了这次会诊。他们在听完了李晓婉的病史，查看了她近期的检查资料后，给出了统一的结论：李晓婉的心肺功能都很差，肺动脉高压有加重的趋势，她害怕波生坦有胎毒性，自行将波生坦又改成了西地那非（伟哥）。

所有参会医生均表示：李晓婉的病情过于严重，重度肺动脉高压一直都是妊娠禁忌，患者执意要求生育，是违背医疗常规的。

这一次的联合会诊，我相信李晓婉一家人都是听懂了的。可现在打退堂鼓也来不及了。

所有人都已经回不了头，医患双方都只能背水一战。

李晓婉的孩子已经有28周了，满28周，孩子就有一定的存活概率。继续妊娠的话，李晓婉的心脏负荷会越来越大，而且从入院检查的结果来看，她的各项指标都在恶化。

我再度将李晓婉全家约进谈话室，说："女性进入妊娠期后，身体会处于高凝状态，会使肺动脉高压的患者更容易出现肺栓塞、心律失常，甚至是肺动脉高压危象。所以建议现在就终止妊娠，赶紧做剖宫产把孩子取出来。"

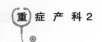

"医生，你们说28周就出来的孩子，有一定成活概率了。但是你们前面也说了，孩子的胎龄越小，各个器官发育也就越不好，特别是肺。所以这个孩子先不要拿出来。我都查了，妈妈的子宫才是孩子最好的保温箱。"

我打量着面前这个顽固的孕妈妈，她和我初次见到的有些拘谨、局促的李晓婉，好像完全是两个人。此刻的她，执拗、果断，甚至很有力量。她饱受疾病折磨而虚弱不堪的外表下，是她骨子里遗传自父母的面对苦难时的百折不挠，而孩子在她身体里日渐成长使她愈发"为母则刚"。

我放弃了继续劝说的打算，苦笑了一声之后，便离开了。

这天下午，科里加做了一台急诊剖宫产。我回到科室时已经过了晚饭时间。我看到自己的办公桌上放了一个漂亮的果篮，果篮下压着一个信封。

我打开信封，一张鹅黄色的信纸掉了出来。我已经很多年没见过这样的手写信件了。

李晓婉的字迹非常清秀，让字迹向来潦草难辨的我有几分羞愧。

尊敬的夏医生，你好。我知道自己任性的决定让很多人为难。从我怀孕开始，去了好几家医院，可因为我的身体，没有哪个医院愿意给我建档，更不要说接收我入院待产。在这里，我感谢你和谭主任在我四处求医无门的时候，接收了我。

这些日子，我明白你们为了我和宝宝做了很多努力。我也想做一个听话、合格的患者，这样才不会辜负你们的付出。可是关于你建议我在孕28周时终止妊娠，我再次任性了。我知道你们是为了我的安全着想。

因为躯体的缺陷，这个世界很多精彩的大门都对我关上了。我羡慕每一个身体健康的女孩，因为她们的人生有无限可能。这个疾的治疗措施的费用。李晓婉因为自身疾病一直没有买过商业保险，而这些高端的治疗措施费用高昂，而且新农合报销的比例很有限。

家属连连表态费用不是问题。

费用是没问题了。我还是要交代，ECMO在既往的危重症患者抢救中虽然屡有奇效，但也存在相当多的风险，比如大出血、弥散性血管内凝血、插管部位感染等，每一种风险都可能致命。监护室前阵子也用这个机器抢救了一个爆发性心肌炎的年轻小伙，人虽然活下来了，可小伙两边的膝关节以下都坏死了，不得不截肢……

一家人在一阵沉默和叹息中挨个签了字。

每次去查房时，我发现在病床安静吸氧的李晓婉看起来都和其他准妈妈并无二致。

促胎肺成熟的最后一针已经打过，距离她的手术还有不到十二小时。李晓婉住的是VIP房间，环境比普通病房好很多。虽然我告诉她明天的手术已经有了重重保障，可我能感觉得出她的不安和焦虑在今晚到达了顶点。

她的丈夫和父亲都在给她讲笑话，以分散她的注意力。可今晚她的眼里已经没有倔强和坚毅了，取而代之的是深深的焦虑，甚至恐惧。

我很想问她一句："你后悔了吗？"

可我没有问出口，横竖都来不及了，人总要为自己的选择付出代价。

这台手术需要好几个科室参与，李晓婉被安排在一间面积较大的手术室。

我和科室的两位主任负责剖宫产手术。这次的难点并不在手术本身，而在孩子被取出后的一瞬间。这台手术规格很高，协同参与的还有心内科、胸外科、新生儿科、麻醉科、输血科、重症医学科的主任。产科医生负责手术，而他们负责保命。

从躺在手术床上开始，李晓婉的心率就一直居高不下。虽然麻醉

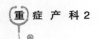

科主任不停地和她打趣，让她放轻松点，可我看到她的身体一直在轻微震颤。

她也知道这不是一次寻常的剖宫产，她很可能下不了手术台。她是个只有20多岁的年轻姑娘，面对这么大的阵仗，如何不紧张。

我握住她的手，对她笑了笑。慢慢地，她冰凉的手抖得没有先前厉害了。

"睡一觉，就能看到孩子了。"在被扣上面罩前，这是她听到的最后一句话。她眼前站了很多穿着手术袍的医生和护士，李晓婉逐渐失去了意识。

麻醉一起效，麻醉科医生便立刻做了气管插管，又在她的右侧锁骨下安装了双腔深静脉置管，并在桡动脉穿刺，做有创血压监测。巡回护士给她安好了双下肢气压止血带。

术前准备就绪，作为第二助手的我开始消毒、铺巾。准备妥当后，器械护士校准了无影灯的方向，手术正式开始。

李晓婉的腹部被逐层切开，她的子宫很快便暴露了出来。在手术进行的同时，麻醉师间断给李晓婉吸入NO，同时输入前列环素协同降低肺动脉压力。

"我现在取孩子，准备给下肢加压。"谭主任语气镇静。接下来极其关键，孩子一娩出，短期内回心血量骤增。麻醉师已经将去氧肾上腺素的泵速上调，以维持体循环血管阻力，防止血压在短时间内急剧变化。

娩出的是个女婴，阿氏评分只有3分。新生儿科主任立即给孩子做了气管插管，一边持续正压给氧，一边做胸外按压。五分钟后再评估，孩子的阿氏评分为7分。复苏成功后，儿科主任便将女婴转入NICU继续治疗。

术中出血不到300毫升。谭主任和邢主任以最快的速度用改良的B-Lynch法加压缝合好子宫。腹部的切口缝合好之后，谭主任用盐水袋加压李晓婉的腹部，协同减少回心血量。

可就在这时，所有人最不想看到的事情还是发生了，李晓婉的心率迅速飙升到每分钟一百八十多次，还伴随着快速心房纤颤，麻醉师紧急推入胺碘酮转复心率。李晓婉的血压也急速下降。虽然麻醉师及时调整了升压药的剂量，可血压却丝毫没有上升的迹象。床旁超声提示李晓婉左心室射血分数下降到20%（正常人在50%—70%之间）。

"直接上ECMO吧。"重症医学科的叶主任提议。

产科手术已经结束，我脱掉了手术袍到了候诊区，把这个坏消息告诉李晓婉的家属。

第一道关口，李晓婉就闯关失败了，还好有ECMO可以让她挺过这关。

手术后的李晓婉携带着各类管道被送到了重症监护室。至此，她还没有看到冒死生下的女儿。

李晓婉在监护室住了一周多，每天我和主任都会去监护室查房，了解李晓婉的病情进展。

可监护室每次给我们的反馈都很糟糕。李晓婉很快就出现了肺部感染，肺部水肿的情况非常严重，医生尝试把仪器的参数下调一些，让她的肺部多少也能发挥点作用。可是ECMO的各项参数都要设置成顶格水平才能维持她的机体运转。

眼下只能期待在ECMO运转的这段时间里，李晓婉暂时停摆的心肺可以得到部分恢复，能尽早撤机。ECMO的长时间使用，对医生和患者都是巨大的煎熬。ECMO运行时，会有医生、护士二十四小时寸步不离地在患者床头进行看护，这台机器每分钟都要抽几升血液，充上氧气后再回输到体内，每隔几小时，就要复查血气、凝血等指标，需要医生进行精密地调整。这对医护人员的精力也是一个巨大的考验。这些天，监护室的医护人员已经疲惫不堪，可是大家都没有看到她有好转的迹象。而且ECMO的管道系统多，植入身体部分的管道又粗，机器运转的时间越长，

就越可能发生导管相关性感染。

我从监护室出来的时候，看到李晓婉的父母正蹲在门口吃饭。他们虽然已经很有钱了，但吃的非常简单，尤其是李父，端着一碗面席地而坐，还保留着过去在工地劳作时的本色。夫妻俩看到我，热情地和我打招呼。他们告诉我，他们的外孙女比女儿恢复得好，外孙女已经出NICU了。

在险象环生的日子里，我们迎来了第一个好消息。新华医院重症监护室一个脑干出血的患者被宣布临床死亡，家属愿意捐献一切有用的器官。他的血型和李晓婉相同。

美中不足的是，捐献者50多岁了，把"服役"五十多年的器官移植进一个20多岁的年轻患者的身体里，也算无奈之选。肾脏和肝脏都是可以活体捐献的，可是心脏和肺脏却不一样，只有捐献者被宣布死亡，才有可能获取。而国人历来对"入土为安，死要全尸"看得极重，愿意主动捐献死者器官的家属非常少。

胸外科的医生连夜赶到新华医院，连同其他医生摘取了有用的器官。胸外科移植小组也给李晓婉做好了肺移植的术前准备工作。

可当胸外科主任熊杰看到被带回来的肺脏时，不住地摇头，并紧急取消了手术。

捐献者的肺脏感染太重。他早就该想到，捐献者生前因为脑干出血，监护室给他用了好长时间的呼吸机。其实患者入院第二天就出现脑死亡（部分国家以脑死亡作为死亡标准，但目前我国并未通过脑死亡立法），可家属看到心电监护仪上提示还有正常心率，家属便一直没放弃。

捐献者脑死亡后仍然用了一周的呼吸机，肺上早就感染了，肺自然用不成了。熊杰叹了口气，感慨目前医生宣布患者临床死亡一直以心跳停止为标准，而不是以脑死亡为标准。这样一来，家属便不愿放弃尚有"生命体征"的脑死亡的患者，选择继续在监护室"被治疗"。家属支

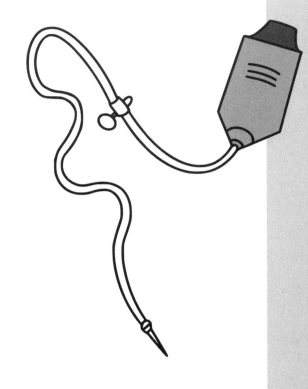

重　症　产　科　2

第十四章 ——— 再障嗜血
姐妹
回家

再障

危重症孕产妇下基层的项目已经开始落实了。我们医院是周边区县危重孕产妇的定点转诊医院，当这个项目启动之后，天城市辐射区域的所有区县医院都邀请谭主任下基层做相关培训。

谭主任身上的担子太重，没有那么多时间下基层交流，索性安排科室里临床经验丰富、演讲能力也不错的医生去做这些工作。我自然也是其中一员，而我对接的几家县医院里，就有我小叔就职的那所医院。

我本有些犹豫，虽然已经考过了主治医师，也读完了在职研究生，但在我们这样博士扎堆的三甲医院，我这样的资历去下级医院授课着实不妥。

谭主任笑了笑，说："这个项目本身就是向下级医院传递危重症孕产妇的救治经验，又不是去比学历。我用人历来就一个要求，把事干好就行。三甲大医院这些年内卷越来越严重，很多科室进人都要博士起步，没有几篇高分的科研文章根本别想晋升职称。可绝大部分人的精力是有限的，那种临床和科研都能干得非常漂亮的人才毕竟是极少数。近些年，医院多的是学历高、科研牛却看不了病、开不好刀的医生。自信点，就是因为你适合，才会安排你去。"

讲座是在县医院的会议室举行，当年如果不是被主任留在中心医院，我会没有悬念地回到这里工作。这家医院的妇科和产科至今还没有分家，这天是周六，除了值班医生，其他医生都要参与。虽然我还年轻，资历尚浅，可哪家医院对上级医院的大夫都天然带着几分敬重。小叔是这次会议的主持人，这两年我和夏家人没什么联系，再见时难免有些尴尬。

我记得小叔当年认定了我在中心医院混不下去。"男婴死而复生"事件让我一度"名声大噪"，小叔更认定我的职业生涯完了。可我如今作为上级医院下派的"走基层"的指导医生出现在这里，终归让他"失望"了。

我从没有见过长得那么像芭比娃娃的孕妇。

宋宝儿穿着鹅黄色的羽绒服，一头浓密的长鬈发自然地披下来。她眼睛很大，口鼻小巧，就连略带病态的模样也恰到好处地给她增添了几分令人怜惜的感觉。

我看了家属递过来的入院证，诊断一栏里填着"血小板减少原因待查"。血小板减少在孕妇身上挺常见，不是什么需要紧急处理的危急重症。

送宋宝儿来医院的五个家属全部都忧心忡忡，面色凝重。这五人是她的丈夫和双方的父母。

"医生，我得的是不是白血病啊？"宋宝儿看我查阅她的一张张化验单，我从一开始面容平静到逐渐眉头微皱，她的心也跟着紧了起来。

"别乱说，就是血小板减少了，县医院的产科主任不是都说了吗，很多孕妇到怀孕后期都有血小板减少的情况。别没事老拿那种病吓自己。"说话的应该是宋母，母女的容貌有些相似。其余家属也跟着附和。

我意识到自己神色的微妙变化给患者带来了不必要的焦虑，便笑着对她说："你母亲说得对，血小板减少的原因有很多，很多孕妈妈都会出现这种情况。先别自己吓自己。毕竟大多数中国人不像韩国人一样喜欢吃泡菜，所以日常生活里，自然也不会像韩剧里演的一样，帅哥美女动不动就要得白血病。"

宋宝儿的疑虑被打消，没有先前那样紧张了。她笑了起来。她的笑很有感染力，像一朵忽然开放在水面上的白莲花。别说李承乾了，连我都忍不住想多看她两眼。

我在病房里给宋宝儿做体格检查时，发现她被衣物遮挡的四肢和躯干上都布满了瘀斑，难怪她会怀疑自己得了白血病。

宋宝儿怀孕之后，一直在当地的县人民医院规律做产检。一周前，她发现小腿的皮肤出现了局部的瘀斑。一开始她没特别留意，她皮肤白，平日里有一点小磕碰身上也会出现瘀斑。几天前，她发现身上的瘀斑越来越多，便挂了皮肤科。医生给她查了血小板，发现只有20（单位×10^9/L，正常值在100—300）。医生给她开了一些升血小板值的药物。一天前，她开始流鼻血，家里人急忙送她到产科住院，一查血小板只有9。县医院血源紧张，输血小板需要预约，要家属去献。可家属刚准备去献，宋宝儿开始解血尿了，又一复查，血小板值只有4。县医院便立刻让她转院。

"血小板减少的原因有很多，比如，血小板减少性紫癜、溶血性尿毒症、HELLP综合征、再生障碍性贫血等。包括宋宝儿提到的白血病，这些都可能导致患者出现这么严重的血小板减少。"

一听到宋宝儿还是有得白血病的可能，一家人又陷入焦灼中。她的丈夫表情凝重，她的父母开始抹眼泪，公婆也不住地叹息。

"但是从外院目前的检查和既往的产检资料来看，我个人倾向于还是妊娠相关性血小板减少症（怀孕后出现血小板减少，随着孕周增大，血小板减少的程度加重，如血小板数量小于20，可能会出现自发性出血的症状，如牙龈出血、皮下瘀血斑等，部分患者还可能出现严重自发性出血）。我准备给她安排一些检查，看有没有系统性红斑狼疮、特发性血小板减少性紫癜等疾病，近期还要给她做个骨髓穿刺，排除白血病以及自身障碍性贫血。

"她的血小板太少，在这种情况下，孕妇随时可能出现颅脑出血、消化道大出血等自发性恶性出血。自发性恶性出血可能在短期内导致孕妇失血性休克，甚至死亡。她腹中的胎儿因为母体的变化，也随时可能出现胎儿窘迫，甚至胎死腹中。"

宋宝儿的父母不住地抽泣，她的丈夫还算淡定，不住地安慰岳父母。我发现，他的手其实一直在抖，可他还是强迫自己镇静下来。他问："那宝儿现在肯定要输血小板吧，我和她的血型一样，我岳父母身体又不好，我现在就去献血。"

"输血小板是一方面，她现在的情况还需要使用丙种球蛋白，联合激素冲击治疗。如果效果不好，我们会考虑大剂量激素来冲击。"

宋宝儿的家属开始担心激素存在的严重副反应。

"大剂量激素冲击肯定也会有很多副反应，比如，向心性肥胖、痤疮、胃溃疡、股骨头坏死等。但现在救命第一，两害相权取其轻。"

孕妇血小板减少算得上产科的常见病，产科还是有不少需要做骨髓穿刺的孕妇。大多数情况下，骨髓穿刺由血液科医生操作，我们科和血液科合作得也算密切。

宋宝儿不是单纯的妊娠相关性血小板减少，而是重度的再生障碍性贫血（简称再障。一种骨髓造血功能衰竭性的综合征。一般表现为贫血、出血、发烧和感染。免疫抑制治疗有效，重症者需及时进行造血干细胞移植治疗，多数患者可以缓解甚至治愈）。

刚听我说完结果，宋母便拍着胸口，拉着老伴的手说："谢天谢地，还好不是白血病。"可宝儿的丈夫陈君正依然面色凝重，他问："重度的，是不是也很棘手？"

"再障虽然是一种良性的血液系统疾病，但重度的再障，治疗难度也不比白血病小。我打个比方，都是血液病，白血病就像一块好好的稻田里，有害的杂草长得太多、太快，水稻长不起来了。而这种重度的再障就像好好的良田彻底荒漠化，变成了盐碱地，草不长了，可苗也不长了。再障这种疾病会导致出血、感染，这些都会危及大人和孩子的安全。所以我们建议提前把孩子取出来，这种情况继续妊娠，容易夜长梦多。孩子取出来之后，母亲也可以早点得到相关治疗。但她的血小板实在太少，阴道试产对她来说风险很大，所以我们决定做剖宫产提前终止妊娠。她现在的情况，不管术中还是术后，都有出现大出血甚至恶性出血无法控制的可能性。"

家属一听，全都慌了神，宋宝儿的母亲和婆婆都开始哭了，她的父亲和公公这会儿都要安慰各自的妻子。只有陈君正的情绪还算稳定，说："那你们肯定会有应急措施吧。"

"我们已经让输血科备了充足的血制品。孩子已经35周了，虽然还属于早产儿，但各方面发育已经相对成熟了。由于可能存在新生儿肺炎、窒息、败血症等相关风险，手术当天，新生儿科的医生也会参与。孩子出生后，如果存在问题，新生儿科的医生会积极抢救，如果有必要，就把孩子送到NICU。"

宋宝儿的手术被安排在第一台。孩子很快就被取出，是个女婴，阿氏评分5分，新生儿科的医生将女婴带去了NICU。

手术做完了，我和麻醉师一起把宋宝儿推出手术室。刚到候诊区，宋宝儿的家属便立马围了上来，陈君正拉住脸色惨白的妻子的手放在自己唇边。他看到妻子，有些激动，可一句话都说不出，似乎被巨大的物体卡住喉咙，看着苍白得像纸片一样的妻子眼泪直流。

由于宋宝儿的骨髓几乎没什么造血功能，这些天，她都靠输注外源血保命。

宋宝儿刚做完手术，还需要在产科密切观察病情。我暂时没将她转入血液科做后续治疗。

她的血小板值还是非常低，不过术后的她并没有出现严重的自发性出血。我希望她在接下去的治疗中也能这么幸运，要不然这些爱她的家人该有多痛苦啊。

宋宝儿的女儿在NICU里住了几天便出院了。再生障碍性贫血属于血液科疾病，术后一周，她被转到了血液科继续治疗。

林皙月和李承乾在一个月内先后结婚了。

林皙月和李贺家人都在外地，婚礼很简单。他们只邀请了双方的父母和医院的同事。

三年前，林皙月食物中毒导致急性胃肠炎。她到了异常忙碌的急诊科，在就医过程中出现了低血糖。她在彻底失去意识前，记得最后映入眼帘的那个医生，她在他的胸牌上看到了"赵英焕"三个字。她自小没有母亲，像一只过早地离开了母亲，被迫独立的小兽。她学会压抑自己的一切需求和愿望，很早就学会了独立，尽可能不去麻烦任何人。在她心底，她始终是个无依无靠，无人怜惜的孤女。那一夜的孤立无援让她再度回到幼年时无爱的黑洞里，当另外一个人刚好能填补那个黑洞时，她便无可救药地沉溺了。

往后的一年里，随着和赵英焕接触得越多，她越喜欢他的热情张扬。她一直以为，他应该也是喜欢她的，否则不会总约她吃饭、出游，可他却迟迟没有表态。很长一段时间里，她都陷入这样患得患失的情绪中。直到有一天，赵英焕亲口告诉她，那天将晕倒的她抱起，送到抢救室里并守了她很久的人其实是李贺，李贺暗恋她很久了却迟迟没能开口。他经常约她见面，是为了撮合她和李贺。其实一直以来，给她温暖和守护的人都是李贺。

我不清楚林皙月和李贺走到一起的契机是什么。但我知道，在和李贺恋爱的这一年里，林皙月不再像先前喜欢赵英焕时那样，在患得患失和黯然神伤中不断切换，她脸上的笑容比之前任何时候都要多。在李贺的影响下，她也爱上了烹饪，有几次还找我请教厨艺，说要给他一个

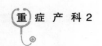

惊喜。

　　在我想着林皙月的过往时，我忽然听到司仪在叫我的名字。我匆匆来到台上，林皙月笑着把花球递给了我。司仪说，新娘和新郎商议省略了抛花球的环节，直接将花球送给我，把这份幸福传递给我。

　　一周后，李承乾和沈玫的婚礼如期举行。那天我上二十四小时班，自然去不了，提前准备好了红包。举行婚宴的酒店离医院不远，中午的宴席结束没多久，李承乾就回到科室，给值班的医生、护士打包了饭菜，并将婚礼上新娘手持的花球直接给了我。他语重心长地对我说："知道你值班来不了，我跪了一晚上的榴莲才说服沈玫婚礼上不抛花球了，把花球省下来给你，把好运和幸福都传给你。你也要加油，我们都找到幸福了，就你还是个万年'光棍'。打'光棍'还是小事，小心你这些年送出去的份子钱全部都'黄鹤一去不复返'。"

　　我看到那束捧花，本想做"感激涕零"状，可他那张嘴着实令人扫兴。

　　宋宝儿转到血液科后，任平生成了她的主管医生。

第四十六节
嗜血

2月初的周一清晨，谭主任反常地没到科室主持交班。副主任邢丽敏负责主持晨会，她说谭主任家出事了，这些天不能到科室了。

很快我便知道，谭主任的妻子夜里突发脑梗，现在正在新华医院的重症监护室抢救。谭主任周末和妻子住在位于寰宇名城的家中。周日晚上，科里收治了一个从外地转来的有HELLP综合征的孕妇，孕妇出现了子痫、严重的肺水肿和胎盘早剥，科里收治了这样"重量级"的孕妇，谭主任便赶回科室主持抢救。忙了个通宵后，孩子顺利取出，产妇也转危为安了。离交班还有两个小时，谭主任本来想在科室睡一会儿，然后直接主持晨交班，可想到周日晚上没有陪妻子，他有些愧疚。妻子很喜欢吃医院附近一家早餐店的油条，他便买了油条，驱车回家。回家后他发现妻子倒地不醒，急忙打120将妻子送到离家最近的一家三甲医院。在救护车上急救人员便给他妻子做了气管插管，到了医院一查CT，发现是大面积脑梗死。他急忙调家里的监控，发现妻子在他离开家后不久就发病了，现在已经有八个小时了，过了最佳的溶栓时机（一般发病六小时内为溶栓的最佳时间）。

晚上值班时，我接到护士站的电话："发热门诊请产科医生急会诊，有个孕妇家属在发热门诊和医生吵得不可开交。"

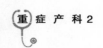

　　发热门诊要兼顾儿科患者。这个季节本就是各类呼吸道疾病高发的时候，免疫系统尚未发育完善的孩子自然成了高危人群。发热门诊的候诊通道里挤满了人，大多是抱着孩子来看病的家属，每个人脸上都写满了焦灼和无奈。

　　还在发热门诊的通道口，我就听见一个中年妇女的哭闹声："我女儿都病成这样了，还怀着孕。你们能不能通融一点，就当做好事，先把住院的事情安排上。你们这里连个床铺都没有，氧气也吸不上，病人不能就干等着流感检测结果，求你们通融一下。"

　　虽然我只是无意间听到，但我相信，同样的话她肯定已经跟医生说过很多次了。

　　在发热门诊值班的是个年轻大夫，估计同样的话他已经解释过很多次了。他还是耐着性子说："最近流感患者实在太多了。流感的传染性非常强，这又是个孕妇，盲目收到产科病房，孕妇的抵抗力本来就差，要是造成科室流感爆发了，后果很严重。医院规定，对近期来医院的发热孕妇，必须查流感核酸，阴性了才能收入产科病房，要不然只能收到感染科住院病房。这是医院的规定，流感季节病人多，没办法，我一个普通大夫也只能听医院的安排。现在患者发热原因不明，又是个孕妇，我也只能挨个请其他科室会诊。"

　　发热留观室的病床已经满了，孕妇没有安置点，只能躺在从急诊科借来的转运平车上。怀孕后期循环血容量增加，心脏负担加重，子宫底上升又使得肺的扩张受限，这些都会让孕妇出现不同程度的呼吸困难。有些孕妇需要吸氧才能改善症状，而发热必然使耗氧量增加，呼吸困难的症状加重。

　　孕妇还发着烧，耳朵都烧红了。她妈妈扶她起来，给她喂了点布洛芬。可她不慎被呛到，药和水被喷得到处都是。由于身体上的严重不适，外加就医困难重重，孕妇委屈得像一个小孩般大哭出来。

　　她的妈妈和丈夫急忙安慰。她像得到了莫大的鼓励，哭得更厉害了，像是要把这些天经历的病痛和委屈全都发泄出来。

安慰无果，丈夫索性把情绪发泄到医生身上，说："我媳妇反复发烧快二十天了，先在我们区医院住了十多天，乱七八糟的检查做了一大堆，可啥问题都没查出来。医生跟我们说，发烧查不出病因，不能排除患者得了某种罕见的传染病，医生就让我们到公卫（公共卫生医疗救治中心）。我们在公卫折腾了一大圈，医生还是找不到原因。公卫的医生说我媳妇还怀着孩子，一直发烧对孩子危害大，公卫的产科救治能力有限，让我们转到市保健院。可我们去了保健院，那里的医生说，她们主要是针对产科这一块，现在我媳妇发烧，发烧原因又不清楚，让我们到你们医院来。保健院的医生说你们是大型综合性医院，又是危重症孕产妇救治中心，总会有办法。我们前前后后被好几家医院推来推去，花了好几万。一到医院就查血，我媳妇都被护士抽得贫血了，我们也忍了。我就是搞不懂了，我们大晚上转过来，非要我们在这里等流感结果，连个病床都没有！说什么'医者父母心'，8个多月的孕妇，你们就让她躺在平车上等？"

孕妇的丈夫戴着眼镜，身形瘦削，给人一种书生特有的文弱感。可越是这样的人，爆发起来的震慑力就越大，毕竟兔子急了都会咬人。

孕妇的丈夫掏出手机，开始录视频。他先将镜头对准躺在平车上大着肚子哭泣的妻子，并同步讲述就医过程中被来回踢皮球的经历。他再次向医生表态，坚决不去感染科病房住院，他妻子怀孕了，又一直发着烧，和那些有传染病的患者住在一起，本来没有传染病，也让别人给传染了。末了，他将镜头对准发热门诊的医生，质问："是不是等我老婆、孩子出了问题，这件事情才能解决？"

我向前走了一步，挡住他的手机摄像头，解释道："你爱人现在很难受，我们科还有一个单间病房，可以暂时住在那里隔离观察。那里的条件比这里好多了，让大人、孩子都舒服点，我们边对症治疗，边找病因。"

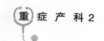

面对情绪失控的家属，我没有和他过多解释，也没有因为他以曝光我们作为要挟，便让自己的气场弱下去，而家属激动的情绪也在我温和、镇定的答复中渐渐平复下来。

我原本想等着感染科医生到场之后，商量一下处理意见。这个孕妇以发热为主要临床表现，倒不一定有我们产科的问题。就医途中屡遭不顺的孕妇和家属，情绪已经到了崩溃的边缘，一旦他们产生了这种严重的不信任和敌对情绪，对后面的治疗会极为不利，我必须拿出医生的担当，并且立刻打断情绪失控的家属录视频的行为。小石头的事件让我至今心有余悸。很多事情在患方掐头去尾的描述中，很容易让医院处于非常被动的局面。正所谓造谣一张嘴，辟谣跑断腿。

孕妇母亲抹了把脸，上来便拉着我的手，说："我女儿这些天受了太多苦。我这些天一直在想，能帮女儿承担这些病就好了。孩子病了，最难受的还是大人。"

哪怕她的女儿也快做妈妈了，可在她的眼里，女儿也不过是个孩子。

先前一直举着手机的丈夫有些尴尬，不知如何进退。可他看到丈母娘不住地感谢医生，便收起了手机。

等这个叫唐雨薇的孕妇被收治到我们科，我才发现，她的问题远比不知道收哪个科更麻烦。

唐雨薇贫血很重，电解质紊乱，还有酸中毒，肝功能和凝血功能也都差得一塌糊涂。她的肝脾反常地肿大，还有轻度的呼吸衰竭。在邢丽敏的主持下，科室安排了全院大会诊，并开展了病情讨论会。

病情讨论会上，大家热烈发言：患者反复发热是否由某种极为罕见的病原体感染所致？感染无法控制，从而导致肺部、凝血、肝脏出现序贯性损伤；患者是妊娠状态，肝脾又有明显肿大，合并肝酶明显升高以及凝血异常，是不是不典型的HELLP综合征？虽然患者没有妊娠高血压，但毕竟不是所有的疾病都严格按照典型临床表现来发病；站在产科角度看，患者妊娠合并肝脾大、肝功能和凝血异常，也有可能是不典型的妊娠脂肪肝？

这次病情讨论会并没有让唐雨薇的病情有了相对明确的方向。唐雨薇的体温并没有下降趋势，她贫血严重，入院当晚我就给她安排了输血。她并不存在身体出血的情况，可她的血红蛋白却在输血后的第三天又迅速下降。

我索性给她做了骨髓穿刺和贫血筛查，想看她有没有血液系统的相关性疾病。

因为宋宝儿的情况，我和任平生有了些交集。在我的催促下，任平生加急给唐雨薇出了骨穿报告。

骨髓穿刺没有发现什么异常，但好歹排除了血液系统的恶性疾病。贫血筛查的结果也出来了，排除了地中海贫血、巨幼细胞性贫血，但是她的血清铁蛋白却反常地升高，是正常值上限的很多倍。

病因迟迟查不到，唐雨薇却每况愈下。她的精神愈发萎靡，各项指标也在不断走下坡路。我每次去查房，看到家属，都有些心虚。任病情这样发展下去，患者可能很快就会出现多器官功能衰竭，大人和孩子都危若累卵。

既往遇到疑难杂症，我都会在第一时间向谭主任汇报，他是科室里的定心骨，有他在，科室就有了强有力的后盾。这些年，除了偶尔在外地开学术会议的那几天，他永远随叫随到。

可现在的他，不再只是产科带头人了，他还是个焦灼、无奈的患者家属，他的爱人需要他。谭主任早前是干骨科的，后来转到妇产科很大程度上是为了妻子。可干产科的这些年，他却身不由己，能陪妻子的时间实在太少了。

我记得有一年，科里几个年轻大夫跟他去参加一个产科重症联盟会议。那天晚上，谭一鸣招待几个小年轻吃饭，次日没有手术，他和几个

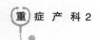

年轻人放开了喝酒。席间他一反平日里的严谨、持重，和我们聊到"初心"这个话题。

他的母亲生了好几个孩子，每次孩子没出生几天，母亲就要下地干活。他母亲年纪不大便得了严重的子宫脱垂，如厕后子宫很容易膨到外面。那个年代像他母亲这样的女人也不少，可去医院看病的妇女却非常少，因为她们都觉得这是个难以启齿的病。

他实习的时候也去过妇产科，那会儿妇科、产科没分家，什么病都看。在妇产科实习的经历，让他觉得女人的这一生很不容易。他们那会儿大学毕业还是包分配的，他当时也想过干妇产科，可那个年代的人思想还有些局限性，不太能接受男妇产科大夫。他手术做得好，还没毕业时，骨科主任就把他留在科里了，他便断了当妇科医生的念想。

他和妻子在大学时便相恋，妻子是人文学院的。刚和妻子恋爱那会儿，他便得知妻子有严重的痛经，每次生理期都痛得面色发青、卧床不起，需要口服镇痛药物才能勉强缓解。那时周围总有人明里暗里说"结了婚就好了"。

后来他知道，妻子得的是子宫腺肌症。他们毕业便结婚了，可这个病自然不会因为结婚就好转。她的痛经越来越重，后来发展到用吗啡才能缓解的地步。由于子宫腺肌症还会造成经量增多，他的妻子长期严重贫血。可那个年代能治疗的手段有限，他妻子也做过两次腺肌症的手术，效果都不好。妇科医生便让她切子宫。

她自然不肯。可他骗她，说自己不喜欢孩子，想当丁克。她后面便也接受了……

可是这些年，他知道妻子一直满心遗憾不能有个自己的孩子，甚至总觉得自己不再是一个完整的女人。妻子的经历更坚定了他去干妇产科的想法，于是他考了研究生，选择了妇产方向。

他说自己当年放弃干骨科，转行到妇产科方向，初心就是帮助更多女性。

可在这条路上走得越远，他身上的责任和担子就越重。尤其这些年，二胎政策放开，各类危重症孕产妇激增，使他更没有什么时间匀给家人。

我知道，如果向他汇报唐雨薇的情况，他铁定会和过去一样想尽办法为患者排忧解难。在他妻子出事的第二天，我去新华医院的监护室看望他们。当我在监护室门外见到谭主任时，他身上那种颓唐、绝望把我吓住了。这哪里还是平日里的他？纵然干了几十年的临床工作，此刻的他只是一个六神无主的普通家属。

他懊悔那天晚上没有早点回家，但凡早一会儿发现，情况也不会像现在这样糟糕。现在，妻子的安危才是他生命里头等重要的事情，他已经停下了所有工作，我实在不忍再度打扰。

唐雨薇的病情还在加重，目前我们只能给她做一些对症的支持治疗。唯一庆幸的是，孕妇的情况很糟，胎儿居然没受太大影响。可胎儿的情况从来就是瞬息万变的，这样恶劣的母体环境，谁知道胎儿能撑多久呢？

有时候，疾病像个狡猾的猎物，其出神入化的伪装让严阵以待的猎手束手无策。

表妹给我打电话，说她妈妈接了夏家人的电话后便哭个不停。

这段时间，奶奶每天都会打电话给大姑，内容只有一个：要钱。小叔欠了高利贷，被逼得走投无路。奶奶让大姑务必先拿出二十万来救急。大姑自然知道赌债是没办法还的，一直以没那么多钱为由推托，可奶奶还是每天打七八个电话催她出去借钱帮小叔还账。早已对家人死心的大姑自然不肯。

见大姑不肯帮忙，奶奶在电话里骂大姑是白眼狼。如果这回大姑不救她儿子，她就要和大姑断绝母女关系。

大姑再次妥协了，给小叔转了五万块钱。这钱大姑也不打算再要

了，就当花钱买几天清净。

堂姐比大姑更惨。住在新疆的大姑离夏家人太远，电话讨债的威力远比不上登门讨要。一直生活在县城的堂姐处在暴风眼。

她再婚了，现在的老公只是个普通文员，远不如前夫挣得多，更不像前夫那样任由夏家人拿捏。她生了二胎，可还在坐月子期间，小叔和奶奶终日坐在她家的沙发上。她不拿钱，他们母子俩就绝不走人。奶奶翻来覆去就那句话："你就再帮这一回，没有他，哪来现在的你？"

堂姐这些年已经"借给"小叔几十万了，她知道这些钱小叔不会还。她知道小叔帮过她很多，可恩情也总有个额度，而夏家人总是用"亲情至上，做人要有感恩的心"不断绑架她，让人不堪其忧。

知道这些后，我再次庆幸自己当年"任性"了一把，没有按照夏家人的意愿回县城工作。

我隔岸观火地听着夏家人的故事，像听无关痛痒的八卦。如果大姑和堂姐不是受害者，我大概会以一种看笑话的姿态看夏家人的闹剧。

这一家的男人，都看不上女人，可用起女人来倒毫不手软。他们像传说中的吸血鬼一样吸食着伴侣和家人，被吸过血的人也会变成吸血鬼的同类，变本加厉地又去吸食爱着他们的人。

吸血鬼！想到这个名词时，我的大脑像忽然被什么击中了：唐雨薇的病好像她也是被吸血鬼附身，刚给她输了血，又很快被吸了去。我隐约感觉自己已经发现"猎物"的尾巴了。

任平生给我打电话问唐雨薇的情况，他对疑难杂症有着偏执狂一般的热情。

我调侃唐雨薇这病就像被吸血鬼附体。再一次提到吸血鬼时，我忽然顿悟了。那个曾在我脑中犹疑片刻却没被及时抓住的疾病再次被我俘获。

噬血细胞综合征！

我将这一推测告诉任平生：患者不明原因高热、贫血，肝脾肿大，血清铁蛋白畸高，不能解释的呼吸衰竭，肝功能和凝血功能障碍，这些都符合噬血细胞综合征的临床表现。因为她是妊娠状态，又合并肝功能、凝血异常，之前的全院大会诊，很多医生都认为她的部分临床表现是妊娠期脂肪肝，我们一开始就把方向锚定偏了。

想到这里，我立刻返回科室，准备再给唐雨薇做一个骨髓穿刺。

唐雨薇来这里住了一周多了，检查做了不少，可始终没有结果。在我提出让她再做一次骨穿时，唐雨薇和家属却没有任何疑义。唐母坦言，当初女儿被四处推诿最后滞留在发热门诊，我二话不说就将她收到病房，就冲这一点，她都会无条件信任我。

我做完骨穿出病房时，唐母拉住了我，眼巴巴地望着我，说："我也感觉我女儿病得很重。女儿到了这么好的医院，如果还治不好，那也真的就是命了。可就算我女儿真治不好了，我好歹也要知道女儿得的到底是什么病。"

看着这位通情达理的母亲，我更觉责任重大，我告诉她，应该很快就有答案了。其实很多时候，医生更容易被患者和家属感动。

这一回我做了好多张骨髓涂片，任平生也回科室加班。他连夜读片，在其中一张涂片中看到了少许吞噬型组织细胞。我的推测得到进一步确证。

他在电话里告诉我结果时，已是夜里十二点。我连夜跟产妇和家属做了病情沟通。

唐雨薇的一系列临床症状和相关检查，高度符合噬血细胞综合征。这的确是一种罕见的疑难杂症，发生在孕妇身上的概率就更低了。

见家属面面相觑，我做了简单解释。吞噬细胞可以清理人体的有害物质，起着保护作用。可当它过度活化，就会把正常细胞，甚至造血干细胞都吞噬掉，严重的甚至会将人体组织、器官侵蚀，造成一系列损伤，导致肝脏、肾脏、肺脏等多器官功能衰竭。

唐母喜极而泣，她的想法很简单：找到了病因，女儿和外孙就有

救了。

可我接下去的话又让一家人的心情沉入谷底："噬血细胞综合征的治疗比较复杂，需要使用化疗药物，药物对胎儿会有一定影响。而且继发性的噬血细胞综合征可能对胎盘血管造成感染、梗阻，影响胎盘血供，也很难保证孩子安全。可以现在终止妊娠，把孩子剖出来，母亲反复高热，合并多器官功能损伤，这样恶劣的母体环境很容易造成慢性胎儿宫内窘迫，甚至中枢神经系统损伤。可孩子才35周，属于早产儿，母亲这些天又一直患病，孩子也更容易出现早产儿的一系列并发症……"

我还没说完，唐雨薇的丈夫和母亲就表态，先做剖宫产。他们愿意做基因检测，明确疾病发生原因。

噬血细胞综合征的相关知识点是我在等待骨穿报告的时候，临时查的文献。看到文献里说这类疾病有着超低的诊断率和超高的死亡率，我也很害怕。

就在家属刚签字打算明天手术时，唐雨薇的胎心监测提示严重的胎心异常。择期的剖宫产又变成了急诊剖宫产手术。

手术很顺利，孩子很快便被取出，是个女婴，皮肤呈青紫色。在医生反复用力地弹她脚底后，她发出了微弱的啼哭声。她被转到了新生儿监护室。

唐雨薇存在较重的贫血和凝血功能障碍，术中我们给她输了不少血制品。手术后的她被送回了产科病房。

和我们经常合作的基因公司派人来医院采集了唐雨薇的血液，并在次日一早给出了结果。

引起继发性噬血细胞综合征最常见的原因是感染，其次是肿瘤、自身免疫性疾病，以及风湿性疾病。入院后的诸多检查排除了后者，所以唐雨薇此次发病的原因多半是感染了某种不常见的病原体。那家基因公司的数据库里有上万种常见的、不常见的病原体，包含病毒、细菌、支原体、衣原体、分枝杆菌等。他们发现唐雨薇的体内有种非常罕见的立克次体。她这次的发病的原因，应该就是感染了这种罕见的立克次体。

唐雨薇罹患的是血液疾病，可刚做完剖宫产手术的她还需要在产科密切观察。唐雨薇已不是"妊娠状态"，孩子在监护室喝奶粉也无须哺乳，医生自然也无须投鼠忌器，血液科已经给出了治疗方案，联用地塞米松、环孢霉素、依托泊苷化疗，并加入了丙种球蛋白。

治疗效果也非常好，她很快便没有再发烧了，血红蛋白和血小板值也没有继续下降的趋势了，凝血和肝功能也在慢慢好转。NICU也传来好消息，孩子的情况也在好转，不出意外，没几天便可以转出来了。一家人都很高兴。

噬血细胞综合征的治疗时间漫长，唐雨薇病情稍稳定后，我便将她转到了血液科治疗。

我给唐雨薇办理转科手续时，唐母非常感激，虽然女儿还没有出院，但她还是准备了一面锦旗。

从我接诊唐雨薇开始，她的头发一直乱作一团，油腻不堪，整张脸都是蜡黄色的。疾病中的人，求生已不易，哪里还顾得上个人形象。唐母在病房里帮女儿洗了头，并小心地帮女儿吹干。此刻我都不敢确认，眼前这个有着一头柔软长发，神采奕奕、嘴角含笑的女子，就是前些天被滞留在发热门诊时，因委屈和绝望号啕大哭的孕妈妈。

我向唐母交代转科后的注意事项时，她一直拉着我的手。看得出，她有很多话想说，可好半天，她也只说出"谢谢"这两个字。

唐雨薇的丈夫此刻正在NICU。每天就那么点探望时间，他自然心疼还未出生便遭此大劫的女儿。他给妻子开了微信视频，和妻子分享女儿最新的样子。

唐雨薇正忙着和丈夫视频通话，对着屏幕嘟嘴，做亲吻状。在唐母的再三提醒下，她才不得不从这短暂的天伦之乐中回过神来，急匆匆地

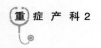

喝了一口母亲给她准备的醪糟。

　　产科医生的工作压力比其他科室的医生大，毕竟产科医生每次面临的都至少是两条生命。这样高强度、高风险、高压力的科室，很容易让医务工作者出现职业倦怠感，可是每次看到危重孕产妇被成功救治，母亲和孩子都得到了最好的结果，作为医生的成就感和幸福感又让我们充满了动力。我们在这样的动态平衡中，夜以继日地坚守着这份工作。

第四十七节
姐妹 ━━ ⬤ ▐▐ ⊕

　　我们科和血液科的合作远不如与介入科、麻醉科那般密切。我和任平生只合作过两次，可不知为什么，我对他有种莫名的亲切感。他身上天然地带着内科医生特有的内敛、细致，还有吸引人靠近的暖意。

　　宋宝儿的下身还有出血，任平生便请产科会诊。到了血液科，我们寒暄一阵后，他便带着我下了病房。

　　再次看到宋宝儿时，我的心里都有些难受。我记得当初告诉她的家属，她得的不是白血病，他们全家如获大赦的样子。可现在，她的情况还是超出了所有人的意料。我记得初见她时，她像芭比娃娃一样娇俏。她在孕期都没怎么浮肿的脸被激素催成了教科书里典型的满月脸。她原本白皙透亮的皮肤也变得灰暗无比。治疗再障需要使用雄激素，她的面部现在布满了痤疮。她的眼睛倒还像过去那样漂亮，可是眼里却没有一点生气。

　　"她的贫血很重，伤口一直长不好。她刚来这里的时候，精神、情绪还算不错，可她的状态越来越差。"离开病房后，任平生跟我说了宋宝儿的近况，"我们也请心理医生给她做了评估，她有产后抑郁。她先前对ATG治疗（重度再生障碍性贫血的一种免疫抑制治疗）抱着很高的期望值，但是她对这种再障的重要治疗方案一点都不敏感。目前我们只能暂时用激素刺激骨髓造血，并且同步输各类血制品改善临床症状，有机会就给她做干细胞移植。可因为移植的事情，她们一家人搞得很不开心。她知道，最后还是老父亲来捐，不管从捐献者的干细胞质量来看，还是从捐献风险考量，她60多岁的老父亲都不是合适人选。这些天，她的心理压力一直非常大。她的孩子是早产儿，身体不太好，孩子出生后的这两个月反复在新生儿科住院，听说给孩子治病也花了不少钱……"

疾病对一个人的摧毁的确是全方位的。它不仅会摧残人的身体，还会损耗人的尊严，毁灭人的意志。

这晚，任平生没有收新患者，病房也难得安静。

"得了这样的疾病的确有些不幸，不过全心全意爱她的人真多。她妹妹还不肯捐献干细胞吗？"

任平生笑了笑，说："她的父母、爱人、公婆都待她如珠如宝，连你这个前任的主管医生还如此关注她的病情进展。"

我想起一个心理学者说过这样一句话："爱只流向不缺爱的人。"看到宋宝儿，我更相信了这句话。于是我回复任平生："这个世界上，大概万事万物都存在着'马太效应'吧。那些从小就被父母偏爱的人，一路上获得的来自亲友、师长、伴侣，甚至陌生人的爱也就越多。"

任平生没想到我会这样回答。他说："这些天，我看到宋宝儿的家属反复给她的妹妹萧贝儿做思想工作。他们一开始对她晓之以理，动之以情，可萧贝儿对捐献干细胞一事始终不予表态。一家人怎么劝都没用，便找我去游说萧贝儿。家属觉得有医生出面，从专业角度告诉萧贝儿捐献造血干细胞的必要性，可能比他们更有说服力。

"我一开始也以为萧贝儿拒绝的原因，和很多一听到'骨髓移植'便开始打退堂鼓的捐献者一样，是害怕手术损伤身体。毕竟过往的一些影视剧起到了负面宣传作用，让人们以为，骨髓移植就是像肾移植那样的实体器官移植手术，需要真的开刀手术，从骨髓腔里硬抽骨髓，会给捐献者带来很大的痛苦，并且还可能存在很多手术并发症。

　　"我在私下里和萧贝儿沟通过，告诉她，现在所谓的'骨髓移植'其实就是造血干细胞移植，而且是采用外周血提取干细胞。在捐献者的两个前臂上插上导管，一头采集血液，经过一个特殊的装置洗涤出干细胞，再从另一头导管把其他的成分血回输到捐献者体内，原理其实和献血小板差不多。捐献者损失的干细胞，也会很快被机体自行补充，一般不会有严重的不良反应和后果。健康人都可以承受。

　　"可后来在与萧贝儿的交谈中，我才知道，她不愿捐赠的原因根本就不是害怕并发症。她说我不用对她解释那么多医学术语，这些她都懂，甚至能举一反三。她不愿捐赠的原因，是她觉得自己被这一家人绑架了，而且她对姐姐的感情也很复杂。

　　"知道她不愿意捐献干细胞的原因后，我也打消了劝她的念头。虽然作为一个医生，这个做法并不理智。宋宝儿对再障的常规治疗方法不太敏感，我们反复给她用激素、球蛋白，不断给她输血，却也只能勉强维持她的生命。她的家属积极给她做了ATG治疗，但效果还是不好，现在可能治愈她疾病的就剩下造血干细胞移植了。

　　"中华骨髓库里同她HLA（人类白细胞抗原）匹配的倒是有一个，可对方在外省，中华骨髓库的工作人员也联系过他。可他说当年登记信息加入骨髓库的行为完全是一时兴起，眼下他工作繁忙，根本抽不出那么多时间前往天城市捐献干细胞。毕竟涉及再次抽血化验、术前检查、打动员剂、正式抽取干细胞等诸多环节，他要为一个从未谋面的人花那么多时间、精力，实在做不到。当骨髓库的工作人员再次与他电话沟通时，他直接拉黑了电话号码。

　　"宋宝儿的父母、丈夫，甚至公婆都去做了配型。她的父母配型都成功了，但是再次体检时，两个人却都被卡住了。宋母的血液里查出了存在巨细胞病毒，乙肝抗原也是阳性的，宋宝儿如果接受了这样的供体干细胞，巨细胞病毒会导致她在移植期间出现严重的病毒性感染，乙肝病毒也可能会在移植期间让她出现严重的肝窦阻塞综合征。前者会导致她出现巨细胞病毒相关性肺炎、肠炎、视网膜炎，而后者可能会让她出现急性肝功能衰竭、肝肾综合征，甚至因多器官衰竭而死亡。"

宋父查血这一关倒没什么问题。不过，他是高度近视，而且患糖尿病很多年了，存在视网膜病变。他这种情况可能会在采血过程中因为血容量的改变，视网膜脱落的风险增加，而且他已经60多岁了，对他20多岁的女儿来说，自然不是最理想的供体。

这一家人便把所有希望都压在了萧贝儿身上。在一家人反复劝说下，萧贝儿同意了验血，她和姐姐的HLA抗原也能配上，而且她还健康、年轻，比她的父母更适合做供体。

原本到这里，应该皆大欢喜。可是她却拒绝了。她的父母反复游说，都没有用，她的姐夫更是差点给她跪下。

面对这样的亲属，萧贝儿直接选择了避而不见。

"那不是她亲姐姐吗？而且她也不是不知道，献干细胞和献血差不多，对她来说几乎没什么风险和并发症可言。"我作为宋宝儿的前任主管医生，对她妹妹这样的做法着实不能理解。可一想到自己已经两年没和父亲联系，我对血亲何尝不是冷血至极，又何必这样五十步笑百步？

正在喝水的任平生皱了皱眉，显然不认同我这样的观点。他放下水杯，沉默了半晌，他笑着问我："谁规定了她一定就要给姐姐捐献干细胞？"

见我有些疑惑，他问我："有没有空？听我说个故事。"

多年前，有一个上海的男知青插队到了天城市所辖区县的一个村庄里。他是家中的独子，他去插队时已经接近"上山下乡运动"的尾声了。他插队后不久，便看到了可以返城的苗头。如果不出意外，他肯定是要回城的。

可后来，他和当地的一个姑娘相爱了。他和那个姑娘还在热恋期间，就已经有很多知青返城了，他也可以回去，可是根据当时的政策，他没法带着女友一起返城。他没有选择回到上海。他在周围那些想返城的知青都忙着离婚那会儿，却和那个姑娘结了婚。为了爱情，他宁可在小地方待一辈子。

他在村里当代课老师，一干就是很多年，始终没有等到可以和妻子一起回上海的消息。他的父母相继去世了，他便断了回上海的念想。

对他来说，幸福这种东西大概就是求仁得仁吧。十里洋场的诱惑，比不过能和心爱的人幸福相守。

后来他被调到镇里任教，他的妻子也在镇里开起了小卖部，日子越过越好。可这对神仙眷侣一样的夫妻一直有个遗憾，他们结婚十多年了，却始终没能怀上孩子。夫妻俩四处求医，在生殖辅助技术还没广泛开展的年代，这对夫妻不知道吃了多少药。

夫妻俩商量着，如果这辈子真的没有孩子，那他们也认了。可在他36岁那年，他的妻子居然怀上了。他女儿出生的过程并不算顺利，他妻子毕竟是高龄初产妇了。

从妻子开始有宫缩，到他在产房外听到孩子的第一声啼哭，他等了将近二十个小时。当护士把女儿递到他怀中的时候，他第一次知道什么叫喜极而泣。他的亲人都死了，而女儿成了他在世上唯一的血亲。女儿还没睁眼，只是不停地啼哭。他把女儿紧紧抱在怀中的时候在心里暗暗发誓，他会待这个来之不易的女儿如珠如宝，他会倾其所有，护女儿一生平安喜乐。也是那一刻，他便给这个女儿想好了名字：宝儿。

这是萧贝儿告诉任平生的。很多年后，她看到了父亲当年的日志，才知道姐姐在父亲心里有着怎样的地位。萧贝儿也是那时候才知道，自己的出生对父亲来说纯属是多余的。

夫妻俩自然爱极了这个女儿。他们孕育这个孩子非常困难，自然没想过要二胎的事情。他先前一直怀不上孩子的妻子却在一年多之后怀上了第二个孩子。一开始她也有些大意，没注意到自己身体的变化，直到发现这个孩子的存在时，孩子已经快3个月了。

那一晚，夫妻俩商量了很久。丈夫并不是很想要这个孩子。先不说那个年代里严厉的计划生育政策，他觉得有一个孩子就够了，人的爱是有限的。他已经有了一个如珠如宝的女儿，如果再有一个孩子，他难免会分一部分爱在另一个孩子身上，这样就会愧对他初次将宝儿抱在怀中时自己对她的许诺。

可妻子却想留着这个孩子，理由倒很简单：她是妈妈。

最后他们还是决定生下这个孩子。老二也是女儿，他们给孩子取名贝儿，凑成一对"宝贝"。为了保住工作，他想了一些办法，将这个孩子的户口上在她的舅舅家里，刚好她舅舅也生了个孩子，便以双胞胎的名义落了户。因为户口上父亲那一栏里写的是她舅舅的名字，二女儿的姓氏自然也随了母亲。

虽然解决了户口的问题，但那些年计生办查得很严格，而且小地方大多沾亲带故，学校领导也听到了一些风声，时不时到他家来"坐坐"，打算了解点情况。如此一来，他们只能将贝儿寄养在舅舅家里，只是偶尔去探望。

宝儿是一直在他们身边的，他们第一次当父母，对宝儿自然含在口里怕化了，捧在手里怕摔了。他们也渐渐发现，如此教育孩子，也容易让孩子在性格上有一切缺陷。从小被寄养在舅舅家的贝儿和姐姐就有截然不同的性格。

贝儿6岁时该上小学了，回到了父母身边。看到听话、乖巧、懂事的小女儿，夫妻俩半是心疼，半是欣慰。

贝儿回到他们身边后，夫妻俩自认为一视同仁，只是看到明显更加懂事的贝儿，夫妻俩开始反思对大女儿确实过于溺爱了。

接下来的这些年，一家人倒也快乐、和睦。宝儿明显更恋家，高考选择了在天城市的大学，毕业后就回县城工作了。她的父亲已经退休，也搬到县城生活。贝儿成绩优异，性格也要强，高考时考取了教育部直署的师范大学。贝儿上大学后就再没问家里要过钱，靠奖学金和做家教的收入养活自己。她毕业后回了天城市，在一所重点中学教了两年书，便自立门户开始做培训行业。那时候正值培训行业野蛮生长的黄金岁月，她收入颇丰。

一家人看似平和的生活在贝儿知道父母给宝儿买房之后，便彻底被打破了。

宝儿所在的单位工作清闲，收入自然也不高。这些年县城的房价也有节节攀升的架势。夫妻俩的财力有限，他们的积蓄只能在县城里买房。而贝儿在天城市工作，能力又强，想到这些，他们便只给宝儿买了房。

可他们眼里一直懂事、听话的小女儿却彻底爆发了。她指责父母这二十多年一直偏心，既然他们心里、眼里一直都只有姐姐，当初又何必生她这个多余的女儿。

她和父母大吵一架，把多年来一直压在心底的愤恨和委屈尽数发泄出来。她小时候住在舅舅家，从小就知道寄人篱下是什么滋味。舅舅、舅妈对她不错，可始终都不是她的亲生父母，她只能听话、懂事，小小年纪就要学着揣摩大人的心思和脸色，生怕惹大人不开心。可反观她的姐姐，从小无忧无虑地待在父母身边，那种娇纵恣意是她从来不敢奢望的。

虽然父母一直表示两个女儿都是他们的宝贝。在物质上，父母的确做到一视同仁。可她很小就能感觉得出，人的心从来都是偏的，父母对她，明显比对姐姐更严厉。

她6岁以前一直都不在父母身边，她和父母间天然存在着疏离和客气，根本就不像一家人。而姐姐和父母在一起时，亲密、自然，和她形成了鲜明对比。

比起油瓶倒地了也不会主动去扶的姐姐，她主动承担了一个小孩子力所能及的所有家务。姐姐虽然天资聪颖，却没在学习上下苦功夫，最后去了一个二流大学。她却非常勤奋、刻苦，一路上重点高中、名牌大

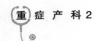

学，她在18岁之后就可以自食其力。她想用这些告诉父母，比起姐姐，她更值得父母偏爱。

她在培训机构的收入颇丰，干了两年多，就足够付天城市一套房子的首付了。她很快便把房子装修好。买房子和装修房子的事，她都瞒着家里人。她想搬新家那天邀请父母和姐姐一起到家里来。她要给父母一个惊喜：他们的小女儿可以自食其力，在大城市买房了，他们的小女儿一直都是最棒的。

可她还没来得及告诉父母，便从一个亲戚那里知道，父母已经给姐姐在县城里买了房，是瞒着她买的。她是最后一个知道的。从那一刻开始，她觉得自己这些年所有的努力像一个笑话。也是从那时候开始，她和父母的关系迅速降到冰点，她拒绝父母任何形式的关心和问候。

她对姐姐的感情很复杂。父母对姐姐的偏爱，一直像一根刺扎在她的心上。可是，她也是爱姐姐的。姐姐虽然比她大两岁，但娇气的姐姐倒更像妹妹，她也乐于照顾姐姐。6岁之后，她便和姐姐同吃同住，她们会彼此分享心事，姐妹俩是一对天然的好闺蜜。

这种很微妙的感情随着姐姐进入婚恋中，而出现了裂痕，因为她的姐夫。

那个男子的学历、家世、长相都算不上上乘，可初见姐夫时，他身上那种谦谦君子、温润如玉的气质却留给她很深的印象。她在心中感慨：果然是亲姐妹，连喜欢的男人都是同款。可是那个男人的眼里、心里却只有她姐姐。

那一晚，她住在姐姐家里。她还像小时候那样，和姐姐裹在毛毯里，两姐妹一人占一头窝在沙发上看电视。她们看的是一部无聊的后宫争宠剧，无奈姐姐就爱看。姐夫在厨房里准备姐妹俩的追剧零食——五香毛豆。她记得，那是姐姐从小爱吃的零食。

姐夫从厨房出来后，拿出一个盘子，在盘子里倒了一些，客气地递到她手中。随即，他又搬了个小凳子挨着沙发坐下来。他拿起一个豆荚剥开，像给雏鸟喂食一般将剥好的豆子喂进姐姐嘴里。他全程背对着贝儿，她自然看不见姐夫的表情。但是她能想象到，那是怎样一副温柔的脸。

过了一会儿，他像忽然想到了什么，一拍大腿，说："哎呀，真该打，忘记了我们宝儿脚凉。来，老样子。"

随即，他撩起了羊毛衫，姐姐顺势把脚放到了他的肚皮上。大概姐姐的脚的确很凉，当姐姐的脚贴上去时，她明显感觉到姐夫的背脊收紧了一下。可他的手没有停下来，乐此不疲地给姐姐喂他刚做好的零食。

整个过程，姐夫都这样旁若无人，自然娴熟。显然，他平日里也都是这样待姐姐的，不是因为有了外人才要这样作秀。他与贝儿的距离如此之近，只要稍一回头，就可以发现小姨子幽怨的眼神。可他无暇顾及，他面前的女人把他的世界撑得满满的。

这一幕再度刺痛了贝儿。她小时候和姐姐一起看电视，天冷的时候，姐姐会很自然地把脚贴到父亲的肚子上，父亲也是一脸宠溺地望着姐姐。父亲也招呼她这样做，可是她却从来没有这样做过，因为在她的潜意识里，她知道那是姐姐的特权，而不是她的。所以每一次，父亲招呼她的时候，她都懂事地说自己的脚不冷。

命运就这样神奇地轮回，姐姐的父亲和丈夫都待姐姐如珠如宝。她爱着的男人，眼里和心里都只有她的姐姐。

而她只配在一旁观望，迎来的是父亲象征性地招呼"你也一起来吧"，以及姐夫礼数周全地递来的那碟给姐姐准备的零食。

那一晚，她悄无声息地从姐姐家离开。从那之后，她和姐姐鲜有联络，连姐姐的婚礼也没参加，只是托人送了一个大红包。父母看在眼里，心里也不是滋味，几次尝试协调，可这个女儿却很固执，与家人划出一条泾渭分明的界线。

父母一直以为，贝儿始终在为他们只给姐姐买房子的事情耿耿于怀。当时还没有后来的教培管控，已经退休的父亲又在家中办起了补习

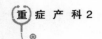

班，夫妻俩平日在生活上也省吃俭用，想着帮小女儿买辆车作为补偿。她们都是自己的女儿，一碗水总得想办法端平。

可他们哪里知道这女孩的心思。贝儿积累了二十多年的怨气，就像松脂滴落时裹进了昆虫，又被掩埋在地里千万年，早就变成了坚硬的琥珀。

贝儿偶尔会和母亲联系，她从母亲嘴里了解家人的近况：姐姐怀孕了，身体不太好，医生说有些贫血，血小板也少。不过母亲强调，不用她担心，医生说可能就是妊娠相关性的，生完孩子就没事了。

听说姐姐病了，她打算回县城看姐姐。姐姐家离县医院很近，她便在那里下车。透过医院的雕花栏杆，她无意间往住院部望了一眼，可就是那一眼，让她瞬间步履停滞，被"冻结"在原地。

从医院大厅出来，要下几个台阶。一个身形瘦削的男子牵着一个小腹微隆的女人缓慢、笨拙地下了台阶。整个过程中，那个男人的一只手始终牵着那个女子，生怕爱人有一丁点闪失。

那两人就是她的姐姐和姐夫。而那个被姐夫捧在手心里的人，却不是自己。她像个受了委屈的孩子一般蹲在地上号啕大哭，然而没有人注意到她。医院是个每天都有生死别离的地方，行色匆匆的路人自然无暇安慰这个悲伤的女子。

再一次知道姐姐的消息还是从母亲那里。姐姐生了个女儿。她刚想说"恭喜"，可母亲又说，姐姐遇到了麻烦。姐姐在孕期被查出得了重度的再生障碍性贫血，已经做了ATG治疗，但效果不好，要根治就只能做造血干细胞移植。

她听出了母亲的言外之意。是的，她们毕竟是一家人。

知道姐姐的遭遇后，她同意做配型检查。结果出来了，她是最合适的捐献者。所有人都像得到大赦，她的父亲和姐夫在知道她和姐姐的配型成功后，看她的眼神简直像看到观世音菩萨下凡。一股怒火瞬间出现了，凭什么自己要给他们爱的女人做贡献？

　　在反复游说无效后，她记得父亲看自己的眼神：失望、愤怒，还有厌恶。父亲告诉医生，既然小女儿不同意捐，那他就捐自己的。医生反复告诉他，高度近视且有眼底病变的老年人不适合捐献，有失明的风险。可是他已经管不了那么多了，既然小女儿见死不救，他就只能自己捐，别说捐干细胞了，就是捐肝、捐肾，他也豁得出去。

　　而她的姐夫听医生说，年轻人的干细胞肯定对患者预后更好。妻子也不想让老父亲冒着失明的风险给自己捐赠干细胞。妻子的产后伤口一直长得很不好，恶露也一直没有消散的迹象，连续的激素冲击已经让她昔日娇美的小脸以肉眼可见的速度膨胀起来，她已经不愿再照镜子。特别是花了很多钱的ATG治疗没有起到预期效果，妻子的精神状态每况愈下，她的生命力也在一天天变弱。

　　他甚至向小姨子提出，只要她愿意捐干细胞，他就拿三十万做答谢。他只是县城里普通的公务员，姐姐目前的治疗就已经花光了他们一家的积蓄。她发现他为了这三十万的许诺已经开始透支信用卡。

　　她始终没有表态。姐姐在保守治疗期间反复出现感染，有一次还因为血小板值过低出现了自发性脑出血，好在出血量不多，没有到要开颅的地步。在医生又一次下达病危通知书后，姐夫在她这个小姨子面前再也顾不上"男儿膝下有黄金"了：只要她同意救自己的妻子，要他怎么样都可以。

　　好在他的父母拉得快，这一跪倒是没跪成。

　　看着说出"为了这个女儿，捐肝、捐肺都可以"的父亲，和为了妻子可以向小姨子跪下的姐夫，她心中的恨意像决了堤的洪水，奔腾不息。

　　打小，她就比她听话、乖巧，现在她也比她优秀，比她成功。就算没有这些，起码她也比姐姐健康。可是这些人的眼里为什么就只有姐姐？她爱着的父亲和姐夫，为了那个和她容貌相似的女人，可以做到这般地步，凭什么？

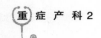

那埋藏了二十多年的妒忌像一颗带毒的种子。这些年她一直拼命地压着这颗种子，生怕它生根发芽。在造血干细胞移植的关口，她的父亲和姐夫硬是生生撕开了她一直拼命掩盖着的伤口，让这积压了二十几年的怨恨的种子破土，疯长。

她无比期待姐姐就此死去，即使姐姐死了，她也不会得到父亲和姐夫的爱。可这对她来说已经无所谓了，她只希望姐姐去死，只有这样，嫉妒才能消失。

"这些全是萧贝儿告诉你的？那毕竟是她亲姐姐。"听完了这个故事，我感觉手里的绿茶已经冷透。人类的悲喜并不相同，我和萧贝儿有着截然不同的人生经历。面对自己的原生家庭，我的心底也有一条蠢蠢欲动的毒蛇。在这两年多的时间里，我斩断了和父亲的所有联系，那条毒蛇也被封存了。

任平生没有立即接话，只是反问我："所以，你觉得她应该怎么做？"

"你支持她的决定？"

"作为医生，我肯定希望她去捐。对我的工作来说，这会避免很多麻烦。可是作为一个人，萧贝儿做任何决定我都支持。毕竟，她有权不去捐献。那些一味逼她的人又何尝不自私呢？"任平生语气平和，他和我同岁，可我能感觉到他身上具有与年龄不符的清醒、通透和对世人的强烈悲悯。在医院工作的这些年，任平生并没有因为规避风险、明哲保身便学会权衡取舍，反而保留着几分少年心性，在这些关口上，他会遵循自己的本心做事。

他这种少年感，倒是有一种让人觉得安心可靠的力量，难怪萧贝儿把这些私密的往事尽数告诉他。

第四十八节
回家

　　我和任平生都是单身，每次见面时又能聊得格外投机，我们很自然地走到了一起。

　　我们都在医院上班，没有固定的休息日，而且都需要值夜班，自然不像其他热恋中的情侣一样你侬我侬。

　　和他恋爱后，我还是一有空就会去新华医院。

　　谭主任的妻子已经从重症监护室出来了，目前住在神经内科。由于大脑组织受损严重，她两侧的肢体都存在严重的功能障碍，不要说下床活动了，就连吃喝拉撒都不能自理。她在监护室的时候做了气管切开，她的语言功能也因为脑梗死受到了影响。前两天医生给她被切开的气管做了封堵，可她还是不能说话，只能发出"啊啊"声。她的吞咽功能也受到很大影响，无法进食固体食物，目前只能吃流质食物。

　　这一个多月里，谭主任一直在医院。监护室的探视时间是固定的，可新华医院重症医学科主任是他的老同学，又念及他本人也是医生，便破例让他一直留在那里，晚上就睡在医生值班室。

　　身为患者家属的谭主任再没了往日在科室时的从容自若，不知是要忙于照顾妻子，再没有时间去打理头发，还是这样的环境真的会让人一夜白头，我看到他的头发变白了一大片。

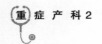

妻子的病情稳定了很多，他这些天看上去心情不错。见我看着他的头发欲言又止，他笑了笑，说："这些天我一直在医院，没出门，没时间去染发了，白发遮不住了而已，不是愁白的。当了这么多年医生，心理素质不会这么差。而且我也是五十好几的人了，我好多同学早就谢顶了，还不能允许我长点白头发吗？"

谭主任的妻子叫冯雪菲，之前在师范大学中文系任教。生病前我见过她很多次，虽然她马上就到退休的年纪，可她的眼里还有未被世事侵扰的清澈、纯净。生病前她偶尔出现在我们科室时，总会有人不自觉地对这个气质出挑、妆容精致的女子行注目礼。

可现在再见到她，我再一次感觉到，疾病对一个人的摧毁是全方位的。除了身体上已经出现了不可逆转的严重残疾，她的容貌也被摧毁了。她的口角严重歪斜着，有涎水不断外流。她睁着眼睛时，左边的眼珠子诡异地往斜上方翻着，现在的她已经没有往日的半分神采。

冯雪菲再度"啊啊"地叫起来，拼命想表达什么，可只能发出这样词不达意的声音。谭主任居然还是听懂了。他急忙安抚妻子："没问题，我现在就准备。"他托我临时帮忙照看一会儿，他出去准备点东西。冯雪菲见丈夫要走，她再度发出尖叫声。我听不懂她想表达什么，可我还是从她已经彻底变形的面容里看出了惊恐。她的泪珠从眼角滚落，像个病入膏肓的小孩子，一分钟都离不开大人。

谭主任把妻子的两只手都握在手里，趴在她耳边说："我一会儿就回来，不要怕。我什么时候也不可能把你抛下。"冯雪菲还在咿咿呀呀地"说"着什么，可她不再哭泣了。

接下来，只有我照顾她，谭主任刚走一会儿，她便再度发出不明所以的"啊啊"声，然后又开始哭。我自然不知道她要表达什么，以为她渴了，便拿出带吸管的杯子让她喝水。可她继续摇头，她右边没被影响的眼珠子一个劲往下翻，我这才意识到她可能要上厕所了，便急忙端来便盆。可帮她脱下裤子后，我才发现她已经把大便搞得到处都是。我从没有帮人处理大小便的经验，就叫来了护工，我们一起帮她翻身清理。

谭主任很快就回来了。他一进来，妻子便像很久没见到家人的小孩子一样呜咽了起来。他急忙柔声安慰："你不是想吃牛肉羹吗？我买了牛肉，把料理机也带来了，马上就给你做。"这个单人病房已经被他弄成了小厨房，他用料理机将牛肉打成稀糊状，再放好佐料，亲自尝试了味道和温度后，才把牛肉羹端到妻子面前，一勺一勺地给妻子喂食。长期卧床的患者很难避免坠积性肺炎，即便这已经是最容易吞咽的食物，可冯雪菲在进食时还是出现了剧烈呛咳。食物和痰液像喷泉一样飞溅，连一米开外的我也被喷到了。冯雪菲像个犯了错的小孩，再度呜咽起来。谭主任帮她擦干净嘴角和头发，温柔地对她说："慢慢吃，不着急，这个吃完了就喝果蔬汁。"

等冯雪菲睡着后，我问主任他今后有什么打算，什么时候再回科室。谭主任叹了口气，说："我打算辞职，雪菲根本就离不开人，她的父母都过世了，姐姐在国外，我现在是她唯一的亲人。我当年转型当妇产科医生，有我妻子的缘故。可这些年，我的绝大部分时间和精力都奉献给这份工作了，往后我只想安心陪妻子。医院不缺医生，但没了妻子，我就没家了。名声、地位、财富不过就是过眼浮云。"

我之前还抱着一丝幻想：谭主任等妻子病情好转之后会请护工照顾妻子，他还会回科室任职。一直以来，谭主任在我心中都是极为特殊的存在。我感念他的知遇之恩，更感激这些年里他对我无条件地信任和肯定。在工作上，他一直是我心中的那盏明灯。我和自己的亲生父亲多年不睦，这几年，在感情上，我已经把他当成自己的父亲了。

可谭主任笑着对我说："前些年二胎政策放开，科室非常忙。这两年孕妇已经减少了，而且现在科里有很多优秀大夫，没了我，科里照样风生水起。昨天李承乾来过了，他还和我说了你的事情呢。他说前些天你值夜班时，半夜带着一个刚定在科里的年轻大夫，一接到电话便火速冲到急诊，几分钟之内就完成了一台濒死孕妇的床旁剖宫产手术。孩子

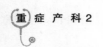

平安，母亲虽然还在监护室观察着，但暂时无性命之忧了。"

谭主任说的是一周前在半夜里被送到急诊科的出了车祸的孕妈妈。夫妻俩连夜赶路，不慎撞向一辆停在路边的运输钢筋的卡车。在最后关头，丈夫拼命向右打方向盘，可终究来不及了。消防员和院前急救人员到达现场时，驾驶室已经彻底变形了，消防员费了九牛二虎之力才把丈夫拉出，可丈夫已经没有生命体征了。坐在副驾上的妻子虽然没有受到严重挤压，可一根被撞落的钢筋插进了她的胸腔。

救护车拉着受伤的孕妇一路风驰电掣地赶往急诊科。尽管出事故的地方离我们医院很近，我接到消息时再通知其他高年资的二线医生到科室已经来不及，我索性带了一套手术器械就匆匆赶往急诊科。

我到达急诊科时发现孕妇的胸口还插着半截钢筋，已经出现了严重的循环衰竭（人体内部血液循环总容量受到某种因素影响，出现体内血液灌注量下降，引起有效循环血容量过低的一种症状）。她的血压已经低到测不出来，随时会出现心跳骤停。我急忙给她腹中的孩子做了彩超，孩子还活着。从彩超上看，这个孩子已经接近足月，我必须在最短的时间内将孩子取出，给孩子活命的机会，而胎儿娩出后解除了子宫对下腔静脉、腹主动脉的压迫，可以明显提高孕妇的心输出量，改善孕妇的血流动力，帮助心脏复苏。

当时没人授权，更没人签字，可我管不了那么多了。我带着才到科里工作的年轻大夫，将消毒液泼洒在孕妇腹部，以极快的速度消毒。母儿的情况万分危急，可我却格外沉着冷静。谭主任隔三岔五就要在科室开展各类紧急演练，包括围死亡期孕妇的剖宫产演练。我们配合默契，精神高度集中。我们熟练地逐层划开孕妇腹部，并按压孕妇腹部拉出胎儿，又迅速地逐层缝合好孕妇腹腔。在解除了妊娠压迫后，孕妇的血压和心率很快便开始回升，急诊、胸外、监护室、麻醉科的医生密切合作，全程开展绿色通道，给这个胸部被贯通的孕妇做了开胸探查手术。

这是个接近足月的孩子，虽然同母亲一起遭了大难，可他一出生便哭声嘹亮。这个孩子在新生儿科观察了两天后，便被外公、外婆接回了家。

李承乾把当晚的凶险描述得绘声绘色，"彩虹屁"吹得天花乱坠。他对谭主任说："多亏主任平日里练兵有素，才能让科里的大夫在任何场合都能镇定自若。"

谭主任再度关心起我的终身大事："科里前些年来的年轻大夫，现在都觅得良伴了，看你一个人还在'漂'着，我心里总有些不是滋味。一个人凡事都顺顺利利还好说，这要是哪天病了、累了，连个一起分担的人都没有……"

他也知道我家里的一些情况，我排斥婚育的态度和原生家庭脱不了关系。他语重心长地对我说："人小的时候会以为家就是全世界，外面不过就是家的样子。可人会长大，离开家以后，外面的世界也跟着无限放大，就会发现外面的世界和自己的家庭并不一样。凡事还是往好处看。"

我有些扭捏地告诉主任，我有男朋友了。

谭主任一听，很高兴，便开始问："两个人在一起聊得来吗？在一起是不是真的开心？他对你好不好？"

我告诉他，我的男友是我们医院血液科的医生。我和他接触的时间不长，但我感觉每次见面我们都聊得特别投机，在一起还蛮开心的。

"那就好，有空了，把人带过来看看。"

我心情复杂地离开了医院。我只照顾了冯雪菲一会儿，就已经感到艰难。可接下来的漫长岁月里，谭主任都会日复一日继续着这样艰辛、沉重的工作。由于冯雪菲的脑组织破坏得过多，多个科室的专家都已经给她会了诊。他们说这次冯雪菲能活下来，都算命大，后期康复不容乐观，估计就这样了……

我刚回到家，母亲就给我打了电话："周末有空了，回一趟县城，你爷爷生病了。你都两年没回去过了，再怎么说你也是他的亲孙女。你

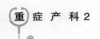

总不和他们联系，我也很不好做人。他们全家人都在抱怨我，说你和他们断绝往来都是我指示的。"

我笑了，母亲现在离这家人十万八千里，还在苦恼女儿不与他们联系，导致她被夫家指责。我告诉母亲："你不接这些人的电话不就耳根清净了吗？你不要想着整天怎么样做才能被那家人认同不就完了吗？你不要对做个'好女人''好儿媳'抱着那么大的执念不就完了吗？你是他们家的儿媳，可他们又何曾善待过你一天？"

我虽然嘴上这么说，可我周六还是回了趟县城。不过我回县城倒不是为了让母亲免受夫家的指责。爷爷已经80多岁了，老年人到底病不起。爷爷都到这个岁数了，还有什么不能一笔勾销？

任平生告诉我，萧贝儿避开家人，主动找到他，她同意给姐姐捐献造血干细胞。可是她说自己始终过不了心里那道坎。她说服自己：她此番举动只当救助了中华骨髓库里一个与她配型相同的患者。她让任平生承诺，不把这件事情告诉她的姐姐和家人。她现在不想再和家人联系，她想换一个城市重新开始。也许有一天她可以放下这些了，她们还是一家人。

我不是萧贝儿，自然体会不到她如烈火一般的不甘、妒忌和愤恨。但关系到血亲的健康和生命时，我们还是会选择退让。

回到县里已经是午饭时间，我给奶奶打电话，问爷爷在哪个科室住院，住几号病房。奶奶在电话里欲言又止，让我先去家里吃午饭。

我隐隐觉得不对劲，但还是前往老人的住处。一进门我便愣住了：爷爷好端端地坐在饭桌前，小叔、小婶，还有大叔一家都端坐在沙发上。他们脸色凝重，正襟危坐，显然是又要召开"家庭会议"了。

在我只有几岁时，父亲和大姑便接到家人的电报：父亲病危，速归。两人匆匆赶回老家，才知道爷爷骗了别人一大笔钱，跑路了。当年小叔才毕业，他自己还欠着一堆债，只好以这个理由把远在边疆的哥哥、姐姐召回来，共同应对。没想到二十几年过去了，他们再次使用了这个屡试不爽的借口。不用这些人开口，我就知道这次家庭会议的主题是什么了。

爷爷年过八旬，仍耳聪目明，气色红润。我在心中暗笑：这么多年过去了，这家人的"诈骗手段"毫无创新。

奶奶摆了一副碗筷。我刚落座，小叔便对我发话："赶紧吃，一家人都等着你呢，有要紧事商量。"

我听说这一年多里小叔又欠下七位数了，除了在县里自住的那套房子，他已经没有其他资产可卖了。尽管欠下如此巨债，坐在沙发中心的小叔还是和往常一样气宇轩昂。

在我吃饭时，他便严厉批评我："你这两年愈发没大没小，居然还敢拉黑长辈。幸亏你生在这个年代，放在过去，你这种大逆不道的人会被全家仗刑。"

小叔居高临下，道德感和优越感满满。我心想：对一些人来说，体验当皇帝的最简单、方便的方式就是养个孩子，成为长辈。

他们骗母亲打电话让我回来，自然不是为了给我上思想教育课。我有些好奇，他们打算什么进入主题。

我看了看坐在小叔身旁的堂姐。堂姐还在哺乳期，可脸上居然还有伤。我听到堂姐和海员前夫离婚的事情，倒没有感到意外，哪个正常人可以受得了这样的家庭？可让我没想到的是，执意离婚的居然是堂姐本人，她出轨了。

堂姐和前夫一路走来并不容易，没人可以像前夫那样，无条件帮她支撑起这个家庭。

堂姐告诉我：大叔当年彻底抛弃家庭，还在外面欠了很多钱，她和妹妹都要上学，她上的是三本，学费很高。是海员前夫供姐妹俩读书，还了大叔欠的一堆外账。出于感恩，她也只能和他结婚。

堂姐的讲述和我当年的记忆有些偏差，我见证过堂姐和前夫恋爱的情景，我相信当年堂姐也是爱过前夫的。可如今他们不爱了，连当初的

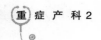

感情也变成了为父还债，迫不得已。这世上有不少"扶弟魔"，可"扶爹魔"也不少。

堂姐经常在外数落前夫的各种不是，前夫在她眼里就像个废人。她曾多次提出离婚，可为了婚姻已经付出了一切的前夫，离婚的"沉没成本"太大。前夫苦求未果，堂姐那时已经怀上了别人的孩子，他只能接受离婚。前夫当了十多年的海员，挣了不少钱，他挣的所有钱都给了堂姐，三处房产也只写了堂姐的名字。离婚时，他什么都没带走，明明是他被出轨了，可他却变成了净身出户的那个。

十多年前，我初见那时的堂姐夫时，他是何等意气风发，可我最后一次见到他时，他神情呆滞，像一具被蛀空了魂魄的傀儡。还好他离开了，或许再过几年，估计连他的躯壳也要被这家人吸食干净了。

我从大姑那里听说，堂姐最近又要离婚了。她现在的丈夫没办法向前夫一样心甘情愿地被她乌烟瘴气的家庭吸食，婚后夫妻争吵不断。还在哺乳期的她又出轨了医院的同事，这次对方留了她婚内出轨的证据，离婚自然不可能还是男方净身出户。堂姐没了坚强的经济后盾，给大叔的闲钱也自然没有以前多了，大叔在外面的姘头也和他断了。大叔恨上了堂姐，天天在家里斥责女儿："都是你不守妇道才让家庭分崩离析，好好的日子都让你毁了！"

一想到这里，我就觉得好笑。大叔还好意思说自己的女儿，他不是一直在做榜样吗？有毒的家人，其恶劣影响会代代相传。堂姐屡次婚内出轨，不是受这个家庭潜移默化的影响吗？

小叔终于说出了今天家庭会议的主题——借钱。我一言不发。最后还是小婶打破了沉默，对我说："你好歹也是受过我们家恩惠的，做人不能太忘恩负义。"

我感慨小婶是"贤妻"的楷模：她和小叔结婚十多年，忍受着丈夫的大家庭的不断盘剥；忍受着丈夫不断出轨；忍受着丈夫赌性不改，债台高筑，可她始终不离不弃。小叔已经上了失信名单，为了保住最后那套房，她和小叔办理了假离婚，可她还和小叔住在一起，照料着小叔的生活起居。我再次见识了斯德哥尔摩综合征的威力，以及罹患了这种疾病的人有多么无可救药。

奶奶也急了，指责我："你小叔现在工作丢了，又欠了那么多钱，你堂妹还要上学，他对一家人都有恩，你不能见死不救。你在大医院工作肯定挣得不少，你帮帮他怎么了？做人最重要的是不能忘本！"

我依旧沉默着，在心里暗笑：我还真的"没有道德"，看这家人如何来绑架？我不想和这家人争辩，只想迅速脱身。可我现在势单力薄，更怕已经穷途末路的小叔干出什么出格的事情。这些年在临床工作，我要和形形色色的人打交道，倒也让我练出了审时度势的功夫。

我一脸沮丧地告诉这家人："我也知道滴水之恩涌泉相报的道理，可我现在确实没钱。虽然我在大医院工作，但收入并不比县医院高。我年初听了朋友的建议，买了些新能源和白酒的股票，一开始赚得挺多。我想着挣钱那么容易，千万不能错过这个挣快钱的机会。我就问同事借了不少钱补仓，可没想到全买在了'山顶'，我刚在高位补仓，这些股票就开始暴跌，我只能'割肉'卖出，现在还欠着同事的钱。"

大概夏家的男丁也认识到这个家族有嗜赌的基因，我蹩脚的谎话没有让他们起疑。他们知道我炒股赔钱，一脸"恨其不争，哀其不幸"的表情。

这一家人咄咄逼人的架势让我觉得自己误入虎穴。我没工夫为今天的上当受骗生气，我现在要考虑的是自己的人身安全。我一直喜欢看《今日说法》，不少恶性刑事案件都是因为赌债纠纷而起。

小叔自然不会轻易放过我。他勒令我现在就打电话问朋友借。在外没有出路的小叔，在我面前依旧像封建大家长那般强势、专横。

我只能服软，给任平生打了电话。在电话里，我没有和他寒暄，我说自己最近炒股亏钱了，让他赶紧转点钱过来应急，他卡里有多少钱就转多少钱。他们看到我打完电话，暂时满意了。我借着去卫生间的工

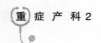

夫，给他发了微信，告诉他我的确切地址，并让他帮忙报警。

当警察出现在这里时，我觉得自己总算安全了。一屋子人都傻眼了，他们不过是找我借钱，可我居然直接报警。

警察来了之后，发现这只是普通的家庭纠纷。他们做完笔录便打算离开，可我对他们说，我担心这家人会对我造成人身伤害，我想和警察一起离开这里。我知道夏家人此刻恨极了我，不过这样也好，此生我都不打算再和这家人有任何纠缠。一想到还在上学的小堂妹，我就心疼不已，我们姐妹摊上这样的家庭也实属倒霉。我过去接受过小叔的一些恩惠，如果他真出事了，我会资助堂妹的学费。至于小叔日后如何，我管不了，也不想管。人总要为自己的行为付出代价。

我一出门便告诉任平生，我现在没事了，会坐最近班次的高铁回来。他听我语气轻快，确信我没事了，也跟着松了口气，说："今天周末，我们都不值班，你直接回家吃吧。"

"回家"？我心中一热。在过去的很多年里，我每次想到"回家"这个词，都会被烦躁、焦虑、不安和愤怒的情绪吞没。这么多年来，我无处安放的情绪始终困扰着自己。在与这些有毒的家人相处的日子里，我被他们折磨到数度崩溃，却还在不断自责：为什么我不能做个省心、听话的乖孩子，去满足他们的愿望？

我无比庆幸当初没有被这家人拽回县城。这个病态的家庭不断给女性家庭成员洗脑，并毒害她们，让女人不把自己当人，心甘情愿地被家庭吸食，让她们成为重度斯德哥尔摩综合征患者。无论夏家的男人如何赌博、出轨，她们都会无条件奉献。我庆幸自己是个一直都有自我意识的人，难怪他们过去会那样绞杀我。

人这一生不能总亏欠自己，我必须在有毒的亲情和自身的心理健康中做出选择。我果断地选择了后者，与父亲及夏家的男性长辈切断联系。这两年多，我能察觉到侵入我五脏六腑的毒素在慢慢排出，我可以经营自己的生活。这场实验性分离已经取得了阶段性的重大成果，我还在不断地前行，努力自救，让生命之花绽放得更加灿烂。

我无比惬意地坐在椅座上，车窗外是迅速消失在身后的风景。

我要摆脱这家人代代相传的"绑架"，我要好好地爱自己，日后也要好好地爱自己的后代。往日的悲剧就让它被彻底封印，就像车窗外的风景被我抛在身后。一想到马上就可以回家，我的唇边浮出笑意。

一听见开门声，还在厨房忙碌的任平生匆匆来到客厅。他热烈地拥抱着我。他在我脸上亲了一下，然后从鞋柜拿出新买的拖鞋。他说开始倒春寒了，天气又潮又冷，他发现我的拖鞋已经受潮了，就买了一双厚底的毛拖鞋，并叮嘱我先换上，看是不是保暖。

我还没穿好鞋子，便隐约闻到一股焦煳味。我问他锅里是不是还煮着东西，他这才想起来锅里的姜爆鸭，便立刻折回去翻炒。我忽然想起几天前在科里吃午饭，李承乾点了一家名为"水田边"的红烧鸭，我觉得味道不错，无意间提过一句。相处的时间不长，可任平生总能记得我的喜好。

饭菜都上了桌，我没有提今天具体发生了什么事，他也没有追问。他有些兴奋地告诉我，宋宝儿已经做了干细胞移植，移植过程很顺利，不过她现在有些排斥反应，还要继续观察。唐雨薇的情况也很好，马上就可以出院了。

我听他兴高采烈地说着他日渐恢复的患者，笑容温暖、干净，那模样好像还是多年前刚进入医学院校，宣誓"健康所系，性命相托"的少年。

niania也跳上了桌子。它不叫唤也不抓菜，只是眯着眼蹲在碗碟边上。他挑出一块没有骨头的鸭肉，在开水里反复洗后才将鸭肉放到niania嘴边。

已经是3月下旬，这场倒春寒让天城市还延续着冬日的阴冷潮湿，屋内没有暖气，可这样幸福的烟火气却让我真切地感觉到前所未有的温馨。

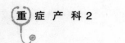

　　过去的很多年里，我对"家"这个再简单不过的字始终避之唯恐不及。而现在，干燥的拖鞋、温热的饭菜、简单的拥抱和絮叨，让我感觉到家的具体温度。有他在身边，我就觉得无比舒适和安宁。

　　那天夜里，我们拥在沙发上看了《寻梦环游记》。在这个寒冷的夜里，我们只想拥抱自己的所爱之人。

番外

黎清影听从了我的建议，以方便通勤为由从家中搬出。离开了医院这个让她感到窒息的环境，她的情绪逐渐好转。

她出去闲逛时无意间走到一家剧本杀店，和几个年轻人玩了叫"青玉轩"的局。这种沉浸式的角色体验让她感到颇为新奇。她像着了魔一样连着玩了好几场，店里的推理类、情感类、科幻类的剧本她都玩了个遍。老板笑着对她说："既然你那么喜欢，可以尝试去写一个剧本，好的剧本现在一本难求，卖得可火了。"

黎清影原本就是文字爱好者，在老板的鼓励下，她写了一个叫《孤影》的剧本，是她和家人的故事。写完这个剧本后，她有些忐忑地把剧本拿给剧本杀的老板看，他本人就是一个资深的剧本杀爱好者，平日里要负责剧本杀的主持工作，他可以背下店里三百多个剧本的内容。他一见黎清影的剧本，说这是他接触过的最好的情感类剧本。

他把黎清影的剧本推荐到一家剧本杀的发行公司，《孤影》一上线便火出了圈，在多个热门城市同步发行。黎清影小试牛刀，便得到超乎想象的巨大收获，而她和那个年轻的老板也情愫渐生。

当她的父母知道她已经离开医院，加入一家文化创作中心，成为一名专职作者，已经是半年以后的事情了。父母和她大吵一架，骂她翅膀硬了，居然瞒着父母直接改行。黎清影平静地告诉父母，她没作奸犯科，只是去做了自己喜欢又擅长的事情。父母生气极了，骂她鬼迷心窍，放着好好的医生不做，跑来干这些上不了台面的工作，她简直要气死他们，他们没有这样的女儿！黎清影回复："随你们便。"

冷战了一段时间，父母以为黎清影会像过去那样，乖乖回到他们身边过他们安排好的顺遂、体面的生活。可这次他们失算了，黎清影没有妥协。

他们悄悄去过几次黎清影的工作地，他们看到了一个活力四射、笑容满面的女儿。女儿在医院工作时从未有过这样的状态。他们开始反思，自己在过去的这些年里给女儿带来的伤痛，便接纳了女儿的选择。

黎清影彻底改变了赛道。她对文字的热爱和在工作上的高度投入，使她入行不久，收获却很多。她很擅长写故事，除了剧本杀，她写的甜宠文、悬疑文也很受欢迎。她在一个平台上发表了一个短篇小说，文章要付费观看，这篇只有一万多字的故事居然给她带来了超过六位数的收入。她开始相信，这是一个最好的时代，它允许人们因为热爱而发光。

她时不时就拉我吃饭、逛街，她开心地和我分享着行业里的趣闻。当初她在我们科轮转时，我们相处得并不愉快，可现在她脱离了医院的环境，我们倒成了无话不说的友人。

这天她再度约我一起到商场购物，买完衣服后，她又约我喝咖啡。黎清影记得我和她说过，我也厌恶过医学专业，可大五实习时我喜欢上了一个妇产科的老师，后来便毅然选择了妇产科方向。她好奇地问我："你喜欢的那个老师，他当时结婚了吗？"

很多年过去了，可我还清晰地记得那年3月的一个明媚的春日。

我大五实习的医院在天城市所辖的一个地级市。那是小叔帮我联系的实习医院，他有不少老同学都在那家医院工作。我实习期间，他经常在他老同学那里了解我的动向。

当时和我一起实习的同学，要么忙着准备研究生考试，要么奔走于各个医院的公招考试，他们时不时便会向实习基地请假。

我没有考研和参加公招考试的打算，可离开了普外科后，我便开始摆烂，以考研或者找工作为理由跟老师请假，有时候一请就是十来天。一个月之后我轮转到了其他科室，又故技重施，赖在宿舍里不去实习。

这样混了半年，去过六个科室，可我依然没有任何长进。

有时候想到未知的将来以及还在殷切期盼的父母，我便想制止自己的摆烂行为，可我终究无力做出改变。日子一天天过去，在间歇性的焦虑和摆烂中，实习只剩下4个月了。

我2月份轮转于神经内科，春节科室给实习生放了两周假，我又以要找工作为由休了一周，导致快出科时，带教老师都叫不上我的名字。

出科前一天的那个夜班，我看到带教老师在修改我写的病历时，一脸无奈却又始终隐忍。她的修养一直很好，没有批评我通篇复制粘贴还漏洞百出的病历。在修改到其中一处时，她再度皱眉，轻声问我："脑梗死和脑栓塞的区别是什么？"我一愣，知道她问的是神经内科最基础的知识点，可我真不知道有什么区别。在我的缄默不语中，老师再度摇摇头，她问我是不是已经想好以后不当医生了。我还是沉默，一副死猪不怕开水烫的样子。

3月份就要轮转到妇产科了。在妇产科实习过的同学都在吐槽：医院就是个女人当男人用，男人当牲口用的地方。妇产科几无男丁，所以女的也直接被当牲口用了。妇产科有很多手术，实习生也需要参与手术。在普外科实习的灰色经历，让我对手术室产生了严重的心理阴影。一想到要去妇产科实习，我就头痛不已。

周一一早就要去妇产科报到了，可我却一觉睡到了十点半。等我赶到科室，已经交班三个多小时了。

妇产科就在二楼，住院部的绿化带紧贴楼宇。窗外有一株罕见的观赏垂樱，纤细的枝条上满是雪白色的樱花。微风吹过，花影摇曳，花穗与阳光一并进入窗内，落在一个年轻医生的办公桌前。我感觉到自己的

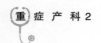

心像被什么击中了。

那个年轻医生穿着白大褂，半靠在椅子上，一直没有说话，耐心地听对面一对夫妻说话。从身形来看，女子应该快要生产了，可不知什么原因，这对夫妻非常焦虑，特别是妻子，几度抹泪。在听完这对夫妻的担忧和顾虑后，那个医生拿笔在纸上画图，用图解的方式告诉这对夫妻此次分娩可能存在的风险以及相应的解决方案。

那时的我还没有一点妇产科方面的临床知识，可在他的图解示意下居然也能全部听懂。这对夫妻渐渐放松下来，妻子破涕为笑，她谢过医生，便挽着丈夫走出了办公室。

我正想着怎么编个理由来解释第一天上班就迟到的事，他却忽然转过头，冲我温和地微笑，阳光在他的脸上洒下暖意。

"今天手术不多，刚好我再带你看一遍病房。前面大查房的时候你不在，这会儿再看一下，能熟悉病人的情况。我是你在妇产科的带教老师，希望你在妇产科实习的这段时间，可以有所收获。"

我愣了一下，原本以为他会指责我第一天到科室就这样不守纪律，可他没有问我迟到的原因，对这个迟到的医学生和患者一样温和有礼。

我至今记得当年和他查的第一个患者。那是个罹患子宫内膜癌的中年妇女。他让我重点关注患者的磁共振结果，等结果出来后决定手术范围。出了病房后，他问我子宫内膜癌是如何分期的。

我自然是答不出来的，既往在其他科室时，面对带教老师的提问，我从来都一问三不知，带教老师习惯了我这样"三缄其口，沉默是金"，便也不再提问。可此刻在这个年轻的带教老师面前，我居然为自己的无知感到心虚和羞赧。

他看到我的尴尬、局促，便鼓励我："没关系，我第一次记这些妇科肿瘤的分期也花了不少时间。"随后，他耐心地和我讲了子宫内膜癌的分期标准以及相应的手术方式。我那时不像其他实习同学，随身带着小本，老师一讲重要内容就急忙做笔记，老师讲临床知识点的时候，我历来都在开小差。实习半年多了，我居然第一次迫切想要记录这些知识点。

在查到一个入院待产的孕妇时，他详细地讲解了孕妇病史的重点采集内容，在征得孕妇和家属同意后，他给我示范了如何给孕妇测量宫高和腹围，并做了产科四步触诊法的示范。他告诉我，这些是产科的入门功底。在给孕妇测腹围的时候，孕妇出现了胎动，胎儿像鼹鼠一样在肚皮下蠕动。我觉得有些兴奋，原来干产科还挺有趣。

老师管的病人很多，上午的查房中，我陆续见到了子宫肌瘤、异位妊娠、子宫内膜异位症、功能失调性子宫出血、畸胎瘤等多种妇产科疾病。老师耐心和我讲解了每一种疾病的诊治要点以及治疗方案。他虽然是个很年轻的老师，但带教的时候却非常严谨，言简意赅，深入浅出，条理分明，还会不时地提问，整个"教"和"学"形成完美的互动。每查完一个病人，他都会重点交代这个病人的观察方法和记录事项。

这次查房也让他知道，我的底子非常差。他笑着鼓励我："我们科病种多，只要用心学习，收获会非常多。起点低一些没关系，进步空间大才会有更多惊喜。"

我的心再一次被什么击中了。

我在科里待了几天后发现，老师很幽默，也很有活力，和查房时严谨认真的样子不太一样。妇产科本就是个女人扎堆的地方，他是"万红丛中一点绿"。

闲暇的时候，他也会和科里的同事抱怨："上次跟我老婆去岳父母家，我看到小姨子一直打游戏，我对她说'你都高三了，回家也看下书'。她回答的话把老子气惨了，'我在学校都不看书，回家就更不看了'。"

此时的我正在贴化验单，老师无意间的一句抱怨，却让我心中一颤。

我的生活发生了巨大的转变。在实习、工作之余，我一有空就拿起专业书，用心程度堪比高考。我也惊讶自己好像着了魔一样，忽然对医学知识感兴趣。

每次查房时，他还是喜欢随时提问。面对我的飞速进步，他笑着说："人的潜力果然是巨大的。"

早前在普外科的黑色记忆让我一直对手术室有心理障碍，一进手术室就慌乱不堪。妇产科的手术也很多，我也得跟着上手术。

我不太熟练的铺巾、消毒，再度惹来护士的斥责，可他三言两语就让紧张的气氛放松下来。在他耐心鼓励和手把手指导下，我也逐渐学会术区消毒、铺巾、拉钩、剪线这样基础的外科操作。在我掌握了这些操作后，我对手术室也不再畏惧。

在我熟悉了基础的外科操作后，老师开始把缝合皮肤的任务交给我。可我连持针器都拿不稳，缝合针半天都穿不进皮肤，好不容易穿进皮肤了，却又不能顺利出针，我迟钝的操作让一旁的器械护士发愁。眼看着马上就能结束手术去吃饭了，可我这个笨手笨脚的实习生拖延了手术时间。

老师却从来不催促。他耐心地反复示意，原本一气呵成的动作，他却像拍摄静态照片那样一帧帧示教，像在教一个蹒跚学步的幼童。在我终于独立缝合好第一针时，他夸我做得很好。手术结束后，他给我了一个缝合包，让我有空就练练手。缝合技术是一切外科手术的根基。

一下班我就开始整理笔记，查看专业书籍，还在猪皮上练习缝合技巧。每次查房时我能准确回答他的提问，完美地缝合好手术患者的皮肤，他都会对我投来赞许的微笑。而他的微笑和鼓励又成了我不断前进的动力。

一天晚上，我和一个朋友闲聊，听她说起一个骨科的老师。听着听着，我心里忽然有种异样感，打断了朋友："你说的这个老师，他结婚了吗？"

"已经订婚了，他未婚妻现在在读研。"

"你喜欢他吧？"在问对方的时候，我心里也像被撞击了一下，原本被包裹着的情愫像被风吹散的蒲公英。

被说中了心事，朋友因意外而茫然。

我没有想过，自己的爱恋因为这次和朋友的聊天变得明朗起来。在第一次听他说起家人时，知道他已经结婚了，我忽然想明白自己的怅然若失感是怎么回事了。

那天晚上，第一次梦见了老师：他坐在靠窗的椅子上，迎着阳光看手上的一张CT片，边看边对一位满面愁容的家属说"不要担心"。

他穿着再普通不过的白大褂，却比任何正统的着装都好看。他温和微笑的神态，就像3月里的晴空，清澈明净又温暖和煦。

次日主任教学查房，我准确无误地汇报了新入院的宫颈癌患者的病史。主任一连问了我好几个问题：宫颈癌是如何分期的？不同期的宫颈癌手术方案是什么？导致宫颈癌的高危人乳头瘤病毒是哪几型？我流利地给出了答案。平日里不苟言笑的主任也点头赞许，并让其他实习生也向我学习。她还夸我临床思路清晰，理论知识扎实。

听到这样的表扬后，我有些发蒙，在确定主任表扬的就是我后，老师对我投以会心的微笑，并对我比了个胜利的手势。

我的心里顿时有种喜悦，像火苗一样逐渐升腾，然后慢慢燃烧起来。

在妇产科实习的日子过得非常快，四周的时间转瞬即逝。周日上班的医生少，老师要值二十四小时班。这一天科室不忙，可我一整天都陷在怅然若失的感觉里。该写的病历都写完了，医生办公室异常安静。

快夜里十点的时候，他看了一下表，说："明天你要去新科室报到了，早点回去吧。"说完这句话，他像忽然想起了什么，从抽屉里拿出一本外形精美的笔记本。他把笔记本递给我，笑着鼓励我，说："进步神速。你以后一定可以当一名好医生。"

我抱着白大褂和书本下楼，尽管心里万分不舍，但我也知道时间到

了。天早就黑透了，外面下了点小雨。路过住院部旁的绿化带时，我再一次注意到那株垂樱。花朵早就谢了，满枝的叶子在夜色中也只剩下恍惚的影子。我想起刚到科室这天，一条花枝被吹进窗户，像一条白色的哈达挂在他的身前。

想到初次见到老师的情景，我忽然鼻子有些发酸。这么快就要离开妇产科了，虽然实习还没有结束，可马上要去骨科实习，以后很难再见到老师了。想到这些，我终于忍不住落泪了。

在骨科实习时，我继续延续着在妇产科时的精神状态，我知道起点低的人就要比别人更努力。在妇产科实习的四周，我掌握了一些简单的手术技巧，骨科的手术很多，我每天都要参与好几台手术。我在骨科的带教老师也夸奖我无菌意识强，双手协调性好，反应快，是干外科医生的好苗子。

我也察觉到自己的蜕变，想起刚来医院实习时，在手术台上被老师呵斥我"脑子里装的全是糨糊"的情景，仿佛已经隔了好几个世纪。

我发现我爱上了这个职业，我也不用再和父母的安排苦苦对抗。刚好天城市的住院医师规范化培训制度已经广泛开展，临近毕业，我通过了中心医院的规培考试，并毫不犹豫地选择了妇产专业作为深耕的方向。

天城市的妇产科年会又要召开了，今年的年会主场定在了当年我实习的那家医院。李承乾也知道一些我的过往经历，他问我："这次开会大概率要碰到你学生时代暗恋的老师，会不会很激动？"我笑了笑，没有回答。年会那天我要值班，自然不会参与。可就算这天休假，我也不会参与。

他是我走向这条路的恩师，更是我灰暗的大学时代里最美好、最甜蜜的回忆。毕业八年多了，我已经成了一名可以独当一面的医生，不再是当年站在他面前会羞红了脸的小女生。时间有着神奇的魔力，可我还